Impressum:

© 2017 Walter Buchenau

Korrektur und Satz: Angelika Fleckenstein, Spotsrock
Bilder Titel- und Rückseite: © Walter Buchenau

Verlag und Druck: tredition GmbH, Halenreie 40-44,
22359 Hamburg

ISBN: 978-3-7439-7737-2 (Paperback)
        978-3-7439-7738-9 (Hardcover)
        978-3-7439-7739-6 (eBook)

Walter Buchenau

Santiago einfach, bitte!

Pilgerwege - Lebenswege

Wen oder was man so alles findet
auf dem Camino oder in sich
oder auch zurücklässt

Für Anne, Michael und Jan
und für Christel

Inhaltsverzeichnis

I. Noch'n Buch vom Camino! 30.7.2015

Irgendwann, so ca. zwei bis drei Wochen vor der Abreise – der Flug und die erste Unterkunft waren längst gebucht – wurde es ruchbar, was ich vorhatte. Einige waren beeindruckt, fanden es gut und wünschten mir Glück. „Das wollte ich auch immer schon einmal", meinten sie. Aber die anderen hatten sofort eine Latte von Einwendungen parat – reflexartig auf alles Neue, schien mir. Oder empfanden sie mein Vorhaben als Anspruch an sie selbst, es mir gleich tun zu müssen? Und dem galt es rasch einen Riegel vorzuschieben? „Hast du dir das auch genau überlegt? Wer weiß, was da alles auf dich zukommt? In deinem Alter! Und die Hitze! Wo willst du denn schlafen?" So oder so Ähnliches bekam ich zu hören. – „Hast du wirklich nichts Besseres zu tun?"

Nein, hatte ich nicht. Oder vielleicht doch? Ich liebte schließlich meinen Beruf. Aber ich fand, dass ich mit dreiundsiebzig auch einmal an mich selbst denken durfte! Und das Projekt vom Jakobsweg, dem Camino, spukte mir schon seit den frühen 2000er Jahren durch den Kopf, ziemlich genau ab dem Zeitpunkt, als ich das Buch von Paolo Cuelho gelesen hatte.

Nur: damals besaß ich eine Familie und Kinder und alles, was damit zusammenhing. Auch wenn Jan, mein Großer, bei seiner Mutter in Hamburg aufgewachsen und schon lange Jahre aus dem Hause war, so drückten meine Tochter Anne und der „Kleine", mein Micha, aus meiner zweiten Ehe noch die Schulbank, und ich musste für sie da sein. Ich wollte es auch und auf keinen Fall ihr Heranwachsen verpassen wie bei Jan, denn schließlich hatte ich mir Kinder immer so sehr gewünscht. Nun waren sie da und die Verantwortung und ich glücklich. Und die Lotto-Glücksfee hatte mich beim Küssen auch immer wieder ausgelassen: Also an so etwas wie den Jakobsweg war lange nicht zu denken gewesen. Darüber hinaus schauten meine Patienten schon schräg, wenn ich nur einmal mehr als eine Woche Urlaub machte; ich fühlte mich für sie ebenso verantwortlich. Mir stand immer das Beispiel unseres alten Dr. Christ vor Augen: Landarzt in dem Dorf bei Limburg, in das unsere Familie im Krieg aus Frankfurt evakuiert worden war: der einzige in der nicht kleinen Gemeinde und trotzdem immer parat, wenn Not am Manne war. Einer, auf den man sich verlassen konnte und dessen Meinung (und Diagnosen) bei den Dorfbewohnern Gewicht hatte. Das will schon etwas heißen bei eigenwilligen Bauern.

Nun aber sagte ich mir: Wenn nicht jetzt, wann dann? Worauf sollte ich noch Rücksicht nehmen? Anne, mein kleines Blond-Engelchen von damals war nun 25 und schickte mir Whats Apps aus Australien, wo sie gerade um den heiligen Uluru tigerte oder am Great Barrier Reef mit den Haien tauchte! Mein „Kleiner" überragte mich längst um fast einen ganzen Kopf und begeisterte sich – nach heavy metal und all den düsteren, schwarz kostümierten Gitarrenschwingern – plötzlich für Hans Albers und ‚La Paloma'. Und vierzehn Tage nach seiner Abifeier – nach neun Jahren, die wir seit dem Weggang seiner Mutter gemeinsam durchlebt, gebangt, genossen hatten, – verabschiedete er sich von mir in Hamburg, (nicht ohne dass es uns beiden einen gehörigen Stich gegeben hätte) und bestieg ein riesiges Containerschiff um Seemann zu werden. Irgendwo zwischen San Francisco und Shanghai schipperte er nun herum, schickte mir gelegentlich Nachrichten, wenn es ihm auf der ‚Hundswache', dem Dienst zwischen Null und Vier Uhr, zu langweilig wurde, und ich saß abends nach der Praxis alleine zu Hause und hätte ihn gerne einmal in den Arm genommen.

Zugegeben – ich habe wieder eine liebe Partnerin gefunden, Christel, mit der ich meine Freizeit am Wochenende teilen darf, die sich um mich kümmert und sorgt – mehr, als ich manchmal vertragen kann – und die ich für diese Unternehmung jetzt alleine lassen musste, weil sie wegen der zu erwartenden Strapazen nicht mitkommen konnte. Aber sie verstand mich und stand mir zur Seite, nicht im Weg. Auch das ist Glück.

Jedenfalls wollte ich mich jetzt nicht mehr von meinem Plan abbringen lassen, lief vier Wochen lang täglich samt Rucksack und Stöcken zum Stadtpark und fünf bis sechsmal den Müllberg rauf und runter – jenes zugewucherte Relikt aus unseligen Nachkriegstagen, als die Trümmer aus der Stadt dort abgelagert wurden – und diente dabei verwunderten Spaziergängern und angestrengt trainierenden Jungsportlern als kurioses Anschauungsobjekt.

Und dann, an einem Sonntagmorgen hockten wir tatsächlich, mein Wanderfreund Jens und ich, im Flieger nach Spanien.

Wir schwebten mittags in Madrid ein, saßen uns vier Stunden lang den Hintern platt in der endlos langen Abfertigungshalle, ehe uns mit Verspätung schließlich der kleine Regional-Flieger nach Pamplona schaukelte.

Pamplona – ich kannte bestenfalls den Namen, er klang verheißungsvoll, sehr spanisch, ich dachte an die Stiere, die zu Ehren des Stadtpatrons San Fermines Anfang Juli durch die Stadt getrieben werden, aber hier am Flughafen kein Hauch von Exotik, es war alles recht klein und unspektakulär und ziemlich leer.

Wir sammelten unser Gepäck vom Band, ich entfernte den grünen Überzug von meinem Rucksack, den Christel mir extra genäht hatte und fand mich dann zum ersten Mal marschfertig mit aufgebuckeltem Backpack und den Wanderstöcken in der Hand inmitten der Abflughalle wieder, dachte, dass nun jeder sehen könne, was ich vorhatte und mir entsprechend Respekt zollen müsste. – War aber nicht.

Stattdessen suchten wir, mittlerweile fast schon die Letzten in dem Gebäude, nach irgendeinem Hinweis, einem Fahrplan oder einer Beschilderung, die Auskunft gäbe, wie wir in die Stadt gelangen könnten. Mühsam auf englisch, da mein Spanisch nur rudimentär ausgebildet ist versuchte ich einem durch die Halle schlendernden Angestellten klarzumachen, dass wir mit dem Bus zur Fern-Busstation in die City wollten. Als ich mit meinem Anliegen endlich zu ihm durchgedrungen war, zeigte er durch das Fenster irgendwo in die Landschaft, wo man in einem halben Kilometer Entfernung eine Straße ahnen konnte, und dort, sagt er – und seine Hand machte einen großzügigen Bogen – dort sei die Bushaltestelle. Wo dort genau? Und wie hinkommen? Über den Zaun, der das Gelände umgab? Über den Acker, denn von einem Weg war nichts zu sehen! Achselzucken, eine spanische Worttirade, womit er sich umdrehte und ging. – Da wir also offensichtlich keine „pilgergerechte" Lösung finden konnten, bestiegen wir am Ausgang leicht entnervt ein Taxi, das uns nach zwanzig Minuten Fahrt durch Gewerbegebiete und wenig ansprechende Vorstadtstraßen in einem unterirdischen Labyrinth von Bussteigen, Fahrbahnen und Schaltern ablieferte. Und wieder hielten wir – genau so nass wie am Flughafen – Ausschau, von wo und wann wohl welcher von den zahlreichen Bussen uns nach St. Jean-Pied-de-Port bringen könnte.

Da erschien wie ein rettender Engel ein Mann neben uns und sprach uns an: er hatte wohl unsere Rucksäcke und ratlosen Gesichter erspäht: „Camino? St. Jean?", fragte er. Es war der Busfahrer, wie sich herausstellte. Und keine Minute später konnten wir uns inmitten eines angeregt schwatzenden Völkchens von anderen Pilgern in die Sitze des Überlandbusses plumpsen lassen und aufatmen. Soweit hatten wir es also geschafft.

Die Fahrt über die Landstraße mit vielen Kurven zog sich; später beschlich mich beim Anblick der steilen Steigungen schon ein leicht mulmiges Gefühl, denn schließlich waren das die Pyrenäen, über die wir morgen marschieren würden. Nach einer dreiviertel Stunde rollte der Bus über einen Platz und hielt an, alle Passagiere krabbelten hektisch aus dem Gefährt, zogen ihre Rucksäcke aus dem Gepäckabteil und verteilten sich rasch über die Straße in Richtung Innenstadt. Diese bestand mehr oder minder aus einer einzigen, recht steil ansteigenden engen Gasse. Wir hielten mit so gut es ging; Jens hatte die Adresse parat; in dieser Hauptstraße sollte sie sein, aber schon ein Stück bergauf, ich merkte es am Schnaufen; schließlich erreichten wir sie: unsere erste Herberge.

„Schuhe hier unten, Dusche und Toilette links, schlafen oben Raum eins!" Das erste Nachtlager! „Frühstück von halb sieben bis halb acht." – Das schien mir doch etwas früh, aber diese Ansicht änderte sich rasch im Laufe des Camino. Jedenfalls waren wir hier angekommen.

Wir ließen oben in einem Raum mit knarzendem Holzboden und Holzvertäfelung – ein früherer Wohnraum – unsere Rucksäcke vom Rücken gleiten, breiteten die Schlafsäcke auf einem der vier Doppelbetten im Raum aus, suchten so etwas wie Ordnung in das Sammelsurium aus dem Gepäck zu bringen und eine Steckdose zu finden für das Handy: unserer Nahtstelle zur Außenwelt. Man fühlte sich schon jetzt ein beträchtliches Stück weit weg von dem, was sonst den Alltag ausmachte, wenn auch gerade erst zwölf Stunden seit dem Start in Düsseldorf verstrichen waren.

Der Hunger trieb uns nochmals auf die Straße, erst bergauf, am geschlossenen Pilgerbüro vorbei zum oberen Stadttor, wo erste Fotos fällig waren, aber kein Restaurant sichtbar, und wieder zurück – nun war das Büro geöffnet, und wir empfingen von einem Deutschen, der dort ehrenamtlich seinen Dienst machte, Informationblätter über die morgige Etappe und den ersten Stempel im Credential, dem Pilgerausweis. Jeder führt einen solchen mit sich; unserer war schon lange vorher bei der Düsseldorfer Jakobusbruderschaft bestellt und zugeschickt worden. Nun mit dem Stempel war es offiziell und ich heimlich ein bisschen stolz auf den blauen Abdruck.

Der nächste Morgen kündigte sich mit bemüht leisem Rascheln, räumen, halblauten Worten und Schritten an, manchmal fiel jemandem bei aller Vorsicht auch etwas aus der Hand, gefolgt von einem unterdrückten Unmutslaut – jedenfalls: an Schlafen war nicht mehr zu denken, eine Vorübung für den Rest des Camino. Das Aufstehen und Packen erfolgte noch etwas plan- und routinelos, und es erfüllte mit Verwunderung, dass all die ausgebreiteten Sachen tatsächlich wieder in den Backpack passten. Als wir schließlich unten ankamen, waren wir bereits die letzten und der Herbergswirt machte uns darauf aufmerksam, dass er gerade das Frühstück abzuräumen gedachte, es ging auf halb acht. Also schütteten wir rasch den Milchkaffee hinunter, steckten das Marmeladenbrot in den Hals, dann noch das Ves-perbrot in die Seitentasche (im Übernachtungspreis inbegriffen), wuchteten den

Rucksack auf den Rücken und traten aus dem Haus: acht Uhr – wir waren auf dem Weg.

Wir liefen die lange Hauptgasse zuerst hinunter, dann durch das berühmte Tor hindurch mit der Maria oben in der Nische und über den Fluss, und von da ab ging es nur noch bergauf – aber wie! Ich hatte bei der anfänglich extremen Steigung wirklich Mühe hinaufzukommen und dachte an mein erstes Mini-Autochen aus meiner Seminar-Zeit in Wien: damit wäre ich hier nicht hinaufgekommen! Zehn Minuten nach dem Start in St. Jean stand mein Rücken bereits unter Wasser.

Alsbald enteilte Jens am Berg. Er hatte seinen Bundeswehr- Gepäckmarsch-Gang eingelegt und wurde den Berg hinauf nicht etwa langsamer als ich, sondern schneller. Der Spieß hätte ihnen früher ein freies Wochenende versprochen, wenn die Truppe innerhalb einer bestimmten Zeit ihr Ziel erreichen würde, erzählte Jens, worauf diese alle Kräfte mobilisierte um die in Aussicht gestellte zusätzliche Freizeit zu ergattern! Jens konnte das heute noch.

Ich ungedientes, BW-unerfahrenes Individuum wuchtete langsam Schritt für Schritt mich und meinen Rucksack die Straße hinauf, dankbar für jede kleine Strecke mit sanfterer Steigung – ab und zu – und das blieb erst einmal so für die nächsten zwanzig Kilometer.

Und es kämen noch siebenhundert und soundso-viele weitere dazu, ging mir durch den Kopf. Ich verglich den Weg mit meinen Lebensjahren. Wie viele Kilometer wohl einem von meinen fast vierundsiebzig entsprechen würden, dachte ich. Diese ersten 20 km, so rechnete ich aus, ungefähr den ersten zwei Lebensjahren. Ob die für ein Kind auch so mühsam sind? So vieles ist neu und zu entdecken. So fühlte ich mich jetzt auch: In einer fremden

Umgebung, in der die Sinne geschärft waren, konzentriert auf die körperliche Herausforderung, gefangengenommen von atemberaubenden Ausblicken, je höher ich kam: rundum Täler voll geheimnisvoller Nebel und hinten, bereits tief unten, St. Jean, während es vorne immer weiter bergan ging.

Kleine Besonderheiten am Weg fielen auf, die ich wahrscheinlich sonst nie beachtet hätte: besonders marmorierte Gesteinsformationen, die nackt durch den Pfad herausragten, Erikakissen, an den lehmigen Hang geklammert völlig unerwartet für mich in dieser Gegend; kleine blaue Falter, welche mich wie zu meiner Begrüßung umgaukelten und Eidechsen, die reglos an einer Bruchsteinmauer klebten.

Orrison kam in Sicht, die erste Herberge und Bar unterwegs, bevölkert von den vielen früher Gestarteten, die ihren Café con leche tranken und in die Sonne blinzelten. Jens hatte auf mich gewartet, aber auch noch keine Lust auf Pause und trabte bald wieder los, ich hinterher.

Der Tag hätte nicht schöner sein können: Strahlendes Blau nach dem Dunst in der Niederung, ein leichter Wind, der weiter oben sogar recht kräftig und kühl war, als ich mich nach drei Stunden erstmals auf einem Rasenbuckel am Weg niederließ, um mein Hasenbrot zu vertilgen. Oben kreisten elegant und majestätisch die Pyrenäen-Geier im Aufwind – (die man laut EU-Verordnung nicht mehr füttern darf – schon erstaunlich, worum sich Bürokraten kümmern). Seitlich fiel das Terrain in tiefe Taleinschnitte hinab, und dahinter wieder grüne Berge, so weit das Auge reichte. Beim Blick zurück konnte ich lange das schmale Band des Wegs verfolgen, den ich heraufgestiegen war. Und irgendwo weit hinten vor dem Horizont hatte eine Senke längst das Städtchen verschluckt, von wo aus wir aufgebrochen waren. Ziemlich viel Landschaft, die wir bereits durchwandert hatten.

Frankreich verabschiedete sich mit einem Lieferwagen, der am Straßenrand Erfrischungen und einen Stempeleintrag ins Credential anbot, der erste auf dem Weg: Wir nahmen ihn natürlich mit.

Dann kam noch eine Steigerung des Aufstiegs: die Muschel auf dem Wegweiser zeigte, dass man nach rechts abbiegen musste von der kleinen Straße, auf der wir bislang gelaufen waren. Über Gras, Geröll und Lehmboden stapften wir nun steil aufwärts und mussten genau nach Absätzen und Stufen im Boden Ausschau halten, um nicht abzurutschen – als ob der Rücken nicht schon nass genug gewesen wäre.

Weiter oben wurde es endlich flacher; Jens tröstete mich: Es seien nur noch 4–5 km bis zum Scheitelpunkt, die lt. Pilgerführer mehr oder minder eben verliefen – eher minder wie sich zeigte; wir kamen an einer eingefassten Quelle vorbei zum Füllen der Trinkflaschen, links oben am Berg entsprang sie; auf der anderen Seite konnte man tief ins Tal hinunter schauen, wo wahrscheinlich die Autostraße von gestern verlief. Noch ein paar kleinere Anstiege, und dann Warnas geschafft.

Auf knapp 1500 m Höhe am Scheitelpunkt kreuzte die Passstraße unseren Pfad, und an ihrem Rand erhob sich ein kleines futuristisches Monument, von wo aus sich auf der anderen Seite ein weiter Ausblick in die Runde eröffnete. Hier pfiff der Wind kräftig. Dafür waren aber alle Dunstschleier verflogen, und unten zwischen einem Meer von grünen Wipfeln konnte man entfernt die Türme von Roncevalles erahnen.

Zur Belohnung gönnte ich mir ein zweites Picknick, etwas unterhalb der zugigen

Aussichtsstelle und Straße, die man übrigens bei schlechtem Wetter als Alternative zum Pilgerpfad nehmen sollte – zur Vorsicht, so wurde empfohlen.

Jens hatte wohl keinen Hunger, ihn hielt nun nichts mehr, er stürmte voraus, den Berg hinunter, dem Ziel entgegen, in der Herberge würden wir uns wieder treffen.

Der Abstieg hatte es wirklich in sich, nicht umsonst die Empfehlung, ihn bei Regen zu meiden, denn zwischen den schlanken Eukalyptus-Bäumen, die wie riesige Grashalme astlos in den Himmel ragten, und gewaltigen alten Buchenstämmen mussten schon viele Sturzbäche von Wasser hinunter gerauscht sein und hatten im Laufe der Zeit nur loses Geröll und blanken Fels übrig gelassen – wie heftig würde es hier wohl bei einem Gewitter zugehen?

So wild blieb es auf diesem Abschnitt fast eineinhalb Stunden lang, immer weiter steil bergab, immer auf der Hut hier nicht auszurutschen.

Als sich der Wald endlich unten öffnete, gab er vor mir den Blick frei auf eine idyllische, kleine, von Pilgern belagerte Wiese mit einen Bachlauf, in dem schon zahlreich Füße gekühlt wurden. Auf der anderen Seite ein Stück aufwärts die mächtigen Mauern des Klosters Roncevalles, unseres ersten Etappenziels.

St. Jean-Pied-de-Port – Roncevalles, 10.8.2015

Nicht spektakuläre Berge,
die kleinen Dinge am Wege sind es:
Die rostrote Raupe,
eilig über den Lehmboden buckelnd;
ob sie noch jung war?
Nur Kinder können so verstrubbelt aussehen!

Oder die gefleckte Eidechse,
sonnenbadend an der Mauer vor Orrison.
Und ich,- ohne Zwischenhalt,
zwei Stunden bergauf in den Beinen –
sehe sie so leicht die Steine hinauf huschen,
als könne sie die Schwerkraft ausknipsen!
Oben schlürfte man Café con leche.

Dann diese Schafe:
von der Weide wohl extra herabgekommen,
und dicht gedrängt am Gatter in der Kurve,
die Köpfe auf den Rücken der Nachbarn,
wie sie mit verständnis-entleerten Augen
den Pilger-Erscheinungen bergwärts folgen!

Natürlich auch die großen Dinge:
Täler vollgegossen mit Dunst,
die Kirchen-Stille zwischen den Buchensäulen.
Und rund geschliffene Brocken in den Regenfurchen,
die von ihrer gegenläufigen Pilgerreise erzählen.

Schließlich nur noch die Schritte;
die zählen, einer vor den anderen,
den nächsthöheren Absatz erkämpfend,
oben voraus schimmert es schon verheißend blau,
ehe der Weg sich wieder verbiegt,
den nächsten Aufstieg enthüllend,
und weiter so Schritt um Schritt um Schritt.
Plötzlich in der frühen Nachmittagsglut: oben!
Als ob das Gepäck mit einem Mal leichter wäre
und vor den Augen eine Schimäre
tief unten über wolkigem Baumgrün
zitternd in der Ferne:
Dächer und Türme, das Ziel.

II. Roncevalles – Zubiri, 11.8.2015

Jens erwartete mich schon, nachdem ich die letzten Stufen zum Eingang hinauf gekrochen war. Für heute reichte es! Rucksack ab, Stiefel aus, Anstehen an der hufeisenförmigen Theke, hinter der wieder ein Deutscher Dienst tat, uns den obligatorischen Stempel verpasste und in den 2. Stock schickte.

Roncevalles war für einen größeren Pilgerandrang gebaut, den die Augustiner dort schon seit Jahrhunderten betreuten: es gab hier nur diese Herberge. Und so fanden wir uns in einem der riesigen Schlafsäle wieder mit Gängen vor den Fenstern und zur Mitte hin, Rücken an Rücken, ca. zwei Dutzend Nischen mit je zwei Stockbetten. Nach einer heißen Dusche und frisch eingekleidet lagen wir dort erst einmal für ein Stündchen flach und verpassten prompt die Führung durch das Kloster, die eine junge Studentin angeboten hatte. Aber zum Wäschewaschen rafften wir uns auf –- von nun an das abendliche Pflichtprogramm, denn alles, was ich auf dem Leib getragen hatte, war schweißnass und musste dringend ins Wasser.

Auf der Suche nach einer Bar oder einem Restaurant durchquerten wir einen großen gepflasterten Innenhof und gelangten seitlich durch eine Torbogen zur dunklen, romanischen Stiftskirche mit der – laut Pilgerführer – sehenswerten Statue „Unserer lieben Frau von Roncevalles". Unsere Bewunderung hielt sich allerdings in Grenzen, denn der Magen knurrte vernehmlich. – „Erst kommt das Fressen, dann die Moral beziehungsweise Kultur." (Ob Berthold Brecht auch einmal gepilgert ist?)

Wir trösteten uns mit einem angebotenen ‚Pilgermenü‘, dem ersten der Wanderschaft in einem Restaurant/einer

Bar gleich gegenüber der Kirche, dessen Räume eher an hiesige Luxus-Etablissements erinnerten: in weiß fein eingedeckte Tische zwischen dem rustikalen Klostergemäuer des Speisesaals. Und Ruhe! Denn der größere Teil des Pilger-Trecks hatte ein anderes Angebot gleich am Empfang gebucht und war in einem entfern-teren Trakt verschwunden. Wir ‚speisten' mit Vor-, Haupt- und Nachspeise: Suppe, Gebratenes mit Pommes und etwas Pudding ähnlichem, dazu gehörig eine Karaffe Wein und Brot, und das alles kostete ganze 10 €. Nach so einem Tag schmeckte es hervorragend und es war ja auch noch ganz neu für uns. Wie sich im Laufe der Zeit allerdings herausstellte, muss es wohl eine geheime Absprache unter den Wirten geben, denn der Hauptgang mit Gebratenem – ob Huhn oder Fisch oder Fleisch plus Pommes fand sich so ziemlich überall auf der Speisekarte, davor Gemüse- oder Linsensuppe, danach Süßes, wobei zur Ehre der Restaurantbetreiber gesagt werden muss, dass die Portionen in der Regel in angemessener Proportion zur Anstrengung unterwegs standen.

Ebenso neu wie das Menü gestaltete sich auch die Nachtruhe heute: ab 22 Uhr war Schlafenszeit, aber irgendjemand schlurfte in der Nacht ständig den Gang entlang zu den Toiletten, leuchtete mit der Taschenlampe umher, klappte mit der Toilettentür, und wenn ich mich gerade zum Weiterschlafen auf die andere Seite gerollt hatte, dann kam er auf dem Rückweg wieder mit seiner Taschenfunzel vorbei. Am Morgen herrschte ab 6 Uhr Aufbruch in allen Kojen – wie schon gehabt! Das Einpacken ging bereits deutlich besser als gestern; wir holten die Wäsche rein, die wir am Abend noch draußen aufgehängt hatten; die feuchten Socken wurden zum Nachtrocknen am Rucksack befestigt, die Stiefel unten aus dem besonderen Schuh-Raum geangelt (dort abgestellt, damit sich in den Schlafsälen nicht die Decke vom „Duft" anhebt) und erst einmal hinaus in die Morgenfrische. Trotz Hochsommer konnte ich mein Sweatshirt und den Anorak gut gebrauchen. Meine Stimmung schwankte ein bisschen zwischen: noch müde von der gestrigen Strapaze, der Neugier darauf, was heute kommen würde und dem Unmut wegen des Morgenkaffees kurz zuvor. In einer Gaststätte außerhalb des Klosters sollte es für die eigens an der Rezeption gekauften Bons das Frühstück geben. Das Chaos dort war allerdings beträchtlich, die Damen hinter dem Thresen völlig überfordert und davor ungeduldiges Gedränge von all den Wanderern im Aufbruch; es dauerte ewig bis für jeden der Kaffee ein-zeln in der Maschine zubereitet, alle Sonderwünsche berücksichtigt waren – ob viel oder wenig oder gar kein Zucker ob Mich oder nicht, oder mehr Milch als Kaffee etc. ... und bis man dann auch noch einen Toast aus einem der zwei(!) kleinen Toaster ergattert hatte! Ich stellte mir vor, dass sich dies Gerangel hier an jedem Tag in der Saison genauso wiederholte. (Und versuchte meine deutschen Organisations-Fantasien zu zügeln.) An einem der Tische draußen, wo es für ein gemütliches Frühstück noch zu kalt war, tranken wir den Kaffee, aßen dazu das Marmeladenbrot, und dann nichts wie weg. (Von da ab hielt sich unser Bedarf an spanischem Frühstück sehr in Grenzen.)

Der Weg versprach Schönes: eben, zwischen Bäumen und an Feldern vorbei, durch sehr aufgeräumt wirkende navarrische Dörfer mit schmucken, weiß verputzten Häusern, deren Hausecken typischerweise aus großen Natursteinquadern gemauert waren, und weite Flussniederungen. Viele starteten ihren Camino erst von Roncevalles aus und ersparten sich die Pyrenäen, aber das war nicht unser Ding: wenn schon, denn schon. Zwei Anhöhen galt es zu überwinden aber kein Vergleich mit gestern und den Pyrenäen. Dazwischen wieder Misch- oder Kiefernwald, und Ausblicke auf bewaldete Täler; eine Senke, in der sich nicht nur das Wasser eines Flüsschens sammelte, sondern am Steinmäuerchen der Brücke darüber auch die Pilger, denn die Sonne meinte es schon gut mit uns. Ein Imbisswagen stand auf der letzten Anhöhe vor unserem Tagesziel, wo wir zur Mittagszeit etwas ‚abdampften‘, dann ein längerer, steiniger Abstieg, und Zubiri kam in Sicht sowie die erste, romanische Brücke auf dem Camino; viele in der Art und lt. Reiseführer berühmtere sollten noch folgen. Diese hier war kaum eine Fahrspur breit und stieg zur Mitte hin kräftig an, unten floss eine seichtes Gewässer, und die Legende erzählte, dass Toll-wut-kranke Tiere geheilt würden, wenn man sie unter den Steinbögen des Viadukts hindurch triebe.

Ponte Rabia, Zubiri, 11.8.2015

Der Steig zur anderen Seite,
der fremden, der getrennten,
Auszeit vom gewöhnlichen Weg.
Steinern alt sind ihre Bögen,
Mythen schlingen sich
um die grauen Quader:
von Heilung für die Tiere
wenn sie darunter dreimal
– natürlich – wie auch sonst im Märchen?-
hindurch gelaufen wären.
Ob es die Brücke wohl ebenso
mit Menschen könnte? Heilte?
Und das Getrennte,
Fremd-Gewordene wieder verbände?
Wie viele Steine müssten für mich
– und wo überall? – aufgeschichtet sein,
und wie oft wäre darunter
hindurch zu kriechen,
um eins zu werden und zu gesunden,
und anzunehmen, was auf der anderen,
der vergessenen Seite lauert,
um die entfremdeten Ufer
in mir wieder urbar zu machen?

III Zubiri – Pamplona, 12.8.2015

El Palo de Arellano – schon der Name der Herberge klang vielversprechend! Und so war sie auch: mit großem Aufenthaltsraum zum Garten hin und einem kleinen Speisesaal samt Balkendecke und mittelalterlich anmutenden Wandmalereien, in dem sich am Abend eine bunte Gesellschaft zu Essen einfand: Eine Deutsche aus Mainz, um die 60 und ganz alleine unterwegs, – sie war wohl zu Hause auch alleine und es tat ihr sichtlich gut, mit anderen reden zu können! Ein jüngeres polnisches Paar, das jetzt in Heilbronn lebte und perfekt deutsch sprach; eine junge Russin aus Nowosibirsk(!), attraktiv und charmant – ich fragte mich, was sie wohl in Sibirien bewegt hatte hier zu pilgern? Drei Spanier noch und wir zwei, Jens und ich, und alle redeten auf Englisch und Spanisch und Deutsch kunterbunt durcheinander von den ersten Eindrücken und Gefühlen auf der noch jungen Wanderschaft.! Dazu das Pilgermahl und der Wein, der sein Übriges tat – ich fühlte mich geborgen und frei von allen Alltagsgedanken.

Die nächste Etappe am folgenden Tag nach Pamplona sollte nur ein einfacher Spaziergang werden, hieß es, war allerdings doch mit einer ganzen Reihe unumgänglicher Steigungen und Abstiegen gewürzt, während unten im Tal parallel dazu die Straße bretteben zur navarrischen Hauptstadt führte. Pilgern heißt wohl, nicht nur seinem Ziel entgegen zu streben, sondern dabei alle auffindbaren Schwierigkeiten mitzunehmen. Doch wenn sie überwunden sind, hinterlassen sie das Gefühl etwas geleistet zu haben, nicht bloß ein Stück schnöder Straße entlang gelaufen zu sein.

Die Sonne schien, die Aufstiege belohnten oben mit hübschen Ausblicken ins Tal, wo unten Spielzeug-Autos an den Modellhäuschen vorbei krochen und nebenan in einer Sandgrube Miniatur-Laster wie in einem Sandkasten von Minibaggern beladen wurden.

Und dann war sie plötzlich wieder da – am dritten Tag unterwegs auf dem Camino: diese klammheimliche, innere, diebische Freude, die mich schüttelte, dass ich nicht wusste, ob ich lachen oder weinen sollte. Wie lange hatte ich sie nicht mehr gefühlt. Hier war ich richtig, auf meinem Weg.

Ich erinnere mich noch an das erste Mal, als sie mich mit vierzehn oder fünfzehn Jahren gepackt hatte: Da stand ich in Frankfurt-Höchst, wo ich zur Schule ging, hinter dem geschlossenen Vorhang auf der Bühne einer großen Turnhalle; Herr Korell, unser Klassenlehrer, hatte eine Schüleraufführung inszeniert: den ‚Revisor' von Gogol, und extra für mich einen Einführungstext geschrieben, denn ich war noch zu jung um mit den Älteren mitspielen zu dürfen. Ich stand dort hinter dem „Lappen" – wie die alten Hasen im Schauspielgewerbe zu sagen pflegten –, gleich würde das Licht im Saal gelöscht werden und auf ein Zeichen von Herrn Korell würde ich alleine und als erster hinaustreten ins Scheinwerferlicht vor all die erwartungsvollen Eltern und Verwandten der Protagonisten und würde meine Passage sprechen. Da war es zum ersten Mal: dieses einzigartige Gefühl, das mir durch die Adern rieselte. „Das ist mein Augenblick, so fühlt sich Leben an." Ich hätte mich und die ganze Welt umarmen mögen.

Wie kindisch und eitel es auch gewesen sein mochte, dieser Impuls blieb schon sehr prägend für meine spätere Berufsentscheidung als Schauspieler. Natürlich hatte ich bereits früher einmal an Theater oder vielmehr an den Film gedacht. Meine Schulzeit fiel in die große Zeit des Kinos – lange vor TV, DVD und Internet. Als einmal für die Verfilmung von Erich Kästners ‚Pünktchen und Anton' zwei Kinderdarsteller gesucht wurden, träumten nicht nur kleine Mädchen davon Filmstar zu werden, kleine Jungs konnten das auch. Mit Hilfe meiner immer alles verstehenden Mutter schickte ich sogar ein eigens dafür aufgenommenes Bild von mir irgendwohin. Aber ich wurde natürlich nicht genommen, war zu pummelig oder unbedarft oder sonst irgend etwas, ohne dass es allerdings meine Schwärmerei nachhaltig beeinträchtigt hätte.

Und dann gab es da noch den Sohn eines Marinekameraden meines Vaters: Hans. Ich erinnere mich, wie wir anlässlich einer Geburtstagsfeier alle dicht gedrängt in unserem kleinen Wohnzimmer Kaffee tranken. Der Krieg lag gerade mal 11 Jahre hinter uns, und Wohnraum war absolute Mangelware, sodass meine Eltern die sehr beengten Wohnverhältnisse in einem Frankfurter Vorort in Kauf genommen hatten, nur um meinem Vater täglich vier Stunden Bahnfahrt zu ersparen: im Bummelzug mit einer altersschwachen Dampflok davor über den Taunus, so gemächlich, dass man am Zuganfang hätte aussteigen, auf der Wiese Blümchen pflücken und am Zugende wieder aufspringen können. Und abends wieder das Gleiche zurück in unser Evakuierungsdorf bei Limburg.

Trotz der räumlichen Enge wurden Geburtstage bei uns zu Hause immer aufwendig und mit Freunden gefeiert. Und so saßen also einmal Mitte der fünfziger Jahre Vaters Kriegskamerad Jonny Schmid und seine Frau Jenny mit uns in der Feier-Runde, und ihr Sohn Hans war ebenfalls mitgekommen, damals schon ein richtiger Schauspieler.

Er hatte gerade seinen ersten Film gedreht: einen Märchenfilm: ‚Zwerg Nase' – das war schon was. Und um meinen und seinen Eltern eine Freude zu machen, lehnte er bald – scheinbar angetrunken – im Rahmen der Wohnzimmertür und gab einen zum Besten von der ‚Dinkelscherbener Feuerwehr' – dem Ort in Bayern, an den es Jonny und Jenny nach den Frankfurter Bombennächten verschlagen hatte. Der Erfolg seiner Darbietung war durchschlagend, alle kugelten sich vor Lachen. – Und meine Theater-Begeisterung wuchs immens.

Später wurde er noch richtig berühmt als Hans Clarin, ganz besonders durch seine krächzenden Stimme, die er in der populären Fernsehe-Serie dem Pumuckel, dem Zeichentrick-Kobold vom Meister Eder geliehen hatte.

Circa fünf Jahre nach dem Erlebnis im Wohnzimmer kam wieder so ein besonderer Moment. Ich hatte das Abitur in der Tasche, sechs Monate Arbeit auf dem Bau hinter mir, um die Zeit bis zu den angepeilten Aufnahmeprüfungen an zwei Schauspielschulen auszufüllen, und stand dann eines Herbsttages alleine in der Traumstadt Wien, noch ganz benommen von den vorangegangenen Ereignissen: Ich war soeben in das Max Reinhard Seminar aufgenommen worden. Das war immerhin die Drama-Abteilung der berühmten Wiener Musikhochschule. Ich wusste selbst nicht, wie ich das geschafft hatte.

Hätte ich vor dem Vorsprechen auf der Bühne des Barocktheaters am Schloss Schönbrunn, auf der bereits die Kinder von Kaiserin Maria Theresia herum gepurzelt waren – hätte ich gewusst, dass zum Herbsttermin gerade einmal drei Jungen und drei Mädchen noch aufgenommen werden konnten – von den mehr als einhundert, die im Foyer auf ihren Auftritt warteten, (und dort schon wie Jung-Stars posierten und gestikulierten) – ich hätte mich auf dem Absatz umgedreht und wäre auf den drei Rädern meines Mini-Autos (1 Zylinder, neuneinhalb PS – mit dem ich vorgestern in Saint Jean nicht die Steigung hinauf gekommen wäre) sofort nach Frankfurt zurückgerollt. Etwa 23 Stunden Fahrzeit, wie ich später einmal gestoppt habe. Die erste Steigung übrigens vorgestern in St. Jean-Pied-de-Port hätte ich mit dem neuneinhalb PS Motorradmotor meines ersten Vehikels nicht geschafft.

Aber ich wusste es nicht, ging also tapfer hinein, als ich an der Reihe war, stellte in dem prächtigen Zuschauerraum voll rotem Plüsch und Goldornamenten meinen Beutel vor der Bühne ab, erklomm die ‚Bretter, die die Welt bedeuteten', sagte meine Rolle auf, stieg wieder hinab, nahm meinen Beutel und ging. Drei Stunden später erfuhr ich, dass ich in die engere Auswahl gekommen war, daher morgen nochmals antreten durfte! Am nächsten Tag der gleiche Ablauf wie gehabt: hinein, Beutel abstellen, auf die Bühne, zweite Rolle vorsprechen, hinunter, den Beutel nehmen und ... als ich gerade die Klinke in der Hand hatte, um hinauszugehen, hörte ich hinter mir die Stimme eines meiner späteren Lehrer: „Sagen Sie mal, … was haben Sie denn da eigentlich in dem Beutel drin?"

„Was zu essen", antwortete ich wahrheitsgemäß – und war aufgenommen. Vielleicht deswegen?

Aber diese bewusste Freude, dieses ‚Hier bin ich richtig!', empfand ich erst später am ersten Tag im neuen Klassenraum – besser gesagt: in dem Gemach mit hohen Fenstern, Stuckdecken und Parkettboden statt lumpiger Bretter – im Palais Cumberland, wo einst noble Abgesandte fremder Mächte residierten hatten! Es besaß eine überdachten Kutschen-auffahrt zur Straße hin, unten im Eingang einen ovalen, mit Fresken bemalten Empfangs-Saal und dahinter einen richtigen Park- das Ganze einen Steinwurf von Schloss Schönbrunn entfernt. In dieser Kutschen auffahrt hatte ich später einmal mein laubgrünes Autochen vergeblich gesucht und schon befürchtet, jemand könnte sich daran vergriffen haben, als ich in einem Winkel einen verdächtig großen Laubhaufen entdeckte, aus dem es an einigen Stellen grün hervor leuchtete. Einige Mitschüler hatten das Leichtgewicht (wegen der Alu-Karosserie) kurzerhand vom Parkplatz getragen und in der Ecke unter Laub begraben.

Die neuen Mitschüler hatten nun im neuen Klassenzimmer Platz genommen, harrten in der herrschaftlichen Umgebung noch etwas zurückhaltend der Dinge, die da kommen sollten, und dann trat Fred Liewehr ein: unser Lehrer – nein falsch: „Professor", (denn wir waren ja in Österreich), ein Burgschauspieler, Musicalsänger und Filmdarsteller mit kraftvoller Stimme und von einer wunderbaren Präsenz. Da fühlte ich es wieder, dieses Kribbeln: Jetzt begann es, das richtige Leben. So wie er wollte ich auch sein beziehungsweise werden.

Diese Begeisterung lag dann lange verschüttet irgendwo tief drinnen in mir. Jahre waren seitdem vergangen, der Schauspielberuf längst Alltag, mit den Unfreiheiten und Einschränkungen, nie richtig zu Hause zu sein, der Zimmersuche bei jedem Engagementswechsel, immer aufs Neue, den schwierigen Arbeitszeiten, dem Ausgeliefert-Sein an Intendanten, die je nach Belieben wie die letzten Barockfürsten heuerten und feuerten, – ‚aus künstlerischen Erwägungen' – wie es dann hieß, denn ein neuer Fürst brachte stets seinen eigenen Tross mit sich in sein neues Reich – und Urlaub einmal zwischendurch oder gar krank sein ging gar nicht(!) – dies alles wogen die Höhepunkte auf der Bühne bei weitem nicht mehr auf.

Onkel Heinrich, ein Vetter meiner Mutter, der nach dem Tode meines Vaters als väterlicher Freund ein Auge auf mich hielt, gab mir eines Tages die Warnung mit: „Pass auf, dass du nicht verbitterst!" – einen Satz, den ich damals nicht verstand. Ich war noch an einer Landesbühne engagiert, in Detmold an der Lippe, spielte dort mehr Vorstellungen, als die ganze Spielzeit an Tage zählte, inszeniert nebenbei noch vier Stücke und hatte nicht einmal die Zeit heimzufahren nach Bonn, als meine Frau Gisela im Kreißsaal lag und unseren Sohn Jan zur Welt brachte! Ich wäre so gerne dabei gewesen. Erst drei Wochen später konnte ich nach Bonn fahren. Und dann, als ich in unsere kleine Dachgeschoss-Wohnung hochgestiegen war und im Schlafzimmer in das Bettchen schaute, wo mein Söhnchen schlief, da fühlte ich sie endlich einmal wieder: d i e s e Freude!

Die Warnung von Onkel Heinrich tat nach zwei weiteren Jahren doch noch ihre Wirkung! Mitten im andauernden Kampf um das Geld für ein bisschen Einkauf und die nächste Miete, etc., erhielt ich den Brief einer Kollegin aus dem letzten Engagement: Sie schrieb, dass sie Schluss gemacht hätte mit der Schauspielerei, nun bei einem Heilpraktiker zu arbeiten anfinge und auch die Ausbildung zu diesem Beruf machen wolle! Kurz darauf las ich die Skripten der ersten Probe-Vorlesung, zu der ich mich kurzerhand entschlossen hatte und war fasziniert: von dem Wunderwerk Körper, von uralt bewährten und oft verkannten Heilsystemen, von neuen Entwicklungen, die weit über Blutdruckmessen und das bloße Verschreiben von Pillen hinaus gingen, von denen viele der offiziellen Medizinmänner nichts wussten, oder wissen wollten. (Sie waren und sind ja mit ihren eingefahrenen Methoden in der Gesellschaft gut angesehen und verdienen im Schnitt einhundertzwanzigtausend Euro im Jahr – so die jüngsten Zahlen der Statistiker – wozu also sich um Neues bemühen?) Die Neugier und der Rebell in mir waren gekitzelt und die Naturheilkunde hatte mich gepackt. Also ging ich es an.

Fast ein Jahrzehnt nach der Warnung meines Onkels lagen dann Ausbildung, Prüfung und Anfangsschwierigkeiten im neuen Beruf hinter mir, Umzüge, in eine unbekannte Stadt und nochmals nach einem Jahr in andere Praxisräume. Und ich erinnere mich, wie ich dann eines Morgens aus meiner Wohnung in die neue Praxis hinunter stieg, die Sonne schien ins Labor, alles roch noch frisch und neu, ich hatte etwas Zeit, ehe die ersten Patienten kamen und schaut mich um: Patientenliegen, Ampullenregale, ein neu erstandenes, sündteures Therapiegerät neben allerlei anderen, alles stand bereit und wartete darauf, dass ich es benutzen würde – da verspürte ich sie endlich wieder, diese Freude. Ich konnte jetzt etwas Sinnvolles tun, das anderen nützte, das mich herausforderte und vielleicht gerade deswegen zufrieden stellte, hier war ich an meinem Platz.

Neubeginn

Christine schrieb mir also, dass sie den Schauspielberuf an den Nagel gehängt habe, nun als Sprechstundenhilfe bei einem Heilpraktiker angestellt sei und berichtete auch wie sehr sie die Methoden der alternativen Medizin begeisterten. Damit erziele ihr neuer Chef tolle Heilerfolge, z. B. bei der sonst so schwer zu behandelnden Schuppenflechte oder im Anschluss an überstandene Herzinfarkte. Davon kannte ich nun erst einmal gar nichts. Von dem Beruf eines Heilpraktikers wusste ich bestenfalls den Namen. – Und, so fügte sie hinzu, sie habe sich erkundigt, es gäbe eine bezahlbare Möglichkeit sich in diesem Beruf ausbilden zu lassen: Das werde sie tun.

Da bekam ich plötzlich spitze Ohren, denn kurz vor dem Abitur war mir der Gedanke an die Medizin auch einmal durch den Kopf gegangen, und ich hatte sogar die Praxis unseres Hausarztes inspiziert. Ich wollte zwar immer in meinem künftigen Beruf mehr mit Menschen als mit Technik oder Bürokram zu tun haben, doch die ganze Zeit nur in einer Praxis zu stehen, immer mit Kranken zu tun zu haben und die Klagen über die diversen Wehwehchen zu hören – nein, das konnte ich mir damals beim besten Willen nicht vorstellen – dafür lockte das Theater viel zu sehr.

Jetzt aber schrieb Christine, dass der hessische Heilpraktikerverband eine interessante Variante zu der Ausbildung an einer Tagesschule anbot. Die damals größte Berufsvereinigung DH in Deutschland veranstaltete an Wochenenden berufsbegleitende Seminare und Vorlesungen, die dann zu Hause selbständig bearbeitet und vertieft werden mussten. Das passte. Denn ich hatte ja Frau und seit kurzem auch einen Sohn, für die ich sorgen wollte. Und außerdem sagte ich mir, dass ich schon viel Geld auch für viel unnützere Dinge als Wissen ausgegeben hätte. Also forderte ich die Unterlagen an.

Die Vertragsbedingungen waren mehr als fair, die Kosten mäßig: Ich würde jederzeit ohne Nachteil aufhören können, sollte ich es nicht schaffen oder mir sonst etwas nicht zusagen, daher unterschrieb ich den Vertrag. Das erste Wochenende kam. Ich erhielt die ersten Skripte, hörte die ersten Vorlesungen und wusste sofort: Das war's! Ich war auf Anhieb gefesselt von der Naturheilkunde und bin es bis heute noch immer – nach so vielen Jahren.

Sicher spielte bei der Entscheidung für diesen Beruf auch der frühe Tod meines Vaters eine Rolle, der schon 1965 mit einundsechzig Jahren an den Folgen eines Herzinfarktes gestorben war. Zu dieser Zeit arbeitet ich sommers bei den Bregenzer Festspielen als Regieassistent, und meine Eltern besuchten mich dort auf der Rückreise von ihrem Urlaub im Allgäu. Wir probten gerade das Ballett ‚Dornröschen', und ich führte zum Takt der Musik einige kleine Ballettmädchen an der Hand über die riesige Seebühne um mit ihnen ihre Gänge und Schritte einzuüben, wie sie der Choreograph festgelegt hatte. Meine Eltern saßen dabei auf der Tribüne und sahen zum ersten Mal, was ihr „Kleiner" in dem für sie so fremden Metier eigentlich machte. Auch mein sonst sehr zurückhaltender Vater war ausgesprochen angetan und wohl endgültig mit meinem Beruf und überhaupt meiner Existenz versöhnt, denn er hatte sich eigentlich immer ein Mädchen gewünscht, aber drei Jungen bekommen. Meine Mutter erzählte gerne eine Episode aus dem Krankenhaus, als mein zweiter Bruder zur Welt kam: Auf dem Flur vor dem Kreißsaal wanderten mein Vater und ein anderer Mann ungeduldig hin und her und warteten auf die erlösende Nachricht von der Geburt; mein Vater erhoffte sich diesmal also ein Mädchen, der zweite Mann dagegen einen Jungen, denn er hatte schon ein Mädchen zu Hause. Als es dann so weit war und die Schwester die Nachricht verkündete: Buchenaus hätten wieder einen Jungen(!) und der zweite Vater Zwillinge und zwar gleich z w e i Mädchen, da rannte der andere Vater den Gang auf und ab, griff sich mit beiden Händen an den Kopf und jammerte „Aach noch zwaa von dene Weibsleut' – aach noch zwaa von dene Weibsleut'!" –

Meine Eltern wohnten in der gleichen Pension wie ich und wollten nur bis zum nächsten Tag bleiben, aber in der darauffolgenden Nacht erlitt mein Vater einen Herzinfarkt, wurde sofort in die Klinik eingeliefert, wo sich die Ärzte stundenlang um ihn bemühten, zunächst ohne durchschlagenden Erfolg. Erst als ein couragierter Oberarzt ihm Strophanthin durch die Brustwand hindurch direkt in den Herzmuskel spritzte, wich die akute Gefahr, und wir konnten zunächst einmal aufatmen.

Nach dem damaligen Stand des Wissen waren die Ärzte in Bregenz mit ihren Behandlungen voll auf der Höhe der Zeit, denn solche Fälle ereigneten sich dort im Sommer immer wieder, wenn Urlauber auf der Durchreise vom Hochgebirge in dem feuchten Bodenseeklima Station machten. Vielleicht, so dachte ich hinterher manchmal, war der Infarkt auch jetzt gekommen, weil mein Vater, der immer ein Muster an Pflichtbewusstsein und Verantwortungsgefühl darstellte, nun auch seinen „Kleinen" als im Leben angekommen und seine Pflicht als erfüllt ansah, sodass er loslassen und gehen konnte?

Mehr als die Akutbehandlung geschah leider nicht in Bregenz, war damals auch nicht üblich; ‚Er müsse sich jetzt nur erholen und zu Kräften kommen', hieß es. Und so entließen sie meinen Vater 6 Wochen nach dem Insult noch sehr geschwächt nach Hause, wo er wenige Tage später starb.

Jetzt hörte ich durch Christine zum ersten Mal von ganz anderen Ansätzen der Behandlung: und zwar Hand in Hand mit der Natur und nicht dagegen! Ich lernte nach und nach Zusammenhänge zu verstehen, nicht nur Symptome zu beseitigen, verstand die Krankheit als Warnzeichen des Körpers oder seine Reaktionen als nützlich – wie etwa ein Fieber, das Schlimmeres verhütet! – und dass man den Körper begleiten, ihm die Kraft geben sollte die Erkrankung selbst zu überwinden. Wenn ich im Medizin-Alltag von heute höre, dass man die Symptome immer nur bekämpfen, ausrotten oder eliminieren will, komme ich mir mit dieser Terminologie vor wie im Krieg – nur: dass dies oft ein Krieg gegen die Natur und gegen die Weisheit des eigenen Körpers und seiner Reaktionen ist (siehe Fieber, das vielleicht unangenehm sein kann, aber die Mikroben und Krebszellen mögen es nun einmal gar nicht und gehen ein).

Jahre später konsultierte mich einmal ein Patient auf der Suche nach einer begleitenden Therapie für die Folgen seiner Erkrankung. Er hatte einen schweren Septum- und Hinterwandinfarkt erlitten, war klinisch bereits tot gewesen und wiederbelebt worden und noch immer in ziemlich schlechter Verfassung. Der Kardiologe untersuchte ihn zwar regelmäßig, aber sein Zustand besserte sich äußerst langsam. So begann ich vorsichtig mit Behandlungen zur Stärkung des Herzens und der Entsäuerung des

Organismus; an die wichtigsten Therapien zur Regeneration traute ich mich noch gar nicht heran. Zu meiner Freude fühlte sich der Mann bald etwas besser. Der Kardiologe kontrollierte weiterhin regelmäßig seinen Zustand, war über die Behandlung bei mir auch informiert und riet ihm erfreut: „Machen Sie ruhig weiter so bei dem Mann – dafür habe ich keine Zeit." Ich setze die Therapien drei Monate fort, wandte dann auch besondere Verfahren wie die Zelltherapie an, und als der Patient sich weiter erholt hatte, ging er anschließend noch in eine naturheilkundliche Rehaklinik. Ein Jahr später fühlte er sich so gut wieder hergestellt, dass er erneut im Hochgebirge auf Wanderschaft ging! – So kann es auch sein. Und so wie mit diesem Kardiologen würde ich mir immer eine sinnvolle Zusammenarbeit mit der Schulmedizin wünschen.

Für mich bedeutete die neue Ausbildung damals, dass ich nun gleichzeitig vier Beschäftigungen nebeneinander hatte: Das Theaterspielen und gelegentlich im Deutschlandfunk- mehr schlecht als recht – Nachrichten lesen (z. B. zur Hundswache zwischen null und sechs Uhr den Seewetterbericht: „Helgoland, ... ooost – nordooost ..." oder so ähnlich), dann noch das Taxifahren, wenn das Geld mal wieder alle war und dazwischen jeden Tag das Lernen, genau nach Stundenplan: Skripte sichten, Tonaufnahmen abhören, Fachbücher und den Pschyrembel wälzen und alles geordnet zu Papier bringen. Nachmittags um vier Uhr, pünktlich mit dem Glockenschlag ließ ich den Schreibstift fallen, um wieder zum Funk oder ins Theater oder mit dem Taxi zu fahren, das Ganze während der Woche sechs Tage lang. Nur den siebten gab ich mir selbst zum Abzuschalten und Erholen frei.

Aber damit immer noch nicht genug: Meine Frau Gisela hatte einige Zeit zuvor die traurige Nachricht vom Tode ihres Vaters erhalten, in der Folge aber auch eine kleine Erbschaft aus dem Verkauf des Elternhauses. Diesen unerwarteten Geldsegen hätten wir natürlich gut für die Ausstattung unseres kleinen Hausstandes ausgeben können, denn unsere Einrichtung war zu der Zeit mehr als einfach. Sie bestand aus mehreren Sätzen dreiteiliger Matratzen, die ich eigenhändig mit braunem Velour bezogen hatte; tagsüber zusammen gestapelt dienten sie als Sofa und nachts ausgebreitet als unser Bett; die Wohnwand hatte ich aus hochkant gestapelten Schubladen zusammengeschraubt und in der Küche prangte ein altes Küchenbuffet aus den Kellerbeständen meiner Vermieterin in Detmold, einer liebenswerten, alten Klavierlehrerin. „Nehmen Sie ruhig, steht doch nur im Keller rum", sagte sie auf meine vorsichtige Nachfrage hin. Und so kam ich nach Ende meines Engagements in Detmold mit einer Fuhre voller Einrichtungsgegenstände samt Schrank auf dem Dachgepäckträger meines alten Ford-Kombi in Bonn an. Die fehlenden Vorhänge in der Wohnung nähte ich aus billigem, weißem Nessel selbst zusammen, als Deckenlampe ein Ballon aus Japanpapier – und fertig. Damit fühlten wir uns aber keineswegs unglücklich.

Und das Geerbte, so beschlossen wir, wollten wir nicht für Möbel vertun, sondern in die Anzahlung eines günstigen, schmalen Reihenhauses stecken, um damit die beengten Wohnverhältnisse nachhaltig zu verbessern. Es wurde uns zu einem niedrigen Festpreis in einem Nachbarort von Bonn angeboten, kaum 5 km von der Innenstadt entfernt.

Leider legte uns die Wohnbaugesellschaft mit einem betrügerischen Bankrott herein, und die Kosten für den Bau stiegen plötzlich weit über die veranschlagte Summe hinaus – weiß Gott, wie ich trotzdem die Raten dafür immer zusammen-kratzte. Das hatte zur Folge, dass ich neben allen anderen Tätigkeiten auch noch viel Zeit beim Werkeln auf der Baustelle verbrachte, um Geld zu sparen.

Als ich schließlich nach einem Jahr glaubte das Härteste überstanden zu haben, kündigte meine Frau mir plötzlich die Ehe auf und zog zu Jahresbeginn 1967 mit meinem kleinen Sohn Jan in eine Wohnung im Vorgebirge zwischen Köln und Bonn. Mich ließ sie mit all meinen Beschäftigungen in einem ausgewachsenen Tief zurück, und wenn ich abends nach Köln zur Vorstellung fuhr, schaut ich mit aufgewühlten Gefühlen zu den Ortschaften am Hang hinauf, wo sie und mein Sohn jetzt lebten. Einen triftigen Grund für ihre plötzliche Entscheidung gab es eigentlich nicht. Von meiner Beziehung zu Christine während des Engagements in Detmold wusste sie und hatte sich selbst in dieser Zeit auch schadlos gehalten. Wahrscheinlich lag es an ihren fünf Freundinnen damals, allesamt geschieden(!), die – wie ich aus gelegentlichen Äußerungen entnehmen konnte – das längere Fortbestehen einer Beziehung als einen schweren Mangel an Emanzipation betrachteten! (Freilich hielt es eine der Damen nicht davon ab, sich an den Kollegen meiner Frau herauszumachen, mit dem Gisela nach unserer Trennung befreundet war) – Genaueres über den Anstoß zu ihrer Entscheidung konnten wir bis heute nicht herausfinden, wenn wir miteinander sprachen. Und das tun wir öfters mal, denn wir sind noch immer und trotz allem seit mehr als fünfunddreißig Jahren gut befreundet.

Pamplona – Cirauqui

Pamplona kündigte sich schon an, als wir nach kaum vier Stunden und einer größeren Strecke entlang des baumbestandenen, kleinen Flusses von Zubiri über die nächste romanische Brücke und durch ein Stadttor hindurch liefen. Aber es war nur eine Vorstadt; bis die hohen Mauern der alten Stadtbefestigung in Sicht kamen, zog es sich noch hin. Schließlich stapften wir dann gemeinsam mit einem ganzen Rudel anderer Pilger durch die Anlagen unterhalb der Bastionen und eine gepflasterte Straße hinauf, bogen oben durch ein Tor in die engen Gassen der Altstadt ein, wo unweit des Eingangs schon zwischen den Häuserzeilen die Kathedrale auf eine Anhöhe zu sehen war. Wir suchten und fanden in der Nähe die im Reiseführer als besonders beschriebene Herberge in einer Jesuitenkirche – Jesu y Maria. Sie lag eingebaut in einer Häuserfront, nur ein großes Muschelschild kündigte sie an. Das Besondere zeigte sich erst im Inneren. An einer hohen hufeisenförmigen Zwischenwand, die inmitten des Sakralraumes stand und innen noch einen Versammlungsraum übrig ließ, reihten sich nach außen hin rundum circa ein Dutzend Vier-Bett-Kojen aneinander, im Parterre und sichtbar durch den Milchglasboden sogar noch eine Etage darüber! An den Außenmauern ein paar Bänke und Haken fürs Gepäck – das war's Aber ein Bett, heiße Duschen, Aufenthaltsraum und ein Innenhof, in dem die Pilgerwäsche flatterte, was wollte man mehr? Und das für 8 €.

Pamplona hatten wir heute schon früh erreicht, nur knapp 20 km lagen hinter uns. Die Stadt döste noch in der Mittagsglut, es dauerte, bis sie langsam aus der Siesta erwachte. Ich wollte Ersatz für meine Seifendose kaufen, die wohl immer noch friedlich im Duschraum in Zubiri lag. Und leichte Sandalen für den Abend, wenn man nach der Ankunft endlich die Wanderstiefel ausziehen konnte.

In den engen Altstadtgassen fanden wir bald das Gesuchte; dort reihten sich nur kleine Geschäftchen und Bars aneinander, die großen Einkaufs-Ketten hatten sich hier noch nicht breitgemacht. Anschließend lagerten wir oben hinter der Kathedrale auf der Bastion, unter der wir vor Eintritt in die Stadt entlang gelaufen waren. Durch den leichten Dunst über den Dächern der Vorstadthäuser konnte man bis hin zu den Pyrenäen-Ausläufern sehen, von wo wir gekommen waren.

Ich schrieb meine Eindrücke vom Tage auf, Jens ruhte sich aus, es ging ihm leider nicht so gut: sein rechter Fuß machte Beschwerden. Er hatte gestern schon geklagt, aber erst einmal abgewartet und gehofft, dass es von alleine besser würde. Wieder zurück in der Herberge injizierte ich ihm ein Lokalanästhetikum, mit dem ich sonst meistens weiterhelfen konnte, diesmal leider ohne nachhaltigen Erfolg. – Erst viel später, zu Hause, erzählt er mir, dass es ihn in den Pyrenäen bei dem steilen Abstieg nach Roncevalles –vor dem bei Regen gewarnt worden war! – einmal heftig auf den Steiß gelegt hatte. Doch er hatte das nicht so wichtig genommen, vergessen und auf meine Nachfrage hin verneint. Wahrscheinlich wäre die Ursache des Schmerzes damals also gar nicht im Fuß selbst, sondern an den Nervenwurzeln im tiefen Rücken zu suchen gewesen.

Zum Abend besorgten wir uns Brot, Käse und Getränke, liefen einmal quer durch die Innenstadt zum Parque Vuelta de la Castillo, dem Kastell aus längst vergangener Zeit, suchten uns ein Plätzchen hinter einer Kapelle und picknickten dort gemütlich im Freien, denn später sollte auf dem Gelände ein Konzert mit baskischer Musik statt-finden. Es war ein warmer, spanischer Sommerabend, jede Menge Leute strömten herbei; wir platzierten uns zwischen die Besucher auf den Rasen, trafen zwei deutsche Pilger von der gestrigen Herberge wieder und bekamen von ihnen einen Schluck Rotwein ab, hörten eine Stunde lang viel Gesang mit Bandoneonbegleitung, rhythmisch und etwas fremd zugleich, sahen aber wegen des Gedränges leider wenig von den Musikern. Dann forderte das Laufen vom Tage seinen Tribut an Schlaf ein, und wir machten uns auf den Weg zurück in die Herberge. Jens humpelte besorgniserregend.

Am Morgen nach – und trotz – der Nachtruhe dann seine Feststellung: keine Besserung. Der Fuß schmerzte zu sehr! Folglich seine Entscheidung: er würde erst einmal in Pamplona bleiben und nach einem Arzt Ausschau halten.

Plötzlich war ich alleine unterwegs, ein völlig neues Gefühl. Obwohl wir auch auf den ersten Strecken immer schon im eigenen Tempo gelaufen waren, hatte das jetzt eine andere Qualität: ich brauchte zwar auf niemanden Rücksicht zu nehmen, hatte aber auch keinen Freund, keinen Ansprechpartner mehr, keine Hilfe, sollte es einmal nötig sein, ich war auf mich selbst angewiesen. Das erzeugte ein Gefühl von eigener Kraft und machte ein bisschen stolz: Ich würde auch alleine weiter gehen bis Santiago, mein Entschluss stand nie infrage.

Gleichzeitig schien dieser Umstand die Wahrnehmungen zu schärfen. Ich spürte die Morgenschläfrigkeit in den noch leeren Straßen um 7 Uhr in der Frühe, nur einige kleine Bars hatten geöffnet und warteten auf die Wanderer. Ich nahm interessiert die unterschiedlichsten Erscheinungen der Pilger wahr, welche mich überholten, mal

zielstrebig mit entschlossenem Gang, oder auch gemächlich wie beim Schaufensterbummel, als ob Santiago
gleich um die Ecke läge. Zum Teil waren sie toll ausge-
stattet mit Outdoorkleidung und hohen Pilgerstöcken, einer hatte sogar stilgerecht eine kleine Kalebasse am
Rucksack baumeln, die Nachbildung des traditionellen
Trink-Kürbisses (wie man den wohl aushöhlte?). Ich
meinte manchmal eine abweisende Atmosphäre zwischen den verschnörkelten Fassaden der Großstadthäuser
zu fühlen, an denen ich entlanglief. An einigen Geschäften waren die Rollläden nur halb hochgezogenen, als ob
sie eigentlich gar keine Kunden haben wollten. Oder ich
kam an freundlich und vertraut wirkenden kleinen Häuschen vorbei, eingeklemmt zwischen den Renommierbau-
ten und übrig geblieben aus eine vergangenen, gemütli-
cheren Zeit vor der Gründerepoche. Ich registrierte, wie
sich die Metallknöpfe am Boden außerhalb der Stadt verabschiedeten, (vielleicht genervt von der Aufgabe immer
wieder neuen Pilgern den immer gleichen Weg weisen zu
müssen) und empfand es als angenehm, wie sich die Gegend hinter der Stadt weitete und der Kiesweg eben und
mit Pappeln bestanden vor mir ausdehnte. Nach und nach
erst verengte er sich und schlängelte sich später als steiniger Trampelpfad einen Berghang hinauf, der wie eine
massive Barriere von Nord nach Süd quer vor mir lag.
Seinen Kamm hoch oben zierte eine schier endlose Reihe
von Windrädern.

Zahlreiche Radfahrer überholten mich, die gelegentlich
schon stören konnten, besonders wenn einige von ihnen,
Trikot-verkleidet und mit Helm gekrönt, verbissen den
Pilgerweg entlang strampelten, ihn als „Tour de France"-
Verschnitt missverstanden und von den Fußgängern für
ihre Turnübungen auch noch Rücksicht erwarteten. Sie
fuhren natürlich ohne Gepäck – der Schnelligkeit wegen,

versteht sich – das ließen sich die Super-Sportler vom Transportdienst zur nächsten Herberge nach bringen. – Da fühlte ich mit meinen Habseligkeiten auf dem Rücken und keiner Vorgabe eines unbedingt zu erreichenden Tageszieles im Kopf – weil dort das Gepäck lagern würde – mich viel ungebundener und freier.

Ohne Jens lag es nun an mir nach den Wegzeichen Ausschau zu halten, vorher hatte ich mich aus Bequemlichkeit auf ihn verlassen. Obwohl es später zur täglichen Routine wurde, übersah ich doch zweimal die Pfeile oder Muscheln und verlief mich prompt. Auch nach geeigneten Rastplätzen galt es sich umzublicken, besonders wenn sich der Weg nach ein paar Stunden Fußmarsch in die Länge zu ziehen schien. Einer kam, als die Sonne bereits hoch am Himmel und kein Baum am Wegesrand stand, etwas seitlich gelegen, eine Quelle mit Laubbäumen darum herum und Bänken darunter im Schatten, wo jeder, der vorbeikam dankbar verschnaufte Beim Abkühlen nahe der Wasserstelle hielt ich ein Schwätzchen mit zwei Engländern. Der Jüngere war zeitweise in NRW aufgewachsen und erinnerte sich gerne an Urlaube mit seinem Vater, (einem Deutschlehrer) in Bayern. Zur Abwechslung sprachen wir einmal nicht vom Camino, sondern von Neuschwanstein. Ich hatte seit langem nicht mehr so viel Englisch gesprochen wie seit St. Jean.

Auf dem Jakobsweg ist wohl eine ganz eigene Art von Menschen unterwegs, alleine schon der aufzubringenden Initiative wegen. Aber was ist es wirklich, das einige Fremde sofort sympathisch erscheinen lässt, wenn die ‚Chemie‘ auf Anhieb stimmt? Sind es die Pheromone, wie die Mediziner behaupten? Also wirklich: Chemie, die Duftstoffe, die wir aussenden? So wie man auch die Angst „riechen" kann? Oder ist es die gleiche „Wellenlänge" in den Gefühlen und Vorstellungen? Non verbale Kommunikation, Gedankenübertragung? Vereint die Ausrichtung auf das gemeinsame Ziel die Menschen und lässt das Unterschiedliche belanglos werden ? Vielleicht ist es auch nur die Wahrscheinlichkeit, dem anderen in diesem Leben nie wieder zu begegnen, weswegen man sich rückhaltlose Offenheit gestattet und bereitwilliger anrühren lässt?

Der Pfad wurden immer enger, steiniger und steiler und etwas mehr als vier Stunden nach dem Aufbruch in Pamplona stand ich am Pilgerdenkmal auf dem Berg-kamm in knapp 800 m Höhe: der Auto del Perdon. Ich schaut zurück auf die Stadt in der milchigen Ferne, auf die Windräder rechts und links, hört das rhythmische Vor-beisausen der Flügel und blickte auf der anderen Seite in eine weite, offene und leicht wellige Landschaft mit gel-ben und bräunlichen Feldern.

Auf dem kleinen Platz vor dem Denkmal standen große, aus dicken, rostigen Eisen-platten herausgeschnittene Fi-guren von Wanderern und Tieren, welche ausgiebig von allen Pilgern fotografiert wurden. Zu diesem Zweck gin-gen Handys, Tablets und Kameras eifrig von Hand zu Hand, besonders wenn Gruppen sich gemeinsam mit den Figurinen ablichten lassen wollten und die Arme nicht lang genug waren für das „Selfie"; ich sprach ein paar Worte mit einer jungen Frau, die mich vorher stramm und stumm überholt hatte, hier aber gesprächiger wurde, ich machte für sie ein paar Bilder; man wünschte sich Buen Camino – wie jedem auf dem Weg - und sie setzte ihre Wanderung fort. Desillusionierend empfand ich an der Alto del Perdon lediglich, dass nach der Anstrengung des Aufstiegs auf dem Fußpfad hier oben hinter dem Denk-mal eine Fahrstraße vorbeiführte, wo wieder mal ein

Imbisswagen auf Kunden wartete: es war also absolut nichts Besonderes, hier hinauf gekommen zu sein. Gegen den Café con leche hatte ich allerdings nichts einzuwenden.

Auf der anderen Seite des Berges erwartete mich statt eines Weges ein steil abfallendes Geröllfeld – gut dass ich meine Stöcke hatte. – Wie man dort mit dem Fahrrad heil hinunterkommt? Doch bald versöhnte der Weg wieder mit einem sanfteren Neigungswinkel, lagen hügelige Felder seitlich rechts und links, standen hohen Stauden am Wegrand, wie geschossene Dillpflanzen, ebenso Brombeerhecken und kleine Bäumchen mit blauen Beeren. Sie sahen Schlehen ähnlich, einige Pilger pflücken und aßen sie sogar. Ich hielt mich lieber zurück, denn meine Medikamente gegen Durchfall wollte ich nicht unbedingt ausprobieren.

Puente la Reina kam in Sicht mit – wieder einer – romanischen Brücke als Namensgeber, es sollte das heutige Etappenziel sein. Ich erreichte den Ort schon um die Mittagszeit, kämpfte mich durch eine Traube von Touristen hindurch, die eben aus einem Bus quollen und gelangte in die schattige, schmale Hauptstraße, in deren Mitte rechts die Dorfkirche stand.

Als ich eintrat, war ich sogleich von angenehmer Ruhe und Kühle umgeben. Doch den goldenen Hochaltar im Dämmer des Chores konnte ich nicht lange bestaunen, denn die gleiche Touristentruppe von vorhin stürmte die Kirche und verdarb mir die Lust am Hierbleiben, auch nicht in diesem Ort, und ich beschloss ein Stück des Weges anzuhängen. Von der Hauptstraße aus führte er über die besagte romanische Brücke und nach zwei unvermeidlichen Fotos weiter in ein breites Bachtal, vorbei an Brombeerbüschen voller reifer Beeren, die anscheinend hier niemand außer mir pflückte. Zu früheren Zeiten dürfte das anders gewesen sein! Schließlich bog der Weg aus dem Tal ab, und es folgte ein mühseliger Anstieg in der Mittagsglut, der den Schweiß nur so rinnen ließ. Auf halber Höhe im schütteren Schatten einiger Kiefern rastete ich erst einmal und verschnaufte. Da klingelte zu meiner Verwunderung das Handy und Jens erreichte mich mitten in diesem Nirgendwo. Er hatte sich doch noch aufgemacht und suchte mich jetzt in Puente la Reina. Es tat mir leid, dass ich weitergegangen war – konnte es aber nicht mehr ändern. Und wie ich so langsam wieder Kraft schöpfte, schaute ich den Pfad hinunter und traute meinen Augen kaum: Auf dem wirklich steilen und steinigen Aufstieg kam in dieser Mittagssonne eine nicht ganz schlanke Frau mit zwei kleinen Kindern herauf gestapft und zog noch einen Fahrradanhänger voller Gepäck hinter sich her. Und sie brauchte nicht einmal eine Pause; nur ein „Buen Camino", und sie ging weiter.

Nach meiner Ankunft in dem kleinen Ort Cirauqui, zwei Stunden später, unterhielt sie sich schon vor der Herberge gegenüber der Kirche, die natürlich wieder einmal auf dem höchsten Punkt des Dorfes stand. Die Wanderin war eine Deutsche aus dem Schwarzwald, schon länger unterwegs – warum, wozu, wieso gerade den Camino – noch dazu mit den recht kleinen Kindern, das konnte sie nicht unbedingt schlüssig beantworten! Der Weg hat eben so seine Anziehungskraft und seine eigenen Geheimnisse.

Dann überraschte mich Jens, dass er es doch noch bis Cirauqui geschafft hatte, trotz seiner Beschwerden, und wir verbrachten einen weiteren geselligen Abend im Steinkeller unter der Herberge, saßen in einer Nische am runden Tisch gemeinsam mit drei Spaniern und der Schweizer Ehefrau des einen und mit Andrasch, einem ungarischer Bibliothekar, der aber im Vatikan arbeitete. Leider erzählte er nicht viel von seiner Tätigkeit. Die dampfenden Spaghetti, das Gebratene mit Pommes – wie gehabt - Nachtisch, Brot, Wein, Unterhaltung – was will man mehr? Zum Abschluss musste ich noch die Mund-harmonika holen und spielen – wie auf Klassenfahrten zur meiner Schulzeit, als ob nicht Jahrzehnte seitdem vergangen wären.

Wegzeichen – Cirauqui, 13.8.2015

Ein gelber Pfeil,
klebt an den Mauern, den Laternen,
manchmal auf dem Boden;
und nochmals, nochmals wieder,
dass ihn nur keiner übersehe:
Ansage, zu folgen, zu vertrauen,
die Entscheidung abzugeben?
Hat jemand hier an mich gedacht,
sorgt sich um mich!?

Oder die trauliche Muschel,
fünf Striche einfach,
leuchtet gelb vom Grund des Meeresblau,
Kreuzweg und Häuserwand markierend,
und jede Straße wird ein Stück Daheim.

Gelegentlich kommt sie auch vornehmer daher:
in Bronze oder stählern blank am Boden,
wenn honorige Stadtväter
sich damit schmücken möchten;
hat etwas Hochmütiges, Rechthaberisches,
von ihnen übernommen, denke ich:
Gibt Anweisungen im Zehn-Meter-Takt.
„Die Wanderer: hier entlang!"
Soll etwa keiner seitwärts suchen,
was es dort hinter den Fassaden zu verbergen gilt?!
Und was suche ich hier unterwegs,
was habe ich gemein mit dem Symbol vom Weg?

Weiß leuchtet
vom Gepäcksack auf dem Rücken
mir zur Antwort meine Muschel:
Sie ist Hälfte nur! – nur Teil! –
von der verlorenen Einheit!

Cirauqui – Estella – Los Arcos, 14.8.2015

Schon Freitag, der 14.8.! Jens konnte nicht starten. Der Fuß brauchte mindesten drei Tage Ruhe, hatten ihm erfahrene Wanderer gesagt. Wir verabredeten uns im nächstgrößeren Ort Estella auf der romanischen Brücke – wo sonst? Jens wollte eventuell einige Etappen im Bus zurücklegen, bis sein Fuß besser würde.

Ich machte mich alleine auf: von der Anhöhe mit Kirche und Herberge wieder hinunter und bei nächster Gelegenheit zur nächsten Kirche wieder einen Hügel hinauf, aber daran gewöhnt man sich. Ich kam gut voran, die Sonne hatte sich ein bisschen versteckt, ich erreichte Estella und fand am Ortseingang gleich die Brücke, malerisch im hohen Bogen über einen Fluss führend und mit uraltem Feldsteinpflaster belegt, aber Jens war nicht dort. Ich stand eine Weile unschlüssig herum, das Telefon funktionierte nicht; ich lief durch den Ort, besichtigte eine schlichte romanische Klosterkirche, San Pedro de la Rua, die natürlich ganz oben am Ende einer langen Freitreppe lag; hier hatten die navarrischen Könige früher ihren Eid abgelegt; dahinter ein sehenswerter Kreuzgang mit Säulen, die sich z. T. wie weich gewordene Kerzen umeinander drehten.

Am Königs-‚Palast‘ unten in der Ortsmitte war ich vorher schon vorbei gekommen: ansehlich, dreigeschossig, heute Museum und Kunstgalerie. Ich entdeckte neben der Kirche einen Freiluft-Aufzug hinab ins Städtchen – so etwas gab es auch – wurde den eintrudelnden Pilgern unten an der Treppe aber n i c h t angekündigt. (Die wollen ja laufen, dann sollen sie auch!) Als ich gerade einsteigen wollte, beendete oben auf der Höhe ein Anruf von Claudia, Jens' Frau, meine Unschlüssigkeit: Jens sei schon in Madrid, an ein Weiter-laufen sein nicht denken, er fliege noch heute heim.

Nun war ich endgültig Einzelgänger, und 27 Etappen warteten noch auf mich. Aber ich machte mir darum keine Gedanken, war beschäftigt erst aus dem Ort heraus zu finden und erreichte, ehe ich es erwartet hätte, nach den letzten Häusern und einem kurzem Anstieg den berühmten Weinbrunnen von Irache.

Rechts an der Blechwand eines riesigen Lagerhauses klebte eine größere muschel-verzierte Platte, aus der zwei Wasserhähne ragten: am rechten zapfte man Wasser, am linken wahrhaftig Rotwein. Bevor ich noch richtig angekommen war, kam mir schon Rodrigo entgegen, einer der Spanier vom gestrigen Abendessen, half mir beim Abnehmen des Rucksacks und begrüßte mich herzlich, als hätten wir uns eine Ewigkeit nicht gesehen; ebenso freundlich empfing mich die ganze Gruppe um ihn herum, die dort dem Wein zusprach. Einige füllten ihre Flaschen damit, aber das ließ ich lieber bleiben, denn ich wollte ja heute noch irgendwo ankommen! Und der Wein gehörte abends sowieso zum Menü.

Nach einer Viertelstunde brachen die Spanier auf, ich beendet ebenfalls meine Pause, hatte natürlich ein ordentliches Glas Roten intus und verlief mich prompt beim Weitergehen! Anstatt an der nächsten Kreuzung eine der beiden alternativen Routen nach rechts oder links zu nehmen, war ich einfach geradeaus weiter getrottet, immer parallel zur Autobahn, ohne dass mir die Ruhe um mich herum suspekt vorgekommen wäre. Ein paar Kilometern weiter landete ich an einem Kreisverkehr, doch keine Muschel und kein gelber Pfeil wiesen hier die richtige Richtung. Ich lief ein kurzes Stück bis zu einer Abzweigung zurück: aber ebenfalls nichts. Also besann ich mich auf meinen Orientierungssinn, den GPS und Navi noch nicht geschädigten hatten, warf einen Blick auf die Karte im Reiseführer und wusste, dass ich links voraus in ca. 2 km den Camino wieder kreuzen würde. Den gleichen Reiseführer von John Brierley hatten übrigens gestern auch die Engländer am Rastplatz dabei. Im U. K. ist Brierley mit seinen Routenbeschreibungen und Kommentaren zu den Wanderzielen bereits eine Berühmtheit.

Der Himmel blieb bedeckt, und das Laufen machte richtig Spaß. In Villamajor de Monjardin angekommen, einem Ort knapp 10 km von Estella entfernt und natürlich oben auf einer Anhöhe von 650 m, traf ich Barbara. Sie stand mit mehreren anderen Pilgern auf dem Dorfplatz, und im Gegensatz zu ihnen wollte sie die Wanderung für heute auch noch nicht beenden, genau wenig wie ich. Wir beschlossen gemeinsam weiterzulaufen und legten einen ordentlichen Schritt vor. Eine Spanierin, die auch mitgekommen war, blieb bald zurück – wir fanden nichts dabei – da waren's nur noch zwei.

Barbara war so um die fünfzig, stammte aus Hamburg, arbeitet in der Verwaltung einer Klinik, hatte sich aber nach einer abwechslungsreicheren oder andersartigen Tätigkeit umgeschaut. Zu ihrer Überraschung bekam sie von der Klinikleitung das Angebot, ein Sabbat-Jahr machen zu können, um sich über ihre berufliche Zukunft klar zu werden. Zum Zeitpunkt als wir uns trafen, war sie schon seit 9 Monaten unterwegs auf einigen anderen Routen und wollte nun zum Abschluss den Camino laufen, allerdings mit viel Zeit: der Rückflug stand erst Anfang Oktober auf ihrem Plan.

Wir unterhielten uns angeregt über ihre beruflichen Ideen. Sie wollte Coaching machen, hatte auch schon mehrere

Fortbildungen hinter sich. Ihr schwebte etwas wie Bert Hellingers Familienstellen vor, aber nicht mit Einzelpersonen, sondern mit ganzen Firmen oder Belegschaften: wodurch jeder Einzelne und auch ganze Abteilungen ihren Platz in der Firma, oder die Firma ihrem Platz in der Gesellschaft, unter den Konkurrenten und Mitbewerbern beobachten, bewerten und eventuell verändern könnte. Eine spannende Vorstellung! Meine Erfahrungen mit der Psychokinesiologie nach Dr. Klinghardt < s. X> passten gut zu diesen Ideen. Warum sollten traumatische Erlebnisse, die eine Firma betroffen haben, in ihr nicht auch unterbewusst nachwirken und Entscheidungen beeinflussen – eventuell sogar blockieren?

Barbara hatte wirklich einen forschen Schritt drauf! Doch so im Gespräch vertieft zogen die Kilometer fast unbemerkt an uns vorbei, und am späten Nachmittag erreichten wir die Gassen von Los Arcos. Sofort fielen uns die verbarrikadierten und verrammelten Türen und Tore auf! Barbara, die Spanisch konnte, erfuhr, dass im Ort eine Fiesta stattfand und morgen sollten die Kühe durch die Gassen getrieben werden! (eine gemäßigtere Variante von Pamplona, wo es Stiere waren) Trotzdem die Vorsichtsmaßnahme. Als wir später zum Essen gingen, trafen wir überall auf kostümierte Menschen, alle in Rot und Weiß gekleidet zu Ehren des Schutzheiligen der Stadt, dazwischen Blaskapellen und Figuren mit riesigen Schwellköpfen auf den Schultern. Die Tische am Marktplatz waren komplett besetzt, zum Essen mussten wir tief in das Kellergewölbe eines Restaurant hinab steigen, unser Anteil am Fest. Später bekamen wir noch etwas mehr davon ab, als um halb ein Uhr in der Nacht die Blasmusik noch immer unverdrossen an der Herberge und den Schlafräumen vorbei hupte. Am nächsten Morgen fiel das Aufstehen etwas schwerer, es gab wie immer einen schnellen Becher Kaffee aus dem Automaten und eine Banane, und dann fragte mich der Herbergsvater unvermittelt nach meinem Namen. Etwas verblüfft nannte ich ihn, und im Nu drehte er mit silbernem Draht eine Pilgerfigur zurecht mit meinen Namen und schenkte sie mir als Erinnerung an die ‚Albuerge la Fuente de Austria' in Los Arcos. Nach den knapp sechsunddreißig Kilometern gestern machten wir uns heute einen ruhigen Lenz - das Wetter pendelte zwischen Wolken und blauem Himmel. Barbara hatte zwei Pilger-Freundinnen wiedergetroffen, Astrid und Christine aus der Nähe von Erlangen, sie wollten auch nicht so weit gehen, zumal die eine nicht gerade gertenschlank war. Ich bewunderte ihre Energie. Und wieder hatten wir Gesprächsstoff, denn sie arbeitete in einem medizinischen Labor. So kamen wir heute nur bis Viana, zehn Kilometer vor der Großstadt Logrono. Die Ortschaften sind alle sehr eng gebaut, und man kann sich vorstellen, dass es bei sommerlichen Temperaturen sehr angenehm ist im Schatten zwischen den hohen Häusern – wir vier zogen es allerdings vor in ein Restaurant hineinzugehen, denn trotz des Hochsommers Mitte August wurde es abends schon kühl. Drinnen tummelten sich hauptsächlich Pilger an einer langen Tafel und verbreiteten laute Fröhlichkeit, ein paar von den 235 000, die jährlich nach Santiago laufen und in den armen Regionen schon ein Wirtschaftsfaktor sind.

In unserer Herberge wartete noch ein besonderes Erlebnis auf mich: ich brachte das Kunststück fertig, mitsamt eines großen, eisernen Doppelbettes umzufallen. Beim Hinuntersteigen hatte ich die letzte Sprosse der Leiter verpasst und mich am Bettgestell festgehalten, aber das ganze Ding war nicht in der Wand verankert und kippte zum Entsetzen der drei Damen im Zimmer um und auf mich drauf, sodass die ausgebreiteten Utensilien von den

Betten kreuz und quer durch den Raum segelten. Doch ich hatte nichts abbekommen, stellte das Bett wieder auf, sammelte die Gegenstände ein und nahm lediglich einmal Rescue-Tropfen auf den Schreck. Gelegentlich denke ich, dass da wohl jemand den Daumen dazwischen hält, wenn ich mal wieder in eine brenzlige Situation komme. Und aus der gleichen, unbekannten Richtung kommen wohl auch die plötzlichen Antworten auf unterschiedliche Fragen, die mir manchmal durch den Kopf schwirren. Oder ist der innere Dialog, der sich daraus ergibt, nur das ‚Geschwätz‘ in meinem Kopf, wie es die Buddhisten bezeichnen, die ruhelose Tätigkeit der Gedanken, welche es abzustellen gilt?

Neale Donald Walsch, der Autor der ‚Gespräche mit Gott‘ (mehrere Fortsetzungsbände) hat sich die Freiheit erlaubt, den Antwortgeber in seinem Gehirn mit Gott zu bezeichnen. Warum auch nicht? Wenn er wie die meisten Menschen davon ausgeht, dass diese ganze wunderbare Schöpfung kein blinder Zufall, keine absurde Aneinanderreihung von Unwahrscheinlichkeiten ist, sondern geschaffen von einem bewussten, intelligenten Geist – so wie es bereits vor Jahrzehnten sogar der Physiker Max Planck formuliert hat – dann ist schließlich alles, was existiert, ein Teil dieses Wesens/dieser Kraft oder wie auch immer wir es nennen wollen. Dann sind es meine Gedanken und Antworten ebenfalls – natürlich gefiltert durch meine Erfahrungen, Eigenheiten, Ausdrucksmöglichkeiten etc. etc. Selbstverständlich kann man dazu einwenden, dies sei alles subjektiv, ohne Relevanz, bestenfalls bruchstückhaft – aber auch die Teilansicht eines Berges bildet eben diesen einen Berg ab und keinen anderen. Geist ist bekanntlich in allem, ist das Eigentliche, das alles bewegt. Die Versuche der Quantenphysik bestätigen diese These eindeutig. So haben sich auch auf meiner Wanderung einige Gespräche in meinem Kopf zugetragen, und ich war ebenfalls so frei, IHN als meinen Gesprächspartner zu betrachten!

<u>Pychokinesiologie</u>: Die Überprüfung, ob ein Muskel bei einer bestimmten Frage schwach wird oder stark bleibt, gibt Auskunft darüber, ob sie eine Belastung der Psyche darstellt oder nicht. Körper, Geist und Seele sind so untrennbar miteinander verbunden, dass über die körperliche – greifbare – Reaktion eine alte, seelische Verletzung aufgefunden und bearbeitet werden kann, die oft als tiefere Ursache einer Erkrankung infrage kommt.

San Juan de Ortega –Burgos

Meine alte Freundin Durka schickte mir eine WhatsApp und meinte, jetzt alleine auf dem Weg könnte ich vielleicht meinem Ziel näherkommen, anders zu therapieren, als bisher, eventuell mehr auf geistigem Weg, und so fragte ich:

I: Wie kann ich besser arbeiten, behandeln, heilen? (Obwohl Letzteres ja nicht in meiner Macht steht.)

E: Indem du mehr du selbst bist.

I: … mehr ich selbst …?

E: Genau.

I: Was meinst du damit? Wie stellt man so etwas an?

E: Was bist du? Was ist ein Mensch?

I: Ich würde sagen: Ein biologisches Wesen, das denken und fühlen kann.

E: Und was hältst du für das Wichtigste daran?

I: Das Denken? – Was natürlich nicht ohne einen Körper möglich ist …

E: ... das bliebe noch zu erörtern!

I: ...ohne Körper? – Geist, der alleine existiert?

E: Schon mal was von Geistwesen gehört?

I: So alleine im luftleeren Raum.

E: Ja, und? Im Übrigen, wer sagt dir, dass der Raum leer ist? Die Physiker kommen auch gerade langsam dahinter, dass das nicht so ist.

I: Also Geist, losgelöst vom Körper.

E: Ja.

I: Und wie ist das mit einem Gefühl? Schwebt das auch selbständig im Äther ?

E:Selbständig schon, aber nicht getrennt. Oder kannst du Geist – sprich Gedanken – und Gefühle wirklich trennen?

I: Du meinst, die bleiben zusammen, auch wenn sie das Gehirn verlassen haben – beziehungsweise die jeweiligen Hirnhälften für Geist oder Gefühl?

E: Ich weiß, du möchtest es gerne einfach. Aber Geist und Gefühl lassen sich nicht in je eine Hirnhemisphäre einsperren. Trennung ist eine Sache der Logik, des isolierten Denkens. – Das Wesen der Dinge liegt in ihrer Einheit; die kann man nicht logisch sezieren, die kann man nur schauen – begreifen – ahnen – so etwas in der Art, denn dafür gibt es keine Worte.

I: Und was bedeutet das nun im Hinblick auf meine Frage?

E: Mein Ratschlag: Erlebe, denke, fühle: Dich und deine Patienten und die Einheit mit ihnen und allem.

I: Auch mit dir, nehme ich an.

E: Was sonst? Alles andere wäre Ilusion, Maya, Samsara ...

I: Wenn ich mich also in Gedanken und im Gefühl mit dir und dem Patienten verbinde – was soll ich dann konkret tun? Hand auflegen oder darüber halten, oder etwas visualisieren wie ein Organ oder eventuell den Tumor darin? Und was ist mit meinen üblichen Therapien? Mache ich die auch noch – zusätzlich oder gar nicht mehr? Wie fange ich es an? Wo fange ich an?

E: Das musst du besser wissen, d u bist der Medizinmann!

I: Da kann ich ja nur lachen: Das sagst du mir, wo du alles gemacht hast?

E: Dann lach' mal! Das ist doch ein guter Ansatzpunkt: Sei nicht so bierernst, klebe nicht an Äußerlichkeiten.

I.:Ich lache ja auch gerne. In der Praxis lachen wir oft. Mariam ebenfalls. (Meine junge Kollegin.)

E.: Die Patienten werden es dir danken.

I.: Aber bitte, nochmals: was soll ich tun?

E: Es ist egal, was du tust!! Solange du es im rechten Bewusstsein tust. Sei in dir, sei gelöst und trotzdem konzentriert, fühle die Gewissheit und die Kraft ...

I: ... deine Kraft? ...

E: ... und die Zuversicht, dass es für den Patienten hilfreich ist, was du machst.

I: Ich soll mich also mit dir verbinden.

E: Das bist du ohnehin – du sollst es dir bei der Arbeit nochmals bewusst machen.

I: Ist das genug? Soll ich vielleicht, bevor ich anfange, irgendeine symbolische Handlung ausführen um mich daran zu erinnern ...

E: Früher nannte man das beten.

I: Das klingt so frömmelnd! Und nach schierer Verzweiflung: „... da hilft nur noch beten ...“

E: Hilft aber trotzdem, das weiß man aus den Krankenhäusern. Die Briten sind da ein ganzes Stück weiter. Geistheiler sind dort zugelassen.

I.: Ausgerechnet die nüchternen Angelsachsen.

E.:Die haben nüchtern konstatiert: Das hilft! – Und tun es!

I: Kannst du mir nicht irgendetwas an die Hand geben, wodurch ich im Alltag besser einsteigen kann, womit ich die Verbindung aufrecht erhalte oder sofort aufbaue? Einen Tipp? Vielleicht ein Ritual?

E: Erfinde dir eines. Aber die Verbindung erschaffen – das musst du schon selber tun. Das ist ein Akt deines bewussten Willens.

I: Immer wieder aufs Neue?

E: Immer wieder aufs Neue!

I: Wie wäre es, wenn ich mir vielleicht ein Zeichen auf die Staubinde male oder auf eines der Geräte?

E: Schön! Aber trotzdem: darauf achten musst *du!*

I: Vielleicht eine Muschel?

E: Warum nicht. Du bist ja auf dem Camino.

I: Der Gedanke an die Muschel gefällt mir. Vielleicht könnte ich mir ja einen Stempel machen lassen?

E: Hallo – wach!

I: Wie bitte?

E: Du willst schon wieder alles an irgendwelchen Äußerlichkeiten festzurren! Denke an das Wesentliche!

I.: Schon gut. – Also nur: die gute Absicht, das Vertrauen und die Verbindung mit deiner Kraft.

E.: Was sonst.

Viana – Navarete – Santo Domingo de la Calzada

Am Morgen, nach dem Selbstbedienungs-Kaffee + Marmeladenbrot im langen etwas kahlen Aufenthaltsraum der Unterkunft in Viana kam ich gegen acht Uhr los. Barbara begleitete mich nur noch bis mitten in den Ort um dort etwas zu sich zu nehmen, sie wollte später in Logrono bleiben und sich mehr Zeit für die Stadt nehmen. Und Christine und Astrid würden von dort heimfahren, sagten sie. So war ich wieder alleine unterwegs nach Westen, den Morgenhimmel im Rücken, den Pfad mit groben Kiesel unter den Füßen und allem Notwendigen auf dem Rücken, ich fühlte mich leicht und frei!

Unterwegs.

Bin unterwegs,
bin unentwegt bewegt,
die Füßen treten unter mir
den Boden nach rückwärts,
die Nase saugt das Vorne ein.
Zum durchsichtigen Traum
verblasst die Nacht.
Und ebenso die Anrührung vom Abend
in willkürlicher Tafelrunde,
wo Fremde unversehens
die Krypten ihrer Leben öffneten!
Habt Dank dafür! Adieu!
Denn ich muss weiter,
bin unterwegs auf meinem Weg!
Himmelsflieger malen über mir
geheimnisvolle Runen in das Blau,
die ich nicht deuten kann und will,
weil auch Gedanken binden.
Nichts soll meine Füße gängeln.
Da ist der Weg und nur der Weg!
Und es umarmt der Geist behutsam
Himmel und Horizont voraus
und alle heimlich Mitverschworenen
auf dem verborgenen Pfad,
– wohin?

Ich hatte gerade die Fernstraße auf einem Steg überquert,
lief an einem Kiefernhain entlang, als mir die Idee kam,
den drei Damen diese Zeilen aufzuschreiben und an einen der Bäume zu pinnen. Da stellte ich fest, dass ich
mein Tagebuch und alles Schreibpapier in der Herberge

zurückgelassen hatte. Was nun? Mehr als eine Stunde zurückgehen? Das wollte ich dann doch nicht.

Bei Weiterlaufen überholte ich einen kleinen Italiener, aus Kalabrien, wie er erzählte, der tapfer vor sich hin humpelte. Ich versuchte ihm Hilfe anzubieten, was bei meinen dürftigen Italienisch-Kenntnissen schon schwierig war, doch er hatte sein Knie bereits gewickelt, Creme aufgetragen und war guten Mutes, dass er es so schaffen würde. Sein Kumpel aus Sizilien, der zehn Schritte vorweg lief, wäre zur Not auch noch da, meinte er. Ein „Buen camino!" in Richtung Kalabrien und Sizilien und ich lief weiter.

Kurz vor Logrono gings mal wieder steil bergab. Vor einem schiefen Haus bot eine alte Frau Erfrischungen und Souvenirs an. Ich fand ein winziges Tagebüchlein, das ich (zu einem Wucherpreis) bei ihr erstand, und brachte auf einer herausgerissenen

Doppelseite meine Gedanken zu Papier. Da ich mir sicher war, dass Barbara und die beiden anderen auch hier vorbeikommen würden, beschrieb ich der alten Frau die drei so gut ich konnte und trug ihr auf, ihnen das Blatt zu geben, und hoffte, dass es klappen würde. (Ein Dreivierteljahr später telefonierte ich in Hamburg mit Barbara: sie war hoch erfreut und berichtete, dass sie die Zeilen tatsächlich erhalten hatte.)

Einen Ersatz für mein Tagebuch konnte ich in Logrono nicht erstehen, es war Sonntag und alle Geschäfte zu. Ich lief an San Gregorio vorbei, groß und alt wie alle Kirchen hier, ein kurzer Blick hinein auf den wie immer riesigen Hochaltar, dann weiter quer durch die Stadt, an zwei bronzenen Pilgerfiguren nahe der City vorbei, – solche Standbilder sollten mir noch öfter begegnen – hatte keine

Lust auf Kathedrale und Innenstadt und wollte nur marschieren. Über einen endlos langen Boulevard (schließlich zählte die Stadt 150 000 Einwohner) und einen gepflegten Spazierweg stadtauswärts gelangte ich zu einem Ausflugspark nebst Stausee, wo ich mich erst einmal auf der Mauer oberhalb des Wassers niederließ zum späten Frühstück.

Zu meiner Unterhaltung zogen ganze Rudel von Sonntags-Spaziergängern an mir vorbei, die mich musterten. Zu Hause hätte ich wahrscheinlich auch mit dieser Mischung aus Neugier und Distanz einen alten Mann in kurzen Hosen und leicht lädiertem Strohhut betrachtet, der da am Wegrand saß, ein paar Habseligkeiten um sich herum ausgebreitet hatte und an den mitgeschleppten Müsliriegeln in ihrer zerknautschten Verpackung kaute. Dazu nuckelte ich noch hin und wieder an meiner Pipeline, der praktischen Schlauchverbindung zum Wasserbeutel im Rucksack, und ich konnte ihnen die Gedanken an der Nasenspitze ablesen: ‚Ob da wirklich nur Wasser drin ist?‘ – Wer würde bei einem alten Vagabunden nicht etwas anderes vermuten. In meinem ersten Engagement in Gelsenkirchen hatte ich einen alten Kollegen, der immer eine Plastikflasche mit Kaffee bei sich trug. Bräunlich war die Flüssigkeit schon, doch als er sie mal fallen ließ, roch sie eindeutig anders als nach Kaffee. – Aber nur wenn er genügend ‚Kaffee‘ getrunken hatte, war er ein wunderbarer Schauspieler.

Ich aus meiner Froschperspektive auf dem Mäuerchen amüsierte mich meinerseits über die Gruppen von gelangweilten Müßiggängern und ihre meist gestylten Begleiterinnen, die über den Damm staksten, oder einige Familien in Sonntagskleidung, denen wohl nichts Besseres für den Feiertag eingefallen war und die sich, wie es schien, gar nichts mehr zu sagen hatten; dazu die Kinder im Schlepptau ihrer Eltern mit dem deutlichen Gesichtsausdruck von: absolut Null-Bock auf Spaziergang! – Ich nahm zugleich die Chance wahr, mein eigenes bürgerliches Leben aus anderer Perspektive zu sehen. Wie unwichtig die Äußerlichkeiten unterwegs wurden. Und wie befreiend, wenn nichts von Gewöhnung oder Langeweile übrig blieb, nur die Erwartung bei jedem Schritt in der unbekannten Umgebung neuen Menschen zu begegnen, neue Erfahrungen zu machen.

Kurz vor Navarete traf ich den Sizilianer wieder, der seinem Gefährten voraus gelaufen war: Ein bekanntes Gesicht auf dem Camino, auch wenn das letzte Treffen gerade zwei Stunden her ist - ist immer wie ein kleines Fest: Begrüßung, Umarmung, Fotos und gemeinsames Weiterlaufen für ein Stück des Weges, bis Navarete, dort wollte mein italienischer Pilgerfreund übernachten.

Ich schaute in die Kirche direkt am Weg, aus der Musik ertönte; sie hatte gleich drei riesige, goldene Hochaltäre, hell erleuchtet, weil gerade eine Messe lief, und ich fotografierte sie. Das gewöhnte ich mir später allerdings ab, da ich im Schnitt wenigsten drei bis vier Kirchen pro Tag passiert: die großen Kathedralen in Burgos, Leon, Astorga ..., die Kloster- oder Dorfkirchen mit Storchennestern auf den treppenförmigen Absätzen der Fassade oder winzige vergitterte Kapellen, aber mit frischen Blumen. – Einige der Gotteshäuser waren mittlerweile zu Ausstellungsräumen oder Besucherzentren umgestaltet worden wie die am Stadteingang zu Leon, andere geschlossen und verlassen. Aber der Atem der katholischen Nation schwebte irgendwie noch deutlich über dem Land. Und wenn man die Geschichtsbücher studiert und liest, wie

Isabella, die katholische, die Rückeroberung des Landes von den Mauren vorangetrieben, die Juden und Anders-Gläubigen verfolgt hat, die vorher unten den fremden Herrschern recht friedlich zusammengelebt hatten, oder wenn man an die Zwangs-Christianisierung unter ihr in der neuen Welt denkt, ist man mehr als zufrieden n i c h t damals gelebt zu haben. Heute hat sich die Patina der Geschichte darüber gelegt und lässt die Zeugnisse der Kirchenmacht im milderen Licht des Vergangenen erscheinen.

Der Himmel war bezogen, der Streckenabschnitt fast leer und kaum mehr Pilger unterwegs, vielleicht weil ich am Morgen erst recht spät aufgebrochen war. Die nächste Ortschaft wirkte wenig einladend, ich trank vor einem Straßencafé eine Cola, neben mir wieder einmal deutsche Pilger – daran zu erkennen, dass sie sich drinnen in dem Gewusel an der Bar brav angestellt hatten und dafür eine ganze Weile unbeachtet blieben! Vor der Terrasse der Bar stand auf dem Asphalt der Straße in weißer Schrift geschrieben: Najera 11 km.

Früher war Najera einmal die Hauptstadt des Königreichs Navarra gewesen, heute nur noch ein achttausend Seelen-Ort, der von der Vergangenheit und Legenden um eine in einer Höhle aufgefundene Madonna und die Königsgrabstätten im Kloster lebte.

Obwohl schon nach vier Uhr dachte ich, bis dahin schaffe ich es noch und lief los, meistens nur bergab, gegen Ende zog es sich aber sehr hin, und ich kam ziemlich geschafft in der Herberge am Fluss an. Die Uhr zeigte fast halb sieben, ich hatte heute 39 km hinter mich gebracht.

Der Herbergsmutter an der Rezeption erklärte ich mit einiger Mühe mein Problem mit dem vergessenen Tagebuch; die meinte aber, dass das keines wäre, rief ein paarmal an und teilte mir mit, dass man meine Aufzeichnungen schon nach Navarete weitergeleitet hätte, zusammen mit den Pilger-Rucksäcken, die man sich von Ort zu Ort bringen lassen kann. Und da ich nun schon hier wäre, würden sie – gegen einen Obulus von fünf Euro – gleich nach Santo Domingo de la Calzada transportiert, dem nächsten Etappenziel.

Nachdem ich das nun glücklich geregelt hatte, reichte es bei mir nur noch zu einem kurzen Gang in den Ort und dem Pilgermenü in einer schmalen Seitenstraße, wo sich Andersch, der ungarische Bibliothekar aus dem Vatikan zu mir gesellte. Diesmal flossen die Worte reichlich, er erzählte von seiner Arbeit, aber ich verstand nur, dass er irgend etwas katalogisierte; über die Geheimnisse in den vatikanischen Bibliotheken, auf die ich neugierig gewesen wäre, sprach er leider nicht. Am Ende der Unterhaltung – in Englisch – war ich erstaunt, wie viele Begriffe mir wieder eingefallen waren, vielleicht durch den Zungenlöser aus dem Glas. Ob die allerdings von Oxford-Englisch geprägt waren oder eher vom roten Rioja, kann ich nicht sagen. Vielleicht verhielt es sich hier mit meinem Reden und Verstanden werden ähnlich, wie es mir vor Jahren mit Stenographie ergangen war: Ich hatte als Schüler zwei Kurse in Kurzschrift belegt und konnte am Ende wie ein Weltmeister schreiben – nur   l e s e n   konnte ich es nicht mehr.

Santo Domingo de la Calzada, die Stadt des heiligen Domingo, kündigte sich sehr weltlich mit riesigen Kartoffelscheunen und Sortiermaschinen an, die heutigen Heiligen mit dem Segen der EU-Landwirtschafts-Subventionen.

Der Heilige Domingo hatte vor Jahrhunderten auch schon viel für die damalige Wirtschaft getan, weil er viel für das Wohl der Pilger bewirkte – heute würden wir sagen: den Tourismus. Er sorgte dafür, dass Wege, Brücken und ein Hospital gebaut wurden, und noch heute pflegt man sein Andenken und das Ansehen des Städtchen mit einer Reihe von Legenden. Ich erreichte meine heutige Herberge, Casa del Santo, und fand zu meiner Freude am Empfang mein Tagebuch wieder. Das alte Gebäude, neu und schön ausgebaut, stand mitten in der Altstadt mit ihren langen schmalen Gassen und Geschäften und einer großen Kirche, in der als Besonderheit ein lebender Hahn und eine Henne gehalten wurden.

Der Sage nach soll im Mittelalter ein unschuldig zum Tode verurteilter junger Mann, den man schon eine ganze Weile aufgehängt hatte, dank des Eingreifens von Santo Domingo überlebt haben und wieder vom Galgen abgeschnitten worden sein. Ein Polizist, dem das berichtet wurde, wollte es allerdings nicht glauben. „Der Mann", sagte er, „ist so tot wie das Hähnchen hier auf dem Tisch, das er gerade verspeisen wollte." Woraufhin der Hahn von seinem Teller gehüpft und laut gekräht haben soll. Deswegen traf ich wie in der Kathedrale und auch im Hof der Herberge auf einige Hühner und Hähne, die leider in sehr engen Käfigen steckten und sich die Federn von ihren Hinterteilen gepickt hatten. Tradition hin – Tradition her: Tierschutz wäre mir lieber gewesen.

Am Abend machte mir mein linkes Bein zu schaffen. Ich hatte mich gestern etwas übernommen, den Stiefel zu fest geschnürt und jetzt am Übergang vom Fuß zum Unterschenkel eine dicke Schwellung: wahrscheinlich eine Sehnenscheidenentzündung. Obwohl die Strecke heute viel kürzer, die Sonne nicht zu heiß und die Landschaft im Rioja abwechslungsreich gewesen waren, fühlte ich mich genau so geschafft wie gestern. Ich massierte so gut es ging das Ödem fort und spritzte mir noch ein Neural-therapeutikum an die Entzündung und ans Knie, das ebenfalls etwas muckerte.

Gelenke und Lebenslenkung stehen ja in einem innerem Zusammenhang, wie man sagt. Wenn ich jetzt wieder die bisher zurückgelegte Strecke mit dem Lebensweg ver-gleiche, entspräche sie in etwa der Zeit um das zwan-zigste Lebensjahr. Damals steckte ich zwar voller Enthu-siasmus und Schwung in der Schauspielausbildung im Wiener Reinhardt Seminar, alles schien mir nun offen zu stehen, aber die ersten dicken Dämpfer ließen nicht lange auf sich warten.

Während der Zeit zwischen Abitur und dem Studienbe-ginn in Wien hatte ich schon ein bisschen Theaterluft schnuppern wollen und parallel zur Arbeit auf dem Bau bei Lia Wöhr, – einer Schauspielerin und Frankfurter – Urgestein, Unterricht genommen.

Sie war recht prominent, arbeitete als Produzentin im hessischem Rundfunk und stand immer mit Heinz Schenk im „Blauen Bock" vor der TV-Kamera, einer zu dieser Zeit sehr populären hessischen Unterhaltungssen-dung. Und als ich um die Weihnachtszeit zum ersten Mal wieder zu Hause in Frankfurt war und sie besuchte, meinte sie: „Bubsche, da wird aaner g'sucht für die <Fa-milie Hesselbach>". Das war – ebenso wie die Äppelwoi-Sendung „Blauer Bock" – auch eine Frankfurter Institu-tion in den frühen Fernsehjahren um 1960, die erste deut-sche Soap überhaupt, die man, wenn es eben ging, auf keinen Fall versäumte. „Die mache' da Probeaufnahme", sagt Lia Wöhr, „da gehste hiee."

So fand ich mich dann am angegebenen Tag in einem langen gebogenen Gang des Frankfurter Funkhauses am Dornbusch wieder. Der zentrale Rundbau dort sollte einmal der Plenarsaal des neuen Bundestages werden und war schon fix und fertig, als Adenauer diese Pläne torpedierte.

Ich bekam ein Skript in die Hand gedrückt, das als ungefähres Drehbuch der Aufnahmen diente, wir sollten es uns durchlesen. Ich schaut mich kurz auf dem Flur nach einem geeigneten Ort hierfür um, fand eine Telefonzelle – noch dazu eine schallisolierte – in die ich mich zurückzog, und dort las und sagte ich dann den erhaltenen Text laut und wie mir der Schnabel gewachsen war so lange vor mich hin, bis ich ihn mundgerecht hatte und er geläufig herauskam.

Als man mich in das Aufnahmestudio bat, begann mein Gegenüber in der Art eines wohlmeinenden Interviewers mich vorsichtig und etwa umständlich auszufragen, um mich nicht zu verschrecken. Aber da war er bei mir an der falschen Adresse! Ich ließ ihm erst gar nicht lange Gelegenheit dazu und legte selbst los, – ich wusste ja, was er fragen und ich sagen sollte, spulte alles herunter, wie ich es mir zurecht gelegt hatte und – schon war ich wieder draußen.

Kurz darauf auf dem Flur kam mir Lisa Wehr mit einem Grinsen entgegen, das von einem Ohr bis zum anderen reichte. „Nama!", meinte sie vielsagend und gluckste dabei noch ein bisschen. „Also!" Ich hatte den Profis drinnen offensichtlich eine vergnügliche Vorstellung geliefert und meinen Interviewer völlig überfahren und aus dem Konzept gebracht.

So hätte ich die erste TV- Rolle – noch dazu in einer Serie – schon mit zwanzig in der Tasche gehabt, wäre ich nicht von Hause aus erzogen worden, die Wahrheit zu sagen und gegebene Regeln zu beachten – so wie es meine Eltern ihr Leben lang gehalten hatten.

Und eine Regel in der Schauspielschule besagte, dass wir besonders in den ersten Semestern keine Rollen und Tätigkeiten außerhalb des Seminars annehmen durften, ohne ausdrückliche Genehmigung und das sagte ich auch. „Da kann man nichts machen", hieß es lakonisch in Frankfurt. Und: Aus, der Traum!

Als ich zurück war in Wien und von meinen Erlebnissen erzählte, lautete der pflaumenweiche Kommentar der Schulleitung dazu „In Deutschland – da hätten wir das ja nicht wissen brauchen!"

Trotz der Beinbeschwerden verspürte ich abends natürlich Hunger und humpelte unschlüssig durch den Ort. Auf der breiten Promenade in einem der vielen Außenrestaurants traf ich eine große Gruppe von Pilgern, u. a. auch Rodrigo, den Spanier von Carauqui und dem Weinbrunnen. Er hatte hier bereits eine Damenbekanntschaft gemacht, die uns ein ordentliches Restaurant zeigte und der Abend endete in einer munteren Runde von fünfzehn Leuten beim Menü, darunter Andrasch aus Rom, der kleinen Italiener aus Kalabrien mit seinen Knieschmerzen und sein sizilianischer Freund.

Ab Santo Domingo diktierte mir mein Bein ein mäßigeres Tempo. Morgens brauchte ich erst einige Zeit zum ‚Einlaufen'; einen Gewaltmarsch wie vorgestern würde ich mir zukünftig sicher verkneifen. Den kleinen Italiener traf ich unterwegs auch wieder, immer noch bedächtig und mit nachgezogenem Knie unterwegs. Diesmal sah er aber mich etwas hinken, nahm sofort seinen Rucksack ab, kramte aus dessen Tiefen einen Arnica-Stick heraus und ließ es sich nicht nehmen, ihn mir auch eigenhändig aufzutragen. – Nicht nur meinen Fuß hat er damit berührt. Buen Camino, Fratello!

Eine große Tafel am Wegrand zeigte an, dass ich nun durch Kastilien + Leon wanderte. Die Landschaft war etwas ebener und wenig spektakulär, nichts wo man hätte länger verweilen wollen. Nach fünf Stunden Gehzeit hatte ich genug, nahm die erste Herberge am Ortseingang von Belorado und besaß die fromme Einfalt, im kleinen ‚Supermarkt' am Marktplatz Quark kaufen zu wollen, weil ich mir damit einen Umschlag um das entzündete Bein zu machen gedachte. Das spanische Wort hatte ich aus dem Wörterbuch gefischt: ‚Requeson', aber die Verkäuferin musterte mich schräg von oben bis unten und schüttelte dann kurz und von der Abwegigkeit meines Wunsches irritiert den Kopf: So ein exotisches Produkt, das gab es hier nicht. Ich versuchte mein Glück ersatzweise mit Naturjoghurt; der Umschlag damit bedeutete zwar eine ziemliche Pantscherei, aber es kühlte angenehm, und am nächsten Morgen – bildete ich mir zumindest ein – war die Schwellung erträglicher.

Über die Ehrlichkeit

E.: So schweigsam? Sind dir am Ende die Themen ausgegangen?

I.: Aktuell beschäftigt mich keines besonders. Zumindest nicht im Augenblick.

E.:Ich wüsste noch einige.

I.: Zum Beispiel?

E.: Die Ehrlichkeit.

I.: Hat das jetzt einen besonderen Bezug zu mir?

E.: Einen Bezug schon – du weißt, wie häufig laut Statistik jeder täglich lügt?

I.: Zweihundert Mal, glaube ich, sagt ein gewisser Herr Fraser (oder so.) Aber wozu brauchst du Statistik?

E.: Deinetwegen! – *Ich* brauche sie nicht, ich *weiß!* – Um dir noch einmal ins Bewusstsein zu rufen, wie ihr miteinander umgeht. –

I.: Du hast es einfach, du musst dich nicht anderen gegenüber behaupten oder verteidigen oder mit jemanden messen! Oder ihn schonen.

E.: Was meinst du wie oft ich das tu! – Und denkst du wirklich, es ist einfach zu sehen, wie gelogen, betrogen, die Wahrheit mit Füßen getreten wird?

I.: Wie gehst du damit um?

E.: Mit Nachsicht.

I.: Was manchmal für Betroffene sehr schwer zu verstehen ist!

E.: Bist du ehrlich?

I.: … das kommt darauf an …

E.: Worauf?

I.: Auf die Situation, die Menschen …

E.: Und dann lügst du?

I.: Also direkt belügen – das suche ich schon zu vermeiden.

E.: Ob direkt oder indirekt wir brauchen uns nicht über die Art des Lügens zu verbreitern: über verschweigen, beschönigen, ausschmücken, Betonungen verschieben oder über besondere Gesten und Körperhaltungen – und was alles zu dem Zweck benutzt wird: es ist nicht ehrlich.

I.: ‚Deine Rede sei: Ja, ja, nein, nein' – ich weiß!

E.: Warum tust du es trotzdem?

I.: Weil es manchmal nicht anders geht! Weil ich mit der Wahrheit vielleicht sogar jemanden verletzen oder vor den Kopf stoßen würde.

E.: Oder weil du dir Vorteile verschaffen willst? Besser dastehen möchtest?

I.:Auch! – Das gebe ich zu. Aber manche Menschen möchten regelrecht belogen werden! Wie viele Komplimente sind nichts anders als krasse Lügen. Doch der Belogenen fühlt sich dadurch besser – und ich gönne es ihm. Schone ihn damit.

E.: Wie häufig ist das bei dir der Fall?

I.: Ich denke, ich mache das schon ab und zu. Ich finde es manchmal sogar unmöglich, wenn den Patienten, die ja sowieso schon sensibilisiert sind durch ihre Krankheit, gelegentlich die Wahrheit über ihren Zustand wie ein nasser Lappen um die Ohren gehauen wird – alles nach dem Motto: ‚Wir wollen ja ehrlich sein miteinander.' – Dabei wäre eine kleine Lüge oder Beschönigung viel hilfreicher gewesen, hätte den Menschen geschont und ihm gutgetan.

E.: Du reklamierst also ‚Barmherzigkeit' für dich beim Lügen?

I.: Du bist zynisch. Aber es gibt Situationen, in denen es wirklich viel einfacher wäre, ‚ehrlich' zu sein, statt sich mit an den Haaren herbeigezogenen Erklärungen abzumühen, bloß um die Wahrheit nicht aussprechen zu müssen, um meinem Gegenüber nicht den Mut zu nehmen oder ihn zu schützen, eventuell sogar vor sich selbst.

E.: Schön. Und wie hältst du es, wenn keine solche Situation vorliegt?

I.: Manchmal lüge ich schon, gebe vielleicht etwas vor, um ein gewisses Bild aufrecht zu erhalten

E.: Oder zu erzeugen?

I.: Auch das. Aber wenn die Absicht dahinter in Ordnung ist?

E.: Machiavelli: ‚der Zweck heilig die Mittel.'

I.: Wenn z. B. das Vertrauen in die Wirksamkeit eines Medikamentes die Hoffnung und die positiven Gedanken bei einem Kranken stärkt, dann hilft die Kraft der Gedanken alleine schon etwas weiter, das ist mittlerweile bewiesen. Selbst wenn ich mir dabei nicht so sicher wäre, ich würde es ihm nicht zeigen.

E.: Du windest dich sichtbar beim Thema Unaufrichtigkeit!

I.: Du weißt, dass ich es mir nicht so einfach mache.

E.: Gut! Aber wie steht es bei dir mit der Ehrlichkeit im Alltag? Ohne diese schönen Motivationen?

I.: Vielleicht bin ich manchmal zu feige, zu dem zu stehen, was Sache ist.

E.: So! Da wären wir also beim Thema: Ehrlichkeit, und zwar vor allem dir selbst gegenüber.

I.: Natürlich hat man auch Angst etwas nicht zu bekommen, oder zu verlieren.

E.: Nicht ‚man'. *Du* hast Angst!

I.: Ja.

E.: Dann sag es auch! Und sei einfach ehrlich! Ich wiederhole: Besonders dir selbst gegenüber.

I.: Gut. Und gegenüber anderen?

E.: Auch.

I.: Und? Was passiert dann? Kann ich den anderen trauen, wenn ich ehrlich bin? Bin ich nicht sofort eine leichte Beute für alle, die selbst auch nicht besser sind?

E.: Du urteilst und richtest über andere, du glaubst zu wissen wie sie sind. Steht dir das zu?

I.: Aber wie ist das denn hier in unserer Gesellschaft?

E.:Schwierig. Das gestehe ich dir gerne ein.

I.: Und trotzdem meinst du ich solle mich bloßstellen, ausliefern?

E.: Dafür gab es große Beispiele.

I.: Ja! – Mit katastrophalem Ausgang. Wenn du den Mann aus Nazareth meinst.

E.: Meine ich! – Aber das verlangt ja keiner von dir. Ich möchte dich zur Aufrichtigkeit in dir selbst ermuntern. Oder nenne es Achtsamkeit im Umgang mit deinen

Beobachtungen, Gedanken, Äußerungen und Handlungen.

I.: Auch wenn ich mich selbst noch so sehr kontrolliere, verschwinden meine Befürchtungen trotzdem nicht.

E.: Ebenso wenig deine Selbstsucht.

I.: Heute hast du mich aber ganz schön am Wickel.

E.: Das Einzige, was ich für dich möchte, ist, dass du noch wacher wirst und weiter kommst, mehr erkennst:, so, wie du es dir vom Camino selbst gewünscht hast.

I.: Und wird sich davon die Welt ändern?

E.: Nein. Aber du und dein Handeln.

I.: Wie soll ich denn sein? Vorsichtiger? Ängstlicher? Weniger spontan? Ist das ein Gewinn?

E.: Vielleicht demütiger – ich weiß, du hast Probleme mit dem Wort.

I.: Ja. Auch wenn du gesagt hast, dass bei der Demut genau das Gegenteil von Angst, nämlich Mut erforderlich sei.

E.: Richtig. Feiglinge lügen – Ehrlichkeit erfordert Mut. Und sie beinhaltet noch etwas anderes. Größeres.

I.: Das wäre?

E.: Fühlst du das nicht?

I.: Hoffnung? – Vertrauen? – Dass alles gut wird?

E.: Aber natürlich!

I.: Wodurch?

E.: Hast du mir nicht gerade erzählt, dass Gedanken nachprüfbar auf Materie einwirken?

I.: Ja. –

E.: Und?

I.: Also du willst sagen, dass ich mit meinen Gedanken negative Reaktionen oder Angriffe von anderen abwehren kann?

E.: Transformieren! Du bewirkst Transformationen, erschaffst daraus eine andere Wirklichkeit – und nun kommt ein noch größeres Wort dazu: durch Liebe.

I.: Das ist doch alles nur Theorie und hier bei uns nicht lebbar.

E.: Mache den Versuch! Liebe ist wie eine Amöbe.

I.: Eine – was?

E.: Amöbe – du kennst diese vielgestaltigen Einzeller – oder die Monozyten, die Fresszellen in deinem Körper, die um einen Fremdkörper einfach rundherum fließen und ihn einschließen, verdauen.Weg ist er! Wenn du so eine Verhalten mit deiner Ehrlichkeit kombiniert – was soll dir noch passieren?

I.: Das ist eine verblüffende Definition von Liebe.

E.: So ist Liebe immer! Darauf kannst du dich verlassen!

I.: Das – macht jetzt wirklich Mut.

E.: Das war der Sinn.

Die andere Seite des Schattens, 16.8.2015

Die Sonne wirft schräg
mein langes Ich den Weg voraus,
und alle Steine auf dem Boden
scheinen Schatten-Mützen auf zu haben!
Die Felder dösen kahlgeschoren
in den frischen Morgen:
ihre Arbeit ist getan.

Irgendwann aus einem Spaß
fing die meine wirklich an.
Und sie wurde Kamerad, der mich
begleiten soll, ich hoffe, bis ich ende.
Frucht und Freude
wuchsen aus den Händen,
Blumengärten, Häuser;
drinnen fanden Freunde, Kinder,
fand die Liebe ihren Schlummerplatz.

Sicher fiel auch Nacht auf manche jungen Blätter.
Wilde Triebe, die verdorrten,
weil ich sie nicht länger wässern wollte.
– Jeder wähle! Und danach:
ertrage seine Wahl!

Eines nur, das weiß ich sicher:
meine Arbeit hier ist nicht getan;
weiß, dass ich auch weiter gießen,
graben und in meine Beete
gegen alle rechnende Vernunft!
Sonne tragen will!
Gemäß Beschluss vor langer Zeit
des Schattens andere Seite
als die wahre zu erachten!

Belorado, Gedenkstätte

Das Frühstück war auch nicht besser als sonst, trotzdem ein Morgen, der gut anfing: es war halb acht und ich unterwegs, der Fuß meldete sich kaum. Lediglich das zu fette Essen vom Vorabend in Belorado lag noch wie ein dicker Knödel im Magen. Die Sonne stieg langsam den Horizont hinauf; Finger und Hände blieben noch ziemlich kalt, und ich zog die Ärmel des Sweatshirt darüber. Trotzdem sind die Stöcke beim Laufen eine gute Hilfe: In der Ebene kommt man schneller damit voran, bergauf entlasten sie die Beine um ein Viertel des Gewichts und abwärts war ich dankbar für die zusätzliche Sicherheit auf dem lockerem Geröll und Kies.

Später konnte ich sie auch einmal gut gebrauchen, als ich an einem Gehöft vorbeikam und dem Bauern dort gerade acht Kühe ausgebüxt waren. Statt quer zum Weg auf die Weide zu laufen, kamen sie nun in einem Hohlweg hinter mir her getrabt – kein gutes Gefühl! Ich hielt rasch die Stöcke quer vor mich, was die Viecher offensichtlich beeindruckte und sie liefen zur Seite, statt mich über den Haufen zu rennen. Es wäre wohl nicht unkomisch gewesen, wenn ausgerechnet mich als Vegetarier so viel Rindfleisch zertrampelt hätte.

Beige und Braun-Töne dominierten die hügelige Landschaft, die nach der Getreideernte wie nackt dalag; ab und zu gab es dazwischen gelb-grüne Inseln von Sonnenblumen-Feldern. Von den schon fast reifen, hängenden Blütenköpfen grinsten mich Gesichter und Zeichen an, die Witzbolde dort in die Fruchtstände eingeritzt hatten.

Alexandra aus Equador, Anfang dreißig, lief eine Weile neben mir her, und darüber trat der Anstieg parallel zur Landstraße, baumlos und in der Mittagszeit, in den Hintergrund.

Sie erzählte, wo sie schon überall unterwegs gewesen war, in Mittel- und Südamerika, den Anden, Machu picchu, jetzt lebte sie eigentlich in Amsterdam. Und den Weg mache sie für ihre verstorbenen Mutter, wie sie sagte. Irgend etwas schien sie sehr zu bedrücken, sie sprach es aber nicht aus. Vielleicht war es ein nie beigelegter Konflikt mit der Mutter? Trotz ihrer Unternehmungslust spürte ich beim Erzählen ihre tiefe Unsicherheit und ihre Ängste. Durch ihre Reisen hatte sie wohl versuchte ihnen davonzulaufen, aber erfolglos. Mit dem Camino hoffte sie anscheinend etwas zu sühnen oder Buße zu tun und diese Idee nahm sie im Augenblick völlig ein, sodass sie meine vorsichtig geäußerten Zweifel, ob das durch Pilgern alleine gelingen könnten, unmutig wegwischte, mich stehen ließ und rasch weiterging. Ich hatte wohl den wunden Punkt genau getroffen. Ich hoffe, sie findet irgendwann ihre Ruhe.

David aus Münster überholte mich an anderer Stelle, ein hoch aufgeschossener Zwanzigähriger mit schlacksigen Bewegungen, dafür aber mit einem riesigen Pilgerstab und entsprechendem Pilgerhut kostümiert. Ich nahm ihm sofort ab, dass er, wie er sagte, eigentlich nur so losgelaufen sei, ohne feste Absichten und kaum jemanden vorher davon informiert habe. Nun war er sehr erstaunt und enttäuscht darüber, wer alles auf seine Facebook-Nachrichten hin   n i c h t   geantwortet hatte, wer von den angeblichen Freunden wirklich Anteil nahm und wen es überhaupt nicht interessierte. Auch eine Erkenntnis auf dem Weg: Wem bin ich immer noch wichtig, auch wenn ich aktuell gerade n i c h t greifbar oder nützlich bin?

Die Offenheit, mit der wildfremde Menschen anderen gegenüber intime Gedanken und Gefühle aussprechen, Fehler und Niederlagen eingestehen, ist entwaffnend und faszinierend auf dem Camino.

Wieder fiel mir auf, wie sauber und aufgeräumt die Ortschaften hier aussahen, wie schon hinter Roncevalles, auch wenn die 30-Tonner in der Hauptstraße von Villafranca gefährlich nahe an mir vorbei rauschten und ich dankbar war, dass der Weg wieder einmal zu einer Kirche abbog – aufwärts, na klar! – Ich wollte einen Augenblick innehalten und hineingehen, aber die Tür war verschlossen, der liebe Gott wohl gerade nicht zu Hause. Also weiter aufwärts.

Die Betonstraße hörte auf, und die Füße genossen dankbar ein paar Grasbüschel unter den Sohlen. Villafranka im Rücken erklomm ich ziemlich mühsam einen Berg und mein Schweißtuch trat in Aktion. Am Abend würde ich wieder alles, was ich auf dem Leib trug, durchs Wasser ziehen müssen, um Hügel, Straßen, Staub und Kilometer aus den Shorts heraus zu spülen – samt der Farbe, wie sich an der Hose zeigte. Allmählich wurde der Aufstieg flacher, Erikabüsche grüßten von den Wegrändern wie in den Pyrenäen und Punkt zwölf Uhr hatte ich den Scheitelpunkt des Weges erreicht. Eine schlichte, steinerne Gedenksäule empfing mich auf 1 000 m Höhe, die an 104 ermordete Kämpfer gegen das Franko-Regime 1936 erinnerte. Gegenüber dem Denkmals standen Tische und Bänke, aber die Sonne brannte jetzt am Mittag zu kräftig, und ich fand seitlich neben der Route ein bisschen bergauf in Richtung des Antennenwaldes auf der

Kuppe ein kleines eingezäuntes Feld, in einem lichten Walde gelegen und angenehm schattig an der Seite. Durch die Mitte des Platzes zog sich ein breiter Streifen aus grobem, weißem Kies, unterbrochen von dunklen Holzschwellen, der vor einer stehenden Steinplatte endete; darauf eingemeißelt in langen Reihen :die Namen der Ermordeten. Genau hier waren sie zusammen-getrieben, getötet und verscharrt worden, – erst 2010 hatte man sie exhumiert. Ein trauriger Friede lag über dem Ort, eine Stimmung, der man sich nicht entziehen konnte. Lange studierte ich auf einer Schautafel am Eingang die Bildern der Bergung mit den knappen, spanischen Kommentaren darunter. Den Sinn der Worte konnte ich mir ganz gut zusammenreimen, meinen alten Latein- und Französischlehrern sei Dank!

Das Drama des Bürgerkrieges wirkt noch heute im Bewusstsein der Spanier nach. Ich erinnere mich, wie ich zum Abschluss einer Rundfahrt durch Andalusien in Madrid das Museum Reina Sofia gegenüber dem Atoche Bahnhofs besuchte und lange vor dem riesigen Guernica-Bild von Picasso stand, für das im Museum extra eine ganzer Flügel reserviert worden war. In den Seitenräumen hingen die Vorentwürfe des Bildes, die Arbeiten anderer Künstler zu Thema Bürgerkrieg und Zeitungsausschnitte aus dieser Zeit; nebenan liefen Filmaufnahmen von den Bombardierungen der Städte durch die deutsche Luftwaffe. Ich bekam eine Vorstellung davon, welche emotionale Hypothek die Menschen hier noch immer mit sich herumtragen. Ich verstand nun auch, weshalb unser Reiseführer so merkwürdig indifferent reagiert hatte, als wir einmal über den Terroranschlag auf den Vorortzug vor dem Atoche Bahnhof sprachen. (11.3.2014) und dessen immer noch ungeklärten Umstände oder Urheber. Er meinte: „Das wollen wir gar nicht so genau wissen, das könnte eventuell alte Wunden aufreißen." Schließlich war der ‚Feinddamals nicht irgend ein ‚Fremder', ein ‚Ausländer', sondern die Fronten verliefen zwischen den Bürgerkriegsparteien, den Franco-Faschisten und den kommunistischen Verteidigern der Republik, oft mitten durch Ortschaften und Familien.

Als ich nach einer ganzen Weile aus diesem Wäldchen wieder aufbrach, schien mir, als duckte sich mein Schatten enger unter mich, gerade als ob er noch heute Angst hätte vor den Salven der Mörder.

Ort der Massenmörder, 19.8.2015

Verführt, gedungen, gezwungen, war es so?
Oder wart ihr blicklos blind und ohne Korrektiv,
nur tief eigenen Trieben ausgeliefert?
Wer hieß euch, stieß euch, – sagt! – was ließ es euch tun?
Kroch Mutlosigkeit zum „Nein!" durch eure Adern
oder war es das Gift, diesen Augenblick lang
den Herren spielen zu können!
Macht zu haben über Leben? War es das?
Und was danach?
Quoll Ekel, Abscheu in euch auf
– so sollte man doch meinen –
vor euch selbst? Oder wenigsten Scham?
Oder nur ein – „bloß nicht daran rühren"
wenn es hoch kommt??
Oder lauerte im Gegenteil vielleicht
die fahle, ausgehungerte Leere in euch auf neue Opfer?

Was hat die Seelen euch verbogen?
Seid ihr nicht alle von einer Mutter geboren,
in das Leben begleitet, geliebt worden?
Oder war es gerade das:
ihr habt vergeblich nach Zuwendung gelechzt
und ließet nun, hartgesotten,
andere euren Mangel entgelten?

Ihr habt euch ins Gedächtnis der Zeit gegraben
und ihr werdet euren Spuren wieder begegnen,
jetzt oder in anderen Sphären, – unausweichlich!
Nichts Äußeres wird euch helfen:
Denn jede Tat besitzt ein Echo,
das per ewigem Gesetz
zurückprallt auf den Täter, um ihn ohne Erbarmen,
– so wie ihr es wart – zu erschlagen, –
es sei denn, dass ihr
demütig, innig, inbrünstig Abbitte leistet,
Vergebung erstrebt, erbettelt, erfleht,
lange, endlos, ohne Unterlass
bei den Hütern des Universums !!
Denn die Waagschalen der Schöpfung
werden immer, – so oder so –
ins Gleichgewicht gebracht.

San Juan de Ortega

Wie eine breite Schneise zog sich der Camino gerade durch den Wald, mal steil bergab bis zu einer Talsole mit Bach und ebenso steil bergauf. Und plötzlich sah ich mich umringt von bemalten Holzpfählen, großen und kleinen, Totem-ähnlichen Gebilden, Pfosten zu einem Altar angeordnet, desgleichen bemalten Sitzmöglichkeiten im Schatten des Kiefernwaldes rechts und links. Eine Spanierin mittleren Alters bot Obst und Getränke an, eine Künstlerin, die in den Wartezeiten zwischen dem Vorbeikommen der Pilgertrupps mit Säge, Hammer und Farbe kleine Kunst-werke baute. Und da ich wusste, dass ich heute irgendwo auf dem Weg das 1. Drittel der Strecke nach S. geschafft haben würde, bildete ich mir ein, das sei gerade hier und gönnte mir einen Pfirsich und einen Kaffee. Die Unterhaltung mit der Frau gestaltete sich allerdings etwas schwierig: sie sprach ausschließlich Spanisch, trotzdem klappte es einmal mehr mit der üblichen Mischung aus Mimik und Zeichensprache, und ich ärgerte mich schon wieder einmal, dass ich in der Oberstufe aus Abneigung gegen eine sehr dominante und ein bisschen egozentrische Lehrerin, die sich gerne hofieren ließ, lieber italienisch lernen wollte, statt Spanisch bei ihr. Dann kam leider der angekündigte italienische Assistent nicht an, und ich hatte keines von beiden.

Dabei hätte ich unterwegs des öfteren das Italienische brauchen können, nicht nur bei den beiden Freunden aus Süditalien. Z. B. bei Fabricio aus Rom, einem Fotografen, Komödianten und Lebenskünstler, der natürlich auch englisch sprach wie die meisten unterwegs. An einem

Abend in El Burgo Ranero saßen wir in einer größeren Runde beim Pilgermenü zusammen, und er unterhielt uns mit der Beschreibung seines „revolving backpack", seines Rucksacks, der wie das Magazin eines Trommelrevolvers funktioniere. „Das sei ein Geheimnis", verkündete er, „dass immer, wenn er etwas dort suche, unweigerlich etwas ganz anderes zum Vorschein käme, das er zwar ein paar Tage zuvor dringend gebraucht, da aber nicht gefunden hätte, und dass er daher öfters ganz andere Dinge tun oder lassen müsste als gewollt, zum Beispiel n i c h t telefonieren wie von Hause von ihm erwartet, weil das Ladegerät sich in Luft aufgelöste hätte, oder die alten Socken anziehen, denn die Seife hätte sich unsichtbar gemacht oder sei alleine aus gegangen – wer weiß? Vielleicht wäre auch das Teleobjektiv absichtlich untergetaucht geblieben, und in der Folge wären tagelang nur Weitwinkelaufnahmen entstanden, was ihm wiederum einen ganz anderen Blick auf seine Umgebung eingebracht hätte! Der Rucksack trage so zu seiner Weisheit bei, d. h. einem größeren Überblick und Abstand zu den Dingen. Er hätte es schließlich aufgegeben, zu planen, denn das Gepäck machte sowieso, was er wolle, und hätte dafür beschlossen sich jeden Tag auf eine neue Überraschung zu freuen."

Das Ganze trug er mit seiner ziemlich hohen Stimme tempo- und gestenreichen vor, und beflügelt vom üblichen Rotwein klang der Tag sehr beschwingt aus! – Fast hört sich das jetzt an, als würde unterwegs nur getrunken! – Es wird auch. – Aber nur abends. Da gehört der Wein einfach dazu.

Einige Zeit später begegnete ich Fabricio wieder hinter Ponferrada. Er lag mit drei anderen jungen Männern zusammen am Straßenrand im Gras, unter ihnen auch

David aus Münster mit seiner Pilgerverkleidung; als Fabricio mich sah, sprang er mir sofort vor die Füße, begrüßte mich überschwänglich und teilte mir freudestrahlend mit, dass die Gruppe beschlossen hätten: sie seien ab sofort keine Pilgrims mehr, sondern Chill-grims. Und ob ich mich ihnen nicht anschließen wolle – Ankunft in Santiago ungewiss! Den gleichen Fabricio sah ich aber auch an einem anderen Tag früh morgens versunken an einem Chaussee-Baum lehnen und regungslos den grandiosen Sonnenaufgang in sich aufsaugen: einen ganzer Himmel voller feuriger Wolken.

In San Juan de Ortega befanden sich (einmal wieder in neunhundertfünfzig Meter Höhe!) ein Kloster, eine Kirche, eine Herberge und zwanzig Einwohner. San Juan von den Brennnesseln, so lautete die Übersetzung. Dieser San Juan war ein Schüler von Santo Domingo und ebenfalls stark engagiert im Ausbau des Jakobswegs. Auch er ließ Herbergen, Bücken, Spitäler und Kirchen bauen, und in der hiesigen Kirche ruht er nun in einem einfachen Steinsarkophag. Ebenso einfach war es auch in und um das Kloster: die helle, schmucklose Steinfassade der Kirche, die in der Nachmittagssonne aussah, wie aus einem Italowestern, im rechten Winkel dazu die niedrigeren Klostergebäude aus Natursteinquadern, im Inneren große Schlafsäle, ein viereckiger Innenhof mit flatternder Wäsche wie in Pamplona und der Speisesaal unter einem hohen Tonnengewölbe, alles wirkte ein wenig archaisch. Die Verpflegung gab es aus Thermobehältern, von auswärts heran gekarrt. Ich bekam um 19 Uhr gerade noch etwa ab – das Abendessen, das zu Bett gehen, Aufstehen, alles war immer sehr früh – wie im Kloster eben. Aber es gab auch hier Internetanschluss wie in fast jeder Herberge, und daher konnte ich mitten in Nordspanien mit

Anne korrespondieren, die gerade im australische Outback um den heiligen Uluru tigerte. Per Whats App flogen die Bilder hin und zurück und ich freute mich mit an ihren Erlebnissen – so liebe ich Technik.

Unter dem Dachüberstand der Klosterkirche klebten draußen zahllose Schwalbennester an der Mauer; es wirkte anheimelnd und vertrauenerweckend, dass sich die Vögel dort wohl fühlten – und lockte mich hineinzugehen. Ich wolle ein paar Kerzen anzünden wie mir von Hause aufgetragen worden war! Erst einmal fand ich keine und fragte jemanden, der aussah wie der Küster, wo sie zu erstehen wären. Und bald flackerten vierzehn Stück rechts im breiten, mit bunten Meditationskissen ausgelegten Seitenschiff: für meine Kinder, Christel, ihre Freundin, die mit Knöchelbruch im Krankenhaus lag, meine Patienten, die Freundesgruppe, mit denen wir uns immer monatlich trafen ... und ... und ... – Ich erntete zwar mit meiner Lichterparade einige, verwunderte Blicke, aber ich fühlte mich gut damit, denn gute Gedanken haben noch nie geschadet.

Die ganze Kirche wirkte sehr hell und einladend, die Rundung der schmucklosen Mauer in der Apsis aus hellen Kalkstein gab ein Gefühl von Geborgenheit. Der Küster entpuppte sich als Pfarrer, der eine Messe las und hinterher einen besonderen Pilgersegen spendete; auf meine Nachfrage hin erklärte er mir das Altarbild im linken Seitenschiff: ein circa 2 x 2 m großes Halbrelief aus Holz mit Dutzenden von akkurat ausgearbeiteten Körpern, die ausdrucksstark um Erlösung flehten; ebenso das merkwürdige, gemalte Zeichen in Rot auf den Rippen des Gewölbes am Ausgang. Es sei, so sagte er, eine Bann, der den Teufel fernhielte oder hinaustriebe. Das gleiche Mal fand ich später nochmals in Burgos wieder.

Zum Abschied bekam ich noch ein kleines Kreuzchen geschenkt: es sei das alte Kreuz von Caravaca in Südspanien; dazu existiere auch eine Legende um einen ‚Ceyt Abuceyt' (Im Net konnte ich nichts Näheres dazu finden.) Das Kreuzchen schaute aus wie das Lothringer Kreuz mit dem doppelten Querbalken, ‚wie es auch der Jerusalemer Patriarch trage', meinte der Pfarrer. ‚Der zweite Balken symbolisiere die angeblich von Pilatus angebrachte Inschrift über dem Gekreuzigten; Iesus Nazareus Rex Iudaeorum'. Und für Christel und Dieter, den befreundeten Pfarrer zu Hause in Dornbusch, gab es auch noch je eines davon.

Ich stehe vor meinem Spiegel und sehe mich an

I: Das bin ich?

E.: Das bist du.

I.: Was kenne ich von mir? – Was erkenne ich überhaupt?

E:.Mehr als du glaubst.

I.: Erkennen oder Fühlen, Ahnen?

E.:Ist das voneinander zu trennen?

I.: Die Wissenschaft behauptet: ja; die Logik sagt das.

Danach haben wir doch unsere ganze moderne Welt aufgebaut.

E.: Wirklich?

I.: Natürlich! Man kann schließlich nichts aufbauen, keine Maschine konstruieren, ohne sich das zuvor folgerichtige ausgedacht zu haben: Die Struktur, der Aufbau, das Zusammenwirken der Einzelteile, den Zweck der ganzen Konstruktion und so weiter.

E.: Es gibt noch ganz andere Zusammenhänge, als die logischen. – Aber gut, bleiben wir bei dem Beispiel Maschine: Wie kommst du auf die Idee, eine Maschine bauen zu wollen?

I.: Indem ich mir den Nutzen vorstelle, den sie bringen würde.

E.: Emotionslos?

I.: Natürlich würde ich mich freuen, wenn ich etwas schaffen könnte, das das Leben erleichtert oder bereichert.

E.: Was also setzt dein Denken in Gang?

I.: Eine plötzliche Idee, eine Eingebung.

E.: Und die entsteht im luftleeren Raum? Was ist denn mit der Freude?

I.: Die gehört dazu, das sagte ich ja, genauso wie meinen Erfahrungen ...

E.: Und wie erfährst du etwas?

I.: Mit meinen Sinnen.

E.: Die Sinne. Also sinnlich. Gehört der sechste Sinn auch dazu?

I.: Worauf willst du hinaus?

E.: Das ist doch einfach: Auf deine nicht bewussten Wahrnehmungen, z. B. die emotionale Wahrnehmung.

Das berühmte Bauchgefühl – du weißt ja wie viele Nervenzellen du im Wandaufbau der Därme hast. Und es gibt noch ganz andere Arten von Informationsübertragung, als die logischen.

I.: Sinne kontra Verstand? Oder Logik kontra Bauchgefühl.

E.: Nein, und Sinne und Verstand.

I.: Das alte Thema: Trennung oder Einheit?

E.:Natürlich! Und wenn du etwas ganz erkennen willst, musst und wirst du es auch erfühlen! Und nicht nur mit der linken Hirnhälfte verarbeiten sondern auch mit der zweiten, der emotionalen! Sie gehört dazu. – Was fragst du deine Patienten?

I.: Wie geht es Ihnen?

E.: Oder?

I.: Wie fühlen Sie sich heute?

E.: Also! – Und wie fühlst *du* dich heute?

I.: Gut! Es macht Spaß, über so ein Thema nachzudenken.

E.: Eben! Spaß! Ein Gefühl – auch beim Denken.

I.: Und wie bringt mich das jetzt weiter bei der Selbsterkenntnis?

E.: Frage dich doch einmal, woran du Spaß hast.

I.: Spaß – ist wieder so ein ominöses Wort: die Spaßgesellschaft, nicht Verantwortung sondern ‚Hauptsache, ihr habt Spaß‘, siehe den Werbeslogan.

E.: Nenne es Freunde, Wohlgefühl, Anregung, Erholung, wie du willst. Wo findest du die?

I.: In der Natur, beim Anblick von schönen Dingen, in der Musik zum Beispiel.

E.: Und dabei fühlst du dich gut, wie du sagst. – Warum?

I.: Weil mir das gut tut.

E.: Du registriert also dein Körpergefühl: etwas durch und durch Emotionales.

Wobei die Musik in sich übrigens völlig logisch und von mathematischer Präzision ist – sagte z. B. Paul Hindemith. Der hat mit seiner atonale Musik erst viele Musikliebhaber verschreckt und dann konstatiert: Der Dreiklang ist die Basis der Musik, also der harmonische Zusammenklang. Schwingungen, die im Gleichklang sind, statt sich zu überschneiden. Du hast also Freude an exakter, mathematischer Harmonie, an Klarheit. – Eine Erkenntnis über dich. – Was machst du so gerne in Unterführungen und Fußgänger-Tunneln?

I.: Unterführungen? – Ach so, du meinst, wenn ich dort gerne verschieden hohe Töne summe, bis ich einen gefunden habe, durch den der ganze Tunnel zu dröhnen scheint.

E.: Weil du dann genau die Tonschwingung gefunden hast, die exakt am Scheitelpunkt der Wellen von den Wänden zurückgeworfen wird und dadurch die Schwingung, also die Lautstärke deines Tones verdoppelt.

I.: Nochmals: was hat das mit Selbsterkenntnis zu tun?

E.: Wenn dir etwas Spaß macht, trittst du in Resonanz mit dem, was schon in dir vorhanden ist: Du erkennst etwas von dir.

I.: Und was ist mit einer plötzlichen Intuition, mit einem neuen Einfall, der mir gerade in den Sinn kommt und mir Spaß macht?

E.: Er wird nur kommen, wenn der Boden dafür in dir schon vorbereitet ist: durch Erfahrung, Suchen, Not, Bedürfnisse, Gefühle. Dann trittst du in Resonanz.

Du bist wie ein Radio: die Sendefrequenzen sind schon alle da und wenn jetzt irgendjemand – ein gegebener Anlass zum Beispiel an einem Senderwahlknopf dreht, erklingt plötzlich Musik aus dem Kaste.! Das sind deine Einfälle. Du brauchst lediglich die Ohren offen zu halten, und du erfährst Neues. Anlässe gibt es genug. Lass dich ohne Vorbehalte auf die Suche ein. Keinen Sender von vorneherein wegdrücken.

I.: Im Radio finde ich aber auch ganz schön viel Wellensalat. Ich denke, das ist mit den Einfällen auch so.

E.: Woher weißt du das?

I.: Das merke ich selbst oder an den Reaktionen von anderen.

E.: Lass die anderen einmal außen vor. Wodurch merkst *du,* wie ein Einfall zu bewerten ist? Wer sagt dir das?

I.: Meine Beobachtung, Erfahrung, die Vergleiche mit dem, was andere schon erfahren haben …

E.: Das wären dann ziemlich begrenzte Einfälle. Was ist mit den großen, bahnbrechenden, epochalen Ideen? Haben deren Erfinder da auf die landläufigen Erfahrungen oder die Urteile der anderen geachtet?

I.: Oft nicht. Die haben es Ihnen meistens schwer genug gemacht.

E.: Sie haben sich aber trotzdem nicht abbringen lassen. Warum?

I.: Weil es Dickschädel waren.

E.: Allerdings! Und das mussten sie auch sein, weil ihre Ideen mit den herkömmlichen Methoden meistens nicht zu beweisen waren. Aber warum hielten sie daran trotzdem fest?

I.: Weil sie meinten, dass sie recht hatten.

E.: Meinten?

I.: Oder fühlten, der Überzeugung waren ...

E.: Und daher wussten sie, dass sie richtig lagen. Eine Wahrnehmung, die unlogisch ist, und trotzdem sagte, dass das so ist.

I.: Ein Glaube.

E.: ... der Berge versetzt, wie das so schön heißt ..., klingt heutzutage leider abwertend, wo der Glaube suspekt ist. Kritisch zu bleiben ist ja schon in Ordnung, aber vertraue dich nicht alleine dem Verstand an – lass dich auf dich selbst ein, lass deine Einfälle sprudeln, bleibe neugierig, aufnahmebereit, auch wenn etwas noch so fremd erscheint. (dein Wellensalat) So entsteht Erkenntnis. Und du wirst dich wundern, was noch alles in dir steckt.

Burgos, 20.8.2015

Burgos: die zweite große Stadt am Camino. Eigentlich war ich ganz schön angefressen, denn so viele Menschen liefen hier herum, und ich fühlte mich unter ihnen sehr alleine. Kein bekanntes Gesicht ließ sich blicken. Auf dem Weg war das anders.

Gleich hinter der Kathedrale lag etwas bergauf die Herberge, Casa del Cubo, groß, kubisch wie der Name sagte, wie eine Festung, ein altes Gemäuer, aber ganz neu ausgebaut, nur dass Flure, Schlaf- und Waschräume, alle offen, ohne Türen ineinander übergingen, und bei dem ständigen Kommen und Gehen herrschte immer Unruhe.

Die berühmte Kathedrale von Burgos musste ich natürlich anschauen: gotisch, gewaltig, sehr pompös, nicht nur der goldene Hochaltar, sondern auch die einundzwanzig(!) Seitenkapellen, ebenfalls alle in Gold, Gold, Gold! Wie viele Inkas wohl dafür sterben mussten auf Pizarros Raubzügen durch Südamerika zu Beginn der Neuzeit? Und der Audioguide erzählte ständig, wie die Kapellen zuvor ausgesehen hätten und wer sie nochmals und nochmals neu oder prächtiger hätte um- oder ausbauen lassen ... Wunderschön war das achteckige Himmelsauge im Deckengewölbe aus filigranem Steinrippengeflecht mit eingelassenen Glasscheiben, durch die das Blaue schimmerte! Bemerkenswert und erstaunlich auch die große Rosette an der Westfront im Unterbau der Kirchentürme: Mittendrin eingearbeitet ein Davidstern, denn reiche Juden hatten das Fenster für den Bau gestiftet. – Ich lief noch durch den seitlich anschließenden doppelstöckige Kreuzgang – eine Ebene für den Plebs unten und eine oben für die Privilegierten – so war es damals und wird es wohl immer sein. Dann hatte ich genug, fühlte mich ziemlich erschlagen von all dem Prunk – ging aber trotzdem nicht, ohne mir den Stempel von der Kathedrale ins Credential abgeholt zu haben – so um die fünfzehn waren es bereits. Ach ja, el Cid, der größte Sohn der Stadt liegt auch im Inneren des Baues unter der riesigen Sternenlaterne begraben.

Den „Requeson", den Quark für einen Umschlag fand ich übrigens auch in Burgos nicht, nur eine freundliche Apothekerin, die mir Arnika-Gel für den stark geschwollenen Unterschenkel verkaufte.

Am Morgen hatte der Weg ganz beschaulich begonnen, führte vom Kloster durch einen Wald leicht abwärts und dann über einen offenen Bergkamm hinunter, vorbei an großen Kuhweiden in luftiger Höhe – ob die Rinder wohl den tollen Ausblick zu würdigen wussten? – dann durch zwei Ortschaften, und schließlich fand ich mich in einer Gruppe von anderen Pilgern wieder, die etwas ratlos an einer Weggabelung standen, wo man sich entscheiden musste, entweder geradeaus eine ziemlich öde Landstraße entlang oder links herum am Rande das Flughafengeländes zu laufen. Dort ging es in Richtung eines Flusses, neben dem lt. Pilgerführer ein Alternativ-Weg bis in die Innenstadt verlaufen sollte. Ich wählte letztere Strecke, aber die Entscheidung stellte sich als ebenso öde heraus, wie für die Chaussee, denn ich stolperte um die Mittagszeit mehr als 2 km auf einem schattenlosen, staubigen Feldweg am Flughafenzaun entlang, und das Bein machte mir ordentlich zu schaffen. Endlich am Flüsschen angekommen legte ich eine Futter-Pause ein; vom Wasserlauf trennten mich leider Brombeerhecken und Brennnesseln, sodass es nichts wurde mit dem ersehnten Fußbad. Nach weiteren zwei Stunden immer am Gewässer entlang – nichts zieht sich länger, als wenn man glaubt, man müsste das Ziel eigentlich jeden Moment erreicht haben, kam endlich die Stadt.

El Cid, der Held und Ritter, grüßte in Stein gehauen vom Brückengeländer herab. Sein Andenken wird hier hochgehalten. Im Stadttor ‚Arco Santa Maria', durch das man ein Stück weiter flussabwärts direkt zum Kathedral-Platz kommt, stand er neben Karl V direkt unterhalb der Schutzheiligen der Stadt, und auf der anderen Seite des Flusses in der Innenstadt thronte er auf einem hohen Denkmal, wie er den Berbern entgegen stürmte. Der Legende nach soll er in seiner letzten Schlacht bereits tödlich verwundet von seinen Getreuen auf seinem Pferd festge-
bunden und den Feinden entgegen geschickt worden sein, das Schwert noch in der Hand, worauf diese vor der Erscheinung eines bereits Totgeglaubten entsetzt geflohen seien - sein letzter Triumph. Die Türme der Kathedrale lugten über die Dächer und zeigten die Richtung zur Plaza major, wo auch die angepeilte städtische Unterkunft zu suchen war.

Abends kaufte ich mir Brot und Käse für ein Picknick, setzte mich auf eine der langen Steinbänke auf dem Hauptplatz und beobachtete beim Kauen die Kinder, wie sie mit beachtlichem Geschick unmittelbar vor den Durchgängen unter der Casa consistorial – dem Rathaus von 1788 – Fußball spielten. Der Nachwuchs für Real Madrid und Co? Wer weiß? Als ich mich später schräg gegenüber der Herberge zu einem Glas Wein niederließ, um die Tagesereignisse aufzuschreiben, gesellte sich noch David aus Münster zu mir, der gerade einige ‚Mitläufer' verabschiedet hatte. Viele Pilger beendeten in Burgos den Weg fürs Erste. Dass ich ebenso wie er weiterlaufen wollte, freute ihn sichtlich, und mich freute es, dass ich doch nicht so alleine geblieben war in dieser Stadt.

Das war dann auch genug der Freude. Die anschließende Nacht nervte, denn wegen der Wärme standen die Fenster im Schlafsaal weit offen, und ich hörte auch im 5. Stock bis in die Frühe hinein das Krakeelen von einigen Trinkern aus der Bar gegenüber.

Meseta, 24.8.2015

Blendend heller Kies voraus,
sich windend und verschwindend
irgendwo zwischen dem Sepia und Braun
der abgenagten Hügel.
Die Sonne saugt zu ihrer Labung
das Nass aus den Poren,
die Weite trägt Gedanken
wie Blicke mit sich fort,
und ebenso die Farben rundum,
als ob der große Maler sie alle
zu einer einzigen Nicht-Farbe.
hätte zusammenlaufen lassen.
Leer macht das Laufen,
räumt auf mit der
Geschäftigkeit im Kopf.
– was war da vorher noch? –
zehrt an den satten Herzen,
macht bereit: etwas kommt vorne auf,
liegt auf der Lauer, ich laufe hinzu,
höre ich Stimmen?
Was flüstert der Wind?
– Die Meseta deckt den Tisch,
und putzt die Teller ...,
doch für welches Mahl?

Burgos – Castrojeriz – Fromista, 24.8.2015

Das war sie jetzt, die berühmte Meseta; baum- und schattenlos … so sollte sie jedenfalls sein. Aber zuerst lief ich durch eine Parklandschaft mit Büschen und Sträuchern rechts und links. Ich war um kurz nach 7 aus Burgos aufgebrochen und spürte empfindlich die Morgenfrische an die Fingern beim Wandern mit den Stöcken. An einer Weggabelung wartete ein Frau; sie hatte dort mit ihrem Fahrrad Stellung bezogen und warnte alle, die vorbeikamen, nicht der Coquille zu folgen, das seien zwei Kilometer Umweg, sondern – und sie zeigte mit kurzen entschiedenen Bewegungen, wo es entlang ginge – dort unter der halbfertigen Brücke einer Autobahnbaustelle hindurch, dann träfen wir gleich wieder auf den Camino.

Ich folgte der Anweisung und sah bald hinter mir die Nachfolger ebenso brav den angewiesenen Weg einschlagen. Es ging schon auf 10 und mein Magen knurrte. Ich hockte mich im Schatten an den Wegesrand zum Frühstück. Da kam die Frau auf dem Fahrrad nochmals vorbei, grüßte und warnte mich vor den Zecken im Gras. Sie fühlte sich wohl als Mutter der einsamen Wanderer unterwegs. Vielleicht wollte sie damit ein bisschen teilhaben an der Pilgerschaft, weil sie selbst nicht fort konnte? ‚Ich solle an sie denken in Santiago', sagte sie noch, ehe sie weiterfuhr. Das werde ich.

Schnell wurde es wärmer, ich passierte zwei gesichtslose Ortschaften und dann kam die Meseta wie vorhergesagt: baum- und schattenlos, aber weit und frei. Die Dimensionen verschoben sich, hier erschien alles groß, der Himmel, der Horizont, bis zu dem man den Weg verfolgen konnte, die Stille, die Freiheit – es dauerte eine Weile, bis ich mich darauf einlassen konnte, aber dann fühlte ich mich selbst wie ein Teil der Landschaft, die in ihrer Kargheit ehrlich und offen dalag, beinahe ein wenig fordernd, es ihr gleich zu tun. – Sanft aufwärts ging es zur Alto Meseta, wieder mal 950 m hoch, aber geringfügig höher als das übrige Plateau. Ich traf das englische Pärchen aus Cornwall wieder; ein freundliches „Hallo" ‚man versteht sich mittlerweile ohne Worte. Und nach einigen Kilometern und Stunden, die in der eintönigen Hochebene fast nebenbei verronnen waren, kam schon das nächste Etappenziel in Sicht.

Hornillos de Camino ist einer dieser Orte, in denen man nur zu dem einen Zweck ankommt: um wieder weiter zu ziehen! Ein lange Straße mit eng aneinander gebauten Bruchsteinhäusern, z. T. verlassen, verfallend, eine geschlossene Kirche, eine wenig einladende Bar. Aber trotzdem alles sehr aufgeräumt, so wie man einen Platz zurücklassen würde, wenn man für immer fortgeht! Die erste private Herberge links am Ortseingang in einem umgebauten Einfamilienhaus wirkte anheimelnd, und ich blieb gleich dort. Es gab gemeinsames Essen in einer Art Wintergarten am Hof, der den Blick auf die Felder gleich dahinter frei ließ. Ein Koreaner saß heute mit am Tisch – nicht der einzige, dem ich auf dem Weg begegnete! Dass der Camino auch in einem so fremden Land und einem ganz anderen Kulturkreis bekannt war, hätte ich nicht erwartet. Anschließend streckte ich mich im kleinen Garten auf einer Liege aus und Whats-Appte mit meiner Anne, die jetzt am Grand-Barrier-Reef mit den Haien tauchte. Gut, dass man als Vater vorher nichts davon wusste! Wo mein Michael wohl jetzt mit der „Vela", seinem 115 000 Bruttoregistertonnen-Pott schwamm? Die See hat leider keine Funkmasten und Jan, mein Großer in Hamburg, nicht einmal ein Smartphone.

Der nächste Morgen (28.8.) begann mit einer Überraschung: Regen. Also packte ich mich nach dem Frühstück zum ersten Mal wetterfest ein, mit Anorak und Regenüberzug über den Rucksack, doch als ich los ging, nieselte es nur noch kurz und hörte bald ganz auf. Dafür stellte ich nach zwei Kilometern fest, dass mein Handy noch immer in der Herberge an der Steckdose hing. Also wieder zurück und von neuem starten – man gönnt sich ja sonst nichts. Mittlerweile lockerten die Wolken weiter auf.

Es lief sich angenehm, die Jacke wurde zu warm und oben auf der nächsten Anhöhe von 950 m – das scheint hier Standardmaß zu sein – zog ich auch meine grasgrüne Flauschjacke aus, die mit dem lädierten Strohhut zusammen schon meine Erkennungszeichen unterwegs wären – so sagte mir Sylvia aus Valencia. Ich hatte hier oben das Gefühl völlig allein unterwegs zu sein. Die Schnelleren waren längst weit voraus, die Langsameren genauso weit zurück und der Rest lief in meinem Tempo außer Sichtweite vor oder hinter mir. Eine Stille herrschte auf dem flachen Gipfelplateau, das ich den eigenen Atem hören konnte. Über ausgedehnten leeren Feldern in der Ebene unten und der sanft gebogenen Horizontlinie weidete eine riesige Herde von kleinen weißen Schäfchen im Himmelsblau. Jemand hatte auf dem Gipfelplateau mit dem Geröllhaufen samt Gipfelkreuz darin ein großes Labyrinth aus Steinen gelegt; ein Symbol der Ruhe, der Versenkung, des Weges nach innen. Ein beschaulicher Kontrapunkt zum Stacheldraht eines militärischen Sperrgebietes auf der anderen Seite der Anhöhe. In dieser unaufgeregten Landschaft stieg in mir ein grandiose Gefühl von Zugehörigkeit zu allem auf.

Als ich weitergehen wollte, kam Astor. Etwa Ende dreißig, New Yorker, drahtig, dem dunklen Teint nach zu
schließen ein Latino aus der Karibik vielleicht. Gegen die
Sonne und den Schweiß hatte er sich ein helles Tuch unter die Mütze geklemmt, das seitlich an den Wangen her-
unterhing und ihm ein exotisches Aussehen verpasste, so
wie auf alten Fotos die Afrikareisenden früherer Zeiten
ausgesehen hatten. Und er begann sofort mir seine Le-
bensgeschichte zu erzählen, noch ehe ich seinen Namen
kannte: Er liefe den Weg nun schon zum zweiten Mal,
vorher wäre er mit Amide, seiner Geliebten unterwegs
gewesen, die aber nichts mehr von ihm wissen wollte, zumindest keine enge Bindung, sich aber trotzdem noch dafür interessiere, was er tue, wie es ihm gehe, und nun versuche er auf dem Weg Antworten zu bekommen. Warum
sie einer Ehe, Familie, Kindern und eigenem Haus nichts
abgewinnen könnte, ebenso wenig seinem Angebot, doch
zumindest befreundet zu bleiben. Sie wäre zweimal
adoptiert worden, zweimal verheiratet gewesen, zweimal
geschieden, hätte zwar für Sex immer alles bekommen,
was sie wollte, aber wäre trotzdem immer auf der Suche
nach der nächsten Gelegenheit, die Pferde zu wechseln,
neues Spiel, neues Glück. Der Grund für ihr Verhalten
läge wohl in den schwierigen Verhältnisse der Kindheit:
der Vater Puertorikaner, die Mutter: eine amerikanische
Jüdin aus begütertem Hause, die wahrscheinlich unge-
wollt schwanger und dann nie richtig mit der Existenz
des Kindes versöhnt gewesen wäre. Die Gefühle der
Tochter hätte sie nie erwidert, kein bisschen Mutterliebe
gezeigt. Meinem Eindruck nach war die Freundin durch
die Ablehnung so tief verletzt, dass sie jegliche Gefühle
infrage stellte und von vorne herein keiner Beziehung
traute, wahrscheinlich überhaupt zu keiner mehr fähig
war. Obwohl diese ganze Beziehungskiste also hoff-

nungslos verfahren war, konnte Astor doch nicht loszulassen, hing noch zu sehr an ihr – oder bloß an seinen eigenen Vorstellungen von Gemeinsamkeit?

Während des Gesprächs fühlte ich mich sehr deutlich an meine zweite Frau erinnert, an ihr schwieriges Verhältnis zu dem knorrigen Vater, mit dem sie nach einem Streit manchmal tagelang kein Wort gewechselt hatte, dem sie aber gleichwohl imponieren wollte. Sie hatte wohl immer den Stachel in sich gefühlt, besser, erfolgreicher, männlicher sein zu müssen, als ihre beiden schwachen Halbbrüder. Ein schweres Motorrad musste her, mit dem sie über die Autobahn preschte und ihre ohnehin ängstliche Mutter noch mehr in Sorge versetzte. Und wenn es mit den eigenen Planungen und Ansprüchen an sich selbst nicht so lief wie gedacht, weder mit den mehrfach abgebrochenen Studiengängen noch mit der Selbständigkeit im HP-Beruf, die nach einem knappen Jahr platzte, dann suchte sie nach einer Ersatzlösung: z. B. einem Mann, eventuell älter, dem ihre Jugend schmeichelte, der sich in sie verliebte und bereit war, ihr mit allem, was er besaß weiterzuhelfen. (Zu dieser Sorte gehörte auch ich – ebenso wie ein Vorgänger.) Ernsthafte Beziehungen zu gleichaltrigen Partnern hatte es bei ihr anscheinend nie gegeben, und mit den anderen Männern ging es auch nur solange gut, bis über kurz oder lang der Anspruch und die Unzufriedenheit zu groß und die Alltagsverpflichtungen zu lästig erschienen. Dann begann die Suche aufs Neue, und sollte nun irgendjemand auftauchen, der vielleicht ein Geschäft, eine Jacht oder gar ein Privatflugzeug besaß, war jede Rücksicht passé, dann verlor sie keine Zeit.

Astor und ich redeten fast drei Stunden miteinander, als würden wir uns seit Jahrzehnten kennen und vertrauen. Ich riet ihm, nichts mehr von Amide zu erwarten, ihr zu verzeihen, weil sie offensichtlich nicht anders handeln konnte. Nur auf diese Weise könnte es meines Erachtens ein Herauskommen aus dem Kreis von Wünschen, Enttäuschungen und wieder neuen bzw. alten Hoffnungen geben.

Am meisten binden uns schließlich die eigenen Begierden und Erwartungen. Eine Vorstellung ist wie ein Gesetze, dem wir gerecht werden wollen. Und wir tun unbewusst alles, damit es sich erfüllt. Jeder tut nur das, was er will und zumindest im Augenblick für unabdingbar hält. Das Glück wurde von klugen Leuten als Mangel an Bedürfnissen beschrieben. Da ist etwas daran. Außerdem: glücklich sein können wir nicht andauernd, es würde sonst ‚normal' werden und alltäglich, vielleicht sogar lästig. Glück: das sind die Höhepunkte, die aus dem Alltag herausragen und ihn überstrahlen. Wenn ich mich darauf konzentriere und vermehrt auf die schönen und guten Momente achte, die mir gegönnt sind, summieren sie sich im Rückblick zu dem Gesamteindruck von Glück. Und mit dem Unglücklich-Sein funktioniert es ganz genauso. Das hat wohl mit unseren tief im Inneren verwurzelten Programmen zu tun, zu Zeiten, als wir noch als Sammler und Jäger durch die Wildnis streiften. Da war unsere Aufmerksamkeit hauptsächlich auf jede mögliche Gefahr gerichtet, auf die es zu reagieren galt – das Schöne war ja sowieso in Ordnung. Und das Fatale ist: die Vorstellungen – egal ob positive oder negative – scheinen sich immer durch die Realität zu bestätigen. – Wir sagen: ‚Die Welt ist ja so schrecklich! Warum ist das nur so?' – Weil wir das Augenmerk auf dieses eine, das Schreckliche richten. Die Chancen auf Glück oder Unglück stehen statistisch gesehen fifty-fifty. Es kommt darauf an, was wir annehmen und sehen w o l l e n ! Wir sind es selbst, die werten und den jeweiligen Anschein von Glück/Unglück in uns erschaffen! Und nach dem Echoprinzip verstärkt sich sogar die eine oder andere Vorstellung und fällt auf uns zurück. Ich erlebe dann tatsächlich mehr ‚Unglück‘, weil ich es erwartet habe! Und einem Bruder Leichtfuß werden Dinge in den Schoß geworfen, von denen wir nicht einmal zu träumen gewagt hätten. Glück ist also letztlich: mein Entscheidung glücklich sein zu w o l l e n ! Und da jedes Ding seine zwei Seiten hat, betrachte ich die nicht so schönen Erlebnisse, die mir natürlich ebenso zustoßen, als den fälligen Preis für mein Glück, den ich zu entrichten habe.

Astor erzählte noch von seiner neuen Beziehung, einem viel unkomplizierteren, Mädchen, Mesquita, das sportlich war wie er und ihn zum Lachen bringen konnte. Er schien von ihr sehr angetan, und ich warnte ihn sein neues Glück nicht aufs Spiel zu setzen mit dem Anklammern an das Vergangene.

So ins Gespräch vertieft durchquerten wir eine Ruine am Wegrand, bemerkten kaum den hohe Torbogen des ehemaligen Klosters San Anton, der noch die Straße, überspannte, und plötzlich standen wir schon am Ortseingang von Castrojeriz, meinem Etappenziel. Lang gezogene lag die Ortschaft an einem Berghang, überragt von einer imposanten Burgruine auf dem Kamm. Eine richtige Trutzburg – wer weiß, welche Herrscher dort einst residiert und vielleicht die Einwohner genau so dominiert hatten wie der Bau auf dem Berg den Ort. Im Schatten eines großen Wegkreuzes an einer Straßengabelung hockten wir uns für eine Weile nieder und redeten immer noch, bis Astor sich endlich zögernd erhob, weil er weiter wollte. Wie zur Bekräftigung rekapitulierte er einige Gedanken vor sich hin – „nicht anklammern, keine Erwartungen" – bedankte sich eindringlich und lange, ehe wir uns schließlich verabschiedeten. Bei Weitergehen drehte er sich noch einige Male um, während ich rechts in den Ort abbog, und es war wirklich so, als würde ich einen altvertrauten Freund ziehen lassen. Solche Begegnungen machen es so besonders hier unterwegs.

Ich fand die traditionelle Herberge von Castrojeriz am anderen Ende des Ortes: ein verwinkelter großer, alter Bau, aber mit allem, was man so braucht, einschließlich großem Garten; das Haus diente schon seit Ewigkeiten als Pilgerquartier. Ich musste noch eine Stunde warten, ehe eine ältere Damen mit freundlichem Gesicht und ihre jüngere Kollegin öffneten. Sie führten das Haus ehrenamtlich, offerierten Unterkunft und Frühstück nach alter Art nur gegen eine freiwillige Spende, und da außer mir nur noch ein Italiener und ein Spanier anklopften, so hatten wir viel Platz und Ruhe. Beim Essen im Ort traf ich Domenico wieder, den Sizilianer: großes Begrüßungs-Hallo – schon hatte ich einen freundlichen Tisch-genossen. Vor einem aufziehenden Regensturm floh ich allerdings bald zurück in die Herberge, um meine Wäsche im Garten von der Leine zu retten.

Am nächsten Morgen, wurde ich sehr früh mit Musik geweckt. Das war gut so, denn die Matratze in meinem Bett bestand aus einer nur sehr dünnen Auflage und vielen Taschenfedern darunter, die ich in der Nacht alle einzeln mit meinem Rücken gezählt hatte. Die ältere Dame erschien im Schlafsaal und wünschte ein freundliches „Buenos dias" – sie schien ebenso wie die Dame an der Wegkreuzung hinter Burgos alle Pilger insgeheim adoptiert zu haben! Sie kümmerte sich um das übliche Marmeladenbrot-Frühstück, schenkte Kaffee nach und reichte Nachschub an Brot und Erbeerjam, und ich gab den beiden als Dank ein kleines Mitbringsel, was ich eigentlich schon in St. Jean hatte loswerden wollen. Ursprünglich war mit der Buchungsbestätigung für die erste Herberge per Email auch das Angebot bei Jens angekommen, am Sonntagabend im Familienkreis mit essen zu dürfen – was aber dann nicht stattfand. Die beiden Damen freuten sich, zeigten mir von der Terrasse des Speisezimmers aus den weiteren Verlauf des Weges, der sich durch das Tal und auf der anderen Seite einen breiten Höhenrücken hinauf schlängelte. Zwei Äpfel aus dem Garten noch als Wegzehrung, dann war ich wieder unterwegs. Wind und Regen hatten sich verzogen. Eine halbe Stunde später stand ich fröstelnd vor der hohen Wand dieses Hanges, der wie eine große Stufe die Landschaft teilte, und dachte:

I.: Muss das denn sein?

E.: Du hast es dir doch ausgesucht.

I.: Ja, ja! Du hast Recht, wie immer ...

E.: Das ist nun mal mein Schicksal.

I.: Schicksal? Gibt es so etwas auch bei dir?

E.: Natürlich nicht, ich bin das Schicksal.

I.: Das heißt also, wenn ich mich in mein Schicksal ergebe, dann ergebe ich mich eigentlich – dir?

E.: Mhm.

Schon ging es mir besser, die Steigung empfand ich als gar nicht mehr so übel, die Finger wurden auch wieder wärmer.

Viele andere Wanderwege kreuzte ich heute: Ameisenstrassen. Wenigsten ein Dutzend verlief vorhin im feuchten Talgrund quer über den Kies. Und angesichts der riesigen Teile, die die winzigen Tierchen schleppten, erschien mir mein Gepäck gar nicht mehr so schwer! Oben am Berg öffnete sich die Landschaft weit, und es zog kräftig. Der Wind von Süden her war seit Tagen mein ständiger Begleiter, zeitweise musste ich mich seitlich gegen ihn anlehnen, aber er trieb auch die Wolken fort! Und die Bäume – so vorhanden – hatten daher alle leichte Schlagseite nach rechts – nach Norden hin. Die nächste Anhöhe fiel schon kaum mehr auf; im nächste Tal samt romanischer(!) Brücke wartete ein Gasthaus auf mich mit viel Betrieb um die Theke herum, lauter Frühstückshungrige. Ich saß zur Abwechslung mit einem französisches Ehepaar um die 60 aus Lyon am Tisch; mit Französisch klappte es besser als mit dem Spanischen. Dafür sprach das spanisches Paar neben ihnen wieder Englisch. Und am Abend traf ich Domenico, den Sizilianer wieder, also an sprachlicher Abwechslung mangelte es nicht.

Natürlich war auch kein Mangel an Kirchen. In Fromista stand direkt bei der Unterkunft eine sehr schön restaurierte und denkmalgeschützte: rein romanisch, nicht sehr groß, in hellem Kalkstein und fast völlig schmucklos im Inneren. Sie strahlte gesammelte Ruhe und Kraft aus und wirkte damit genauso stark wie die überladene, goldene Kathedrale von Burgos. Eine Stadtkirche mit dem Säulenportikus eines griechischen Tempels gab es ebenfalls im Ort, und wir rätselten später alle vergeblich, wozu ihre eigenartigen offenen Säulenumgänge hoch oben um Chor direkt unter dem Dach dienen sollten.

Zum Extra des Tages, dem Abendessen, (schon bemerkenswert, wie sich die Konzentration unterwegs auf ganz einfache Dinge beschränkt) kam wieder eine nette Runde zusammen: das spanische Paar von der Rast am Vormittag, Sylvia und Ilde, die nur befreundet waren, wie sie betonten – später lief ich noch ein gutes Stück mit ihnen gemeinsam –; dann Antonio aus Madrid, ein langer Junggeselle Mitte dreißig, der einen leitenden Vertriebsposten an den Nagel gehängt hatte, um ähnlich wie Barbara aus Hamburg etwas ganz anderes für sich zu finden; er besaß den ersten Reikigrad und dachte daran, als Coach Menschen oder Firmen in eine bessere Art des Umgangs miteinander einzuführen: ein neuer Führungsstil, bei dem der Chef nicht mehr alles bestimmte, sondern als Koordinator für die Fähigkeiten seiner Mitarbeiter fungierte. Sie würden ihre Arbeit auf diese Weise besser gewertschätzt fühlen, mit allen positiven Folgen für das Unternehmen. Das klang ähnlich wie bei Barbara! Die alten Strukturen scheinen zu bröckeln und jeder empfindet es. Ein neuer der Zeitgeist? In vielen Beziehungen erinnert mich das junge 21. Jahrhundert an die Umbruchstimmung vor einhundert Jahren, eine spannende Epoche – hoffentlich werden die Gesellschaften sie besser bewältigen als 1914. Schließlich war da noch ein Ingenieur aus Deutschland, der bei Mercedes für Entwicklung, Form und Produktion ausschließlich der Rücklichter an den Autos zuständig war – und *nur* dies – Was es alles so gibt. Und sie alle waren zu St. Jakob unterwegs. Oder zu sich selbst? In der Herberge konnte ich später nicht mit ansehen, wie sich Ilde und Sylvia mit ihren Rückenschmerzen plagten und rückte beiden rasch das Becken zurecht. Dann kam die Nacht, schnell, traumlos und erholsam –

nicht zu vergleichen mit der Federkern-Massage in der letzten Nacht.

Fromista – Carrion – Terradillos des los Templarios

Mit dem deutschen Ingenieur frühstückte ich noch in einer Art Kiosk an der nächsten Ecke – rasch und im Stehen, morgens herrschte immer Hektik – ehe er per Rad weiterzog und ich mich bald darauf auf der ‚Pilgerautobahn' wiederfand, dem brettebenen Weg neben der Landstraße, schnurgerade und mit einer Kette von Meilensteinen nebst Coquille besetzt.

Neben dem Schild am Ortsausgang standen zwei Frauen mit ihren Rucksäcken, die sich gegenseitig mit dem Handy ablichten wollten, und ich bot an, sie gemeinsam zu fotografieren – schon waren wir im Gespräch und liefen dann fast zwei Tage miteinander.

Belen und ihre 15-jährige Tochter Marta kamen aus San Sebastian und wollten endlich mehr Zeit für und miteinander haben. Marta sprach auch deutsch: Sie lernte es in der Schule und hatte schon einmal zum Schüleraustausch Wiesbaden besucht, der Partnerstadt von San Sebastian. Belen erzog ihr Tochter alleine, begleitete einen verantwortungsvollen Posten in einer Firma und wollte die Erziehung unbedingt besser machen als ihre Mutter, die keine gute Frau sei, wie sie sagte. Deswegen jetzt auch der gemeinsame Marsch mit ihrer Tochter.

Der Pilgerpfad neben der Straße zog sich ziemlich abwechslungslos dahin. Die Templer-Kirche aus dem 13. Jahrhundert in Villalcazar war geschlossen, und so liefen wir durch bis zum heutigen Etappenziel Carrion de los Condes, einem etwas größeren Ort, der auch schon besser Zeiten gesehen hatte. Am Ortseingang schaute uns ein bronzener Pilger von seinem Sockel entgegen (Pflicht-Foto) und kurz darauf kam auch ein echter des Weges: etwas abgerissen mit tief heruntergezogenem Pilgerhut über dem verwitterte Gesicht und mit einem Esel am Zügel. Er erzählte, das er den Camino gerade wieder zurück liefe und keine Herbergen brauche, weil er alles auf seinem Packtier mit sich führe: Zelt, Matratze, Kochgerät, persönliche Habe ... Wo sollte er wohl auch mit seinem Esel hin in einer Herberge?

Im Städtchen kamen wir bei Benediktinerinnen unter: wieder in einem alten, neu hergerichteten Ordenshaus, wo alle am Nachmittag zu einem Treffen in der Eingangshalle eingeladen waren. Dort erwarteten uns drei Nonnen, eine spielte Gitarre und sang sehr schön und wir alle mit ihr; ein Seminarleiter aus England forderte die Pilger auf über sich und ihre Motive für den Weg zu sprechen: so hörten wir von allem möglichen: wie spiritueller Erfahrung, familiären Problemen oder Überforderung, am wenigsten von religiösem Antrieb.

in weiterer Ansporn zum Camino scheint in Spanien auch die Verschönerung der Biographie zu sein! Ein Spanier erzählte mir, dass es sich bei Bewerbungen in diesem Land immer noch gut mache, wenn man nach Santiago gelaufen sei! Dann sang ein Koreaner ein Volkslied aus seiner Heimat, und das klang gar nicht so exotisch wie ich angenommen hatte; ein spanisches Paar tanzte Flamenco und ich kramte meine Mundharmonika hervor und spielte ‚Guten Abend, gute Nacht'. Mit dem angenehmen Gefühl von Gemeinschaft und Zusammengehörigkeit verließen wir das Haus zu einem Rundgang.

Im Städtchen herrschte großer Auftrieb, heute war Fiesta zu Ehren des Stadtheiligen – aber nicht mit Kühen auf der Straße wie in Arcos. Dafür mit vielen Buden und langen Menschenschlangen davor, die für ein spezielles Gericht des Ortes anstanden, einer Art Pfannkuchen, frisch zubereitet – und das dauerte. Belen, Marta und ich verspürten keine sonderliche Lust darauf, weder auf Pfannkuchen, noch auf Schlangestehen, und zogen die Bar am Rande der Plaza major vor. Dort konnten wir beim Essen beobachten, wie Hüpfburgen aufgeblasen und eine Scooterbahn improvisiert wurden und an den Ständen am Rande der Wein schon kräftig floss. Mehr war allerdings nicht los. Auf dem Rückweg zur Herberge erstand ich als erstes Mitbringsel vom Camino noch einige Lesezeichen.

Gegen Abend las der englische Seminarleiter in der Kirche gleich neben dem Kloster eine Messe, in einer Seitenkapelle flackerten zahlreiche rote Lichter vor der Schutzheiligen des Camino und zum anschließenden Pilgersegen schenkten die Nonnen jedem ein kleines, selbst gefertigtes, buntes Papiersternchen, das uns auf dem Weg behüten sollte. (Es hat mich wundersamerweise auf dem ganzen Weg irgendwo im Gepäck verborgen begleitet und heute steckt es etwas zerknittert vor dem Bild meiner Eltern auf meinem Schreibtisch.)

Eigentlich hätte ich nach diesem Tag und dem reichlichem Essen recht spät am Abend – zumindest für Santiago-Wanderer – gut schlafen müssen; ich richtete bei Belen noch den Beckenschiefstand ein und lag bereits kurz nach zehn Uhr müde in der Koje. Als bei mir gerade die ersten Schäfchen über den Zaun springen wollten, tappte ein verspäteter Pilger herein, der im Dunkel lange und ausgiebig ‚nistete' und mit seinem Handy herum leuchtete, und bis er nach geraumer Zeit endlich doch zur Ruhe fand, war ich wieder wach. Auf dieses Vorspiel hin hatte ich dann ausgiebig Gelegenheit, die verschiedenen Arten des Schnarchens zu studieren. Ein ausgewachsenes Hörspiel – spannend, wenn ich nicht hätte schlafen wollen. Die erste Ton-Darbietung begann moderat, steigerte sich langsam, wurde lauter und lauter, bis der Schläfer wohl selbst über seine Lautstärke erschrak, vernehmlich schluckte und schmatzte, und kaum dachte ich, jetzt sei endlich Ruhe, begann die Arie aufs Neue. Jemand anderes fiel mit einem Pfeifton ein, lange und wie klagend abfallend, aber in der Tonhöhe bei jedem neuen Ansatz immer mehr ansteigend, gefolgt von einem Prusten durch flatternde Lippen – ich dachte schon, schlafe im Pferdestall. Dagegen waren zwei andere sonore Säger noch harmlos, direkt melodisch zu nennen: Sie schnarchten im Abstand einer kleinen Terz. – Es müssen wohl unterschiedlich dicke Bäume gewesen sein, die sie sägten. – Als ich trotzdem irgendwann eingeschlafen war – gerade eben wie mir schien – fing eine Nachbardame um viertel vor sechs an zu rascheln und kruschen, mit der Taschenlampe herumzufuchteln und mir ins Gesicht zu leuchten.

Ich stand leicht genervt auf, war rasch mit der Morgentoilette fertig und schon zum Abmarsch bereit, da saß sie nebenan immer noch zwischen Bündeln und Tüten auf ihrem Bett und tippte verbissen auf das Handy ein – ein typischer Fall von ‚Smombie' – das Wort des Jahres. Wir, Belen, Marta und ich, starteten gegen sieben, tranken vor dem Ortsausgang noch einen Kaffee in einer Bar, wo um diese Zeit schon die ersten Katastrophenmeldungen über den Bildschirm flimmerten: Überschwemmung in der Türkei, Attentat in USA, ein Frauenmörder in Spanien, ein Busunglück ... es mutete mich an wie aus einer anderen Welt! Schwer zu begreifen, dass man damit seinen Morgen beginnen muss. Wenn Gedanken Energien sind – wie bewiesen – was tun wir dann uns und anderen mit solchen Nachrichten an?

Die Meseta machte ihrem Namen nun alle Ehre: ein weites Plateau, ein breiter Kiesweg, zuerst wieder mit Pappel bestanden, dann auch das nicht mehr, nur noch flache Gegend, und immer weiter geradeaus, westwärts.

Belen erzählte, dass sie von der Geburtstagsfeier bei ihrer Mutter käme, mit der sie aber kein gute Verhältnis hätte. Die Mutter stammte aus wohlhabender Familie und wäre in der Ehe mit ihrem Vater immer unzufrieden gewesen, weil sie das Gefühl geerbt oder kultiviert hätte, etwas besseres zu sein und mehr verdient zu haben. – Immer wieder das Geld, das die Menschen verbiegt, deformiert, ich dachte an Astors Erzählungen. – Sie wäre, sogar schon geschieden, zu ihrem Mann zurückgekehrt, nur weil dieser ein Grundstück hätte gut verkaufen können und sie vom dem Erlös etwas ab haben wollte. Ganz besonders übel nahm Belen ihr, dass sie ihren von Geburt an etwas zurückgebliebenen Bruder nicht gute behandelte. Sie wolle ihn aus einer betreuenden Einrichtung in der Nähe des Heimaltortes herausreißen und in eine weit entfernte, psychiatrische Klinik abschieben, wo er sich alleine fühlen müsse, wo er niemanden kenne und auch selten besucht werden könnte. Das alles nur um nicht mit einem Behinderten – ihrem eigenen Sohn! – in Verbindung gebracht zu werden. Was machen Unzufriedenheit und Anspruch nur aus uns? – Ich nahm mir vor, mich selber noch genauer zu beobachten.

Zur obligatorischen Morgen-Rast, saßen wir auf einer Steinbank am schnurgeraden Weg, und ein Bayer aus

Kelheim gesellte sich kurz zu uns, der vom Altmühltal aus zu Fuß aufgebrochen und nun schon viele Wochen lang unterwegs war; es reichte aber nur zu dieser kurzen Mitteilung, schon musste er weiter. ‚Ein Getriebener', dachte ich und fühlte mich unbehaglich. Wer sitzt ihm im Nacken? Selbst hier auf der Pilgerschaft? Und als ich ihm und seinem Rucksack noch nachschaute, kam es mir plötzlich vor, als hockte dort wirklich jemand in seinem Genick, der ihn antrieb.

Beim Weitergehen hatte Marta Probleme: Der Rücken tat weh. Ihre Mutter überlegte bereits den Camino abzubrechen, und zu Mittag in der nächsten Bar stand ihr Entschluss fest. Ich kümmerte mich noch ein bisschen um Martas Beschwerden, dann tauschten wir Adressen aus, und sie bestellten ein Taxi. – Ich marschierte wieder alleine weiter, immer den Weg an der Landstraße entlang, an dem man nun freundlicherweise ein bis zum Horizont reichendes Spalier von Bäumen gepflanzt hatte.

Der nächste Ort trug einen klangvollen Namen: Terradillos de los Templarios, und erinnert ebenso wie das Flüsschen daneben, 'Rio Templarios', an eine große Vergangenheit als Templer-Hochburg. Davon gab es aber keinerlei Spuren mehr, und die Siedlung war so unbedeutend klein, dass ich nach der Ankunft auch keinen Fuß mehr vor den Hof der Herberge setzte. Zu meine Freude traf ich an der Anmeldung Ilde, Sylvia und Antonio vom gemeinsamen gestrigen Abendessen wieder, und wir verabredeten uns auch sofort dazu. Im kleinen Garten machte ich es mir im Schatten eines Bäumchens zum Tagebuch-Schreiben gemütlich, kam aber nicht weit damit, denn ein pensionierter, italienischer Ingenieur am Tisch begann sogleich zu erzählen. (Entweder mache ich ein zu neugieriges Gesicht, oder der Abend nach einem Wandertag löst allen die Zunge.) Der Italiener hatte früher für die deutsche Telecom gearbeitet, und jetzt mit 67 verwirklichte er seinen Traum vom Camino. Sein Sohn lebte nach dem Studium jetzt mit seine deutsche Frau in Ingolstadt; man hörte den Stolz auf seinen erfolgreichen Sprössling heraus. Ich dachte natürlich sofort an meinen Michael, den angehenden Seemann, jetzt irgendwo zwischen USA und China außer Reichweite auf dem Pazifik. Dafür erhielt ich beim Abendessen eine Nachricht von Belen und Marta aus San Sebastian: sie saßen schon in ihrem Wohnzimmer zu Hause, hatten mir auf der Landstraße vom Taxi aus noch zugewunken, was ich leider nicht mitbekommen hatte, und wünschten mir weiterhin einen „Buen Camino!" Auch Jens meldete sich: er überlegte, vielleicht nach Santiago zu fliegen und mir von dort aus einige Tagesmärsche weit entgegen zu fahren, um wenigsten das letzte Stück gemeinsam zu laufen. Das wäre schön.

Terradillos – El Burgo Ranero

Von Terradillos aus brachen wir zu viert auf: Ilde, ein Mann mittleren Alters, der in seiner Firma mit Siemens in Deutschland zu tun hatte, Sylvia, auch Mitte vierzig, die in der Nähe von Valencia eine Taverne betrieb, Antonio und ich. Das Wetter war warm, aber nicht zu heiß, die Landschaft sanft gewellt und mit kleinen Wäldchen seitlich. Bei der Virgin del Puente, einer uralten Kapelle und einer ebenso alten Brücken im Talgrund machten wir

Halt. Dort wäre die Hälfte des Pilgerweges geschafft, hieß es, aber von Roncevalles aus gerechnet. Ich war also schon weiter. Im schlichten Innenraum der Kirche fiel nur der kunstvoller Mosaik-Fußboden aus runden Natursteinen auf und ein Tisch mit einem Freiwilligen dahinter für den Stempel ins Credential. Es gab erstaunlich viele Menschen unterwegs, die sich so engagierten. Außen standen rechts und links am Ende des weiten Vorplatzes zwei ca. 5 m hohe Steinfiguren und verabschiedeten die Pilger: ein Herrscher und ein Bischof – irgendwer aus der langen Geschichte des Landes.

Auf der nächsten Anhöhe kam nach wenigen Kilometern Sahagun in Sicht. Das 3 000-Seelen-Städtchen mit zweitausendjähriger Vergangenheit war früher der Sitz von großer kirchlicher Macht. Wieder standen viele Kirchen und Klöster herum, z. T. arg mitgenommen, denn die diversen Besetzungen und Rückeroberungen während der Zeit der Mauren in Spanien, der Diebstahl von Baumaterial im Mittelalter und der Zahn der Zeit oder letztlich das Desinteresse der Bewohner hatten ihre Spuren an den alten Ziegelbauten hinterlassen. Wir setzten uns auf der Plaza major an einen der Tische und ließen uns gegen halb zwölf Bocadillo und spanisches Omelette schmecken. Als wir nach einer Weile weiter wollten, blieb Sylvia zurück; Ihr ging es heute nicht so gut und sie wollte den Bus zu nehmen ; Antonio war mit größeren Schritten schon früher enteilt, ... da bleiben nur noch zwei! Ilde marschierte ungefähr im gleichen Tempo wie ich, und gemeinsam bewältigen wir die nächsten achtzehn Kilometer dieser Etappe, immer an der Chaussee entlang mit ihren demütig im Wind geneigten Alleebäumen.

Wind von vorne

Sicher ist das so eine Sache mit den Vergleichen, aber als ich heute durch die Meseta wanderte, etwa auf halbem Weg nach Santiago, seit Tagen immer gegen den Wind, der kräftig schräg von vorne blies und mir den Strohhut vom Kopf fegen wollte, dachte ich daran, dass mir auch damals, auf der Hälfte meines Lebensweges, der Wind heftig ins Gesicht geblasen hatte.

Ich erinnerte mich gut an einen bestimmten Tag im Herbst 1974: Ich saß in unserer kleinen Wohnung in Bonn, deren Miete ich bisher wenigstens von der nicht gerade üppigen Gage abgezweigt und meiner Frau Gisela überwiesen hatte. Mehr ging nicht, und nun war auch das vorbei. Ich hatte kein Engagement, keine andere Arbeit und zum ersten Mal auch keinerlei Plan, was ich tun sollte, um wieder irgendwo Fuß zu fassen, in meinem Beruf Geld zu verdienen oder was ich überhaupt in Zukunft tun wollte.

Die beiden Jahre davor waren randvoll mit Arbeit angefüllt gewesen, ich hatte mehr Vorstellungen hinter mich gebracht, als die ganz Spielzeit an Tagen zählte, und dazu noch drei Inszenierungen abgeliefert. Einige der Rollen, die ich gespielt hatte, wurden über den grünen Klee gelobt, und ich dachte schon, jetzt bin ich endlich wieder in der Spur.

So spielten wir z. B. ein Zwei-Personen-Stück (‚Moneys Wohnwagen‘), das lediglich viermal außerhalb des regulären Spielplans aufgeführt werden sollte – als Experiment oder als Feigenblatt: ‚Man ist ja auch modern in der Provinz.‘ – Meine Partnerin und ich hatten es mehr gegen als mit Unterstützung eines netten, jungen, aber völlig unbedarften Dramaturgen auf die Beine gestellt. Er hatte noch nie als Regisseure oder wenigsten als Regieassistent vorher gearbeitet. Ich musste ihn auf die einfachsten Dinge aufmerksam machen, aber er war aufnahmebereit und wach und aus seinem unverbildeten Blickwinkel heraus konnte er uns seine spontanen Eindrücke schildern und wichtige Hinweise geben. Und dieses Stück wurde ein großer Erfolg, von der Kritik gelobt, vom Publikum beklatscht, und statt der geplanten vier Vorstellungen kamen wir wegen der großen Nachfrage am Ende auf 37 Aufführungen.

Aber – wie heißt es so schön in Theaterkreisen? „Sicher guckt mal wieder kein Schwein", und so war es auch bei mir. Der Agent ging davon aus, dass ich weiter an dieser Bühne bliebe – ich auch – und er machte mir keinerlei Angebote. Und als mein Vertrag dann doch ebenso unerwartet wie sehr spät und mit fadenscheiniger Begründung n i c h t   verlängert wurde, war ich mit allen Bewerbungen bei anderen Bühnen viel zu spät dran, der Markt war längst verlaufen! Auch Tourneebühnen planten und engagierten viel eher als ich nachfragte, und meine Agentur hatte nur ein bedauerndes Schulterzucken für mich übrig. So saß ich also in diesem Herbst zu Hause, fühlte mich ausgelaugt, benutzt und leer, unfähig irgend etwas zu anzugehen.

Da klingelte plötzlich das Telefon und eine sonore, etwas rauchige Stimme fragte, nachdem sie sich vergewissert hatte, dass es mein Anschluss war, ob ich denn Zeit hätte, in vier Tagen eine Rolle zu übernehmen. Ein Schauspieler sei für die schon angesetzte Vorstellung kurzfristig ausgefallen, – ob ich mir das zutraue? – Es war Willy Millowitsch, der Kölner Volksschauspieler, bekannt von vielen Filmen und TV-Produktionen und noch heute in der Erinnerung eine kölsche Institution.

Natürlich traute ich mich! Schon in meinem ersten Engagement nach der Schauspielschule hatte der Intendant in Gelsenkirchen rasch mitbekommen, dass ich nicht begriffsstutzig war, und mich gleich in mehreren Stücken für erkrankte Kollegen einspringen lassen. Einmal hatte ich sogar innerhalb eines Tages zwischen zwei Märchenvorstellungen den Text einer Rolle gelernt, den ich von der vorausgegangenen Arbeit als Regieassistent schon einigermaßen im Ohr hatte, und Herr Hinrich, mein Intendant, kündigte dann auf der Bühne den Zuschauern diese rasche Übernahme an, und auch dass ich notfalls, sollte mir der Text entfallen sein, zum Bühnenportal gehen dürfe, um mir von der Souffleuse weiterhelfen zu lassen.

Im ersten und zweiten Akt lief alles reibungslos. Doch in der Pause erschien Herr Hinrich in der Garderobe um mir etwas zu sagen. Eigentlich war er weniger Intendant als durch und durch ein alter Mime mit einem wundervollen, grauen Charakterkopf und dem Instinkt für publikumswirksame Effekte. Und er nahm mich beiseite: „Junge", sagte er, „ich habe doch angekündigt, dass du, wenn du hängst, zur Souffleuse gehen kannst, da warten die doch jetzt darauf!" Das ließ ich mir nicht zweimal sagen, passte im dritten Akt die Stelle ab, wo mich meine Partnerin in einer leidenschaftlichen Umarmung fragen musste: „Liebst du mich denn?", machte eine Pause und schaute sie ein bisschen belämmert an, ging dann leicht irritiert zum Portal und kam zurück mit dem weltbewegenden Satz „Natürlich liebe ich dich!" – Das Publikum war zufrieden und Herr Hinrich auch.

Und jetzt sprang ich also bei Millowitsch ein. Er hatte meine Adresse von einem Tourneetheater erhalten, das auch die Gastspielreisen für das Kölner Volkstheater organisierte. Der Chef, wie ihn alle, einschließlich seines Sohnes Peter, nannten, inszenierte die vom Vater ererbten Stücke aus dem Familientheater recht locker und so wie es eben immer war; man musste schon selbst ein bisschen die Phantasie spielen lassen, um etwas aus der Rolle zu machen. Er für seine Person brauchte sich ja bei seinem urig komödiantischen Talent keinerlei Sorgen um seine Wirkung machen.

Aus dem einmaligen Einspringen, das reibungslos ablief, wurden sechs Jahre und neun Produktionen, bei denen ich in Köln und auf Tourneen mitspielte; die meisten zeichnete der WDR auch auf. Mt seinem Sohn Peter und dessen späterer Frau Barbie entstand ein freundschaftliches Verhältnis und mit dem ‚Chef' eine mehr als nur kollegiale Beziehung, denn er kehrte nie den Boss heraus. Ich erinnere mich an ein ganz privates Gespräch mit ihm in einem Café auf der Züricher Bahnhofstraße. Er machte sich Gedanken über ein Angebot von Peter Zadek, dem Regisseur und Intendanten von Bochum, ein exzentrischer Theatermann, immer für eine Provokation oder einen Eklat gut. Er hatte ihm die Rolle des komischen Haushofmeisters Malvolio in Shakepeares ‚Was ihr Wollt' angetragen, und der Chef überlegte lange hin und her, ob Zadek nur seine – Millowitschs – Popularität ausnutzen wolle und er ablehnen, oder ob er seinem eigenen Wunsch nachgeben und das Wagnis eingehen solle, um endlich auch als ‚seriöser' Schauspieler anerkannt zu werden. „Ich habe ja nicht einmal eine Schauspielausbildung gehabt", meinte er! Sein Vater habe ihn in dem Familienbetrieb schon als Junge auf die Bühne gestellt und ihn angewiesen, was er mache solle, sonst nichts, und das wäre alles an Ausbildung. Es berührte mich schon sehr, wie einem so berühmten Mann die Defizite und Zurücksetzungen aus der Jugend noch nachhingen, und ich versuchte, ihn zu ermutigen, seine Träume doch endlich zu realisieren – wenn nicht jetzt, wann dann? Er spielte dann auch tatsächlich den Malvolio – und natürlich erfolgreich.

Der ‚Chef‘ war im besten Sinne des Worts ein Patriarch, der seinen Werdegang nie vergessen hatte, der hinten unter der Bühne des Millowitsch-Theaters im Büro und am Sekretär seines Vaters saß und noch immer wie in alten Zeiten abends die Gage bar auszahlte. Ganz selbstverständlich war, dass er zu seinen Geburtstagen das Ensemble ins Restaurant einlud, oder wir tafelten gemeinsam in seiner Villa in der Vincenzallee in Lövenich. Und seinen Siebzigsten feierten wir natürlich zusammen mit allen ‚Großkopferten' im Kölner Gürzenich.

In seinem kleinen Kellerkino bei sich zu Hause führte er uns manchmal alte Schmalfilme vor. Ich erinnere mich an einen Streifen, der das Millowitsch-Ensemble bei der Truppenbetreuung in Frankreich zeigte. Ich sehe die Szene noch vor mir, wie einige Schauspieler – dabei auch seine Tante Luzie – die Freitreppe eines Herrenhauses herunter kamen und locker in die Kamera winkten, auch der junge Willy; aber als er den Apparat sah, musste er für die Linse sofort noch ein paar Extrafaxen machen – ein Vollblut-Zirkuspferd eben! Diese Unmittelbarkeit und unbändige Freude am Spiel waren das Geheimnis seines Erfolges.

Einmal spielten wir auf einer Tournee im alten Züricher Bernhard-Theater, einem Privattheater, das damals noch direkt neben der Oper am Limatquai stand. Der ‚Chef' stellte in dem Stück einen gewitzten Bauern dar, der im zweiten Akt zum Verhör im Büro des Inspektors erscheinen musste. Das Bernhardtheater war bewirtschaftet, vor der Vorstellung konnte man auch im Parterre essen. (Der Chef nutzte einmal die Gelegenheit, um sich Spaghetti carbonara zu bestellen und als er satt war und in dem riesigen Kessel sich immer noch die Spaghetti türmten, lief er damit von Garderobe zu Garderobe um uns damit zu füttern. „Dat kann'sch doch nit zurückjehn lasse!") Es gab auch einen Rang im Zuschauerraum, der wochentags aber für das Publikum geschlossen blieb, und auf diesen Rang schlichen wir uns oft von der Garderobe aus, gleich nebenan, nur um die Verhör-Szene zu erleben.

Sie fing damit an, dass der Chef mit Zigarre im Mund von rechts die Bühne/das Büro betrat und zur Begrüßung seinen Hut zwei Meter weit durch die Luft auf einen Haken an der Wand segeln ließ. Manchmal klappte das auch nicht, und er kommentierte das mit einem fröhlichen „Et hät nit jejange", hob locker den Hut auf und weiter im Text. „Hier wird nicht geraucht", fuhr ihn der Kommissar an. „Is jut", sagte Willy und ließ als Bekräftigung einen Rauchkringel in die Luft steigen. „Na!", herrschte ihn der Kommissar hinter dem Schreibtisch an. Willy antwortete mit einem angestrengten Blick, der im Bogen langsam einem imaginären Etwas in der Luft folgte, dann schnappte er mit der Hand danach, holte die geschlossene Faust vorsichtig vor Gesicht, öffnete sie und ließ über die Handfläche den nächsten Rauchkringel in Richtung Schreibtisch segeln. (Und der Kollege hatte oft Mühe, sein Grinsen zu unterdrücken.) Das Spiel mit dem Kringel wiederholte sich je nach abendlicher Lust und Laune noch ein, zwei Mal – mal lauschte er angestrengt an der geschlossenen Faust oder schnupperte an ihr und sein Gesicht drückte aus, dass sich eine Köstlichkeit darin verbergen müsste – und wieder wanderte ein Rauchkränzchen nach oben, bis der Kommissar seinen Besucher energisch zur Ordnung rief und Willy scheinbar kleinlaut nachgab. „Jut, jut Herr Oberrauchmeldungs-Rat", oder so ähnlich – jeden Abend verpasste er ihm einen anderen Titel. Damit steckt er dann den Zigarrenstummel – scheinbar – in die rechte Hosentasche, hatte ihn aber in Wirklichkeit zuvor und für die Zuschauer nicht einsehbar in einen Aschenbecher auf dem Schreibtisch deponiert. Der Dialog ging ein bisschen weiter, bis Willy mit dem rechten Bein langsam und dann immer heftiger zu zucken anfing, schließlich „Feuer" schrie und mit der Wasserkaraffe vom Schreibtisch des Kommissars den „Brand" in der Hosentasche löschte (beziehungsweise das Wasser geschickt daran vorbei schüttete). „So was, wie Sie, kriegen wir immer noch klein", verkündete der Kommissar triumphierend. „Denkste!", sagte Willy, zog schon wieder am Zigarrenstummel, den er heimlich in die Hand gebracht hatte, und blies den nächsten Rauchkringel durch den Raum.

Als der Chef dann hochbetagt im Herbst 1999 in Köln starb, gab es mir einen gehörigen Stich. Und ich pilgerte mit vielen anderen Besuchern ins Foyer des Millowitsch-Theaters, wo er aufgebahrt lag, um ihm meinen letzten Blumengruß zu bringen.

Gedenken

Einmal stand am Wegesrand ein Marmor-Kreuz; ein paar Steine lagen darauf, wie es die Juden auf ihren Grabmalen machen, eine schöner Brauch. Unterwegs fand ich sie des öfteren, abgelegt vor Kreuzen oder Kapellen oder auf den Meilensteinen mit der Muschel gestapelt. (Manchmal stand auch ein einsamer Schuh darauf, und ich fragte mich, wo wohl der zweite abgeblieben war?) Die Blätter einer Platane wedelten um die Spitze des Gedenksteines, auf dessen hohem Sockel ich die Inschrift las: S.E.P. Manfred Kress, 1998 – sonst nichts. Dort auf dem Camino war er gestorben. Wie? Woran? Wie alt der Mann wohl geworden war– die Geburtsangabe fehlte. Ein Mensch wird geboren und stirbt, das ist das Einzige, was feststeht und das Wenigste, was ich wissen will. Ich rätselte lange wegen der drei Buchstaben: S.E.P. ‚Seine Eminenz, Prälat' ...? Oder S: wie ‚semper' – immer? P. wie ‚pax' – Frieden? Und das E. – ‚eternus' wie ewig? Aber den Wunsch nach immer währendem Frieden würde man gemeinhin unter den Namen setzt, nicht davor, und er lautete: ‚requiescat in pace', R.I.P abgekürzt. Ich kam nicht dahinter. Und wer hatte ihm das Denkmal gesetzt? Wer dachte heute noch an ihn? – Ich, stellte ich fest(!), auch wenn ich nichts von diesem Menschen kannte. Das Denkmal hatte also seinen Zweck erreicht.

Fast viermal 100 km war ich nun unterwegs; analog dazu wäre das um die vierzig in meinem Leben. Susanne kam mir in den Sinn – auch sie ist schon Jahre tot. Damals war sie eine Weile in mein Leben getreten, nachdem mich Gisela mit meinem kleinen Jan verlassen hatte und ich in Alfter bei Bonn unser bescheidenes Haus fertigstellte – dort, wo meine Frau nicht einziehen wollte. „Du hast es gut, du bist immer unterwegs und willst mich aufs Land abschieben", meinte sie. Dabei lag das Dorf kaum zehn Minuten mit dem Auto von der Bonner Innenstadt entfernt! Natürlich war ich viel unterwegs, ich hatte kein festes Engagement und nahm alles an, was ich als Schauspieler bekommen konnte. Aber was hatte sie sich wohl

unter einer Theater-Tournee vorgestellt? Jeden Tag Hal-
ligalli und high life? – Jeden Tag woanders. Keine Familie, kein Zuhause, keine Freunde, fremde Umgebung, in
der man sich erst zurechtfinden musste, und das Geld war
auch immer knapp – das war alles andere als ein Finger-
schlecken.

Um im neuen Haus irgendwie über die Runden zu kommen mit meinen Kreditverpflichtungen und den Unter-
haltszahlungen (und leben musste ich nebenbei auch
noch), hatte ich drei von den fünf Räumen vermietet. Im
Erdgeschoss mit der Terrasse nach hinten hinaus zog
Susanne ein, kaum 19 Jahre alt, die an der vor wenigen
Jahren gegründeten Alanus-Hochschule in Alfter einge-
schrieben war. Sitz der Einrichtung war der Johanneshof,
ein großes Vierkantgehöft am Hang des Vorgebirges zwischen Bonn und Köln. Er beherbergte Ateliers, Werkstätten und sogar einen Theatersaal in der ehemaligen
Scheune, und man unterrichtete dort nach anthroposophi-
schen Grundsätzen Malerei, Schauspiel und Musik.

Susanne malte, und ihr Zimmer sah bald puppenlustig
aus. Malen ist nicht ganz richtig, sie lasierte. Eine dünne
Wasserfarbenschicht nach der anderen wurde dabei – jeweils nach dem Trocknen der vorhergehenden – neu aufgetragen. Und das dauerte! Wobei ihr eine rechte Idee für
das Bild, ein Grund-Thema oder auch nur eine momen-
tane Eingebung anscheinend fehlten! Spontaneität dürfte
bei dieser Maltechnik auch schwierig sein! So war es allerdings auch in ihrem Leben: Der rechte Plan für ihre
Zukunft, eine Begeisterung oder Berufung für das, was
sie tat, waren nicht zu erkennen. Nur der undefinierbare
Drang etwas Künstlerisches zu machen. Die Beziehung
zu einem jungen Holländer, der sie gelegentlich noch besuchte, war kurz zuvor in die Brüche gegangen; sie fühlte

sich alleine – wie ich auch – und so kam es wie es kommen musste. Bei einem gemeinsamen Spaziergang hakte sie sich bei mir unter und lehnte ihren Kopf an meine Schulter. Von da an bewohnte ich nicht mehr zwei Räume alleine, sondern drei Zimmer zu zweit. Ich besuchte den Johanneshof, sah ihr beim Lasieren zu und stellte Fragen zu dem, was sie damit ausdrücken wollte, woraufhin sie erst einmal große Augen und sich dann wohl ein paar Gedanken machte über die längst angefangenen Bilder. Nach einigen Tagen stellte ich jedenfalls fest, dass diese sich deutlich verändert und an Ausdruck gewonnen hatten. Eines davon hängt noch heute in meiner Praxis.

Ihre Eltern lebten mit ihren beiden Schwestern in einem engen Reihenhäuschen bei Wuppertal, der Vater war Lehrer, rauchte wie eine altes Dampfschiff, und die Anthroposophie hing über diesem Haushalt wie eine drückende Hypothek – so empfand ich es wenigstens. Die Lehren von Rudolf Steiners schienen hier nicht zu beflügeln und als Ansporn auf der Suche nach neuen Formen und Zusammenhängen zu dienen, sondern lediglich wie eine Pflichtübung zu sein, die auf dem Gemüt lastete und der man genügen musste. Ich denke, dass Herr Steiner – ein Irrlicht des Denkens, ein Rastloser, ein Sucher, der in viele Richtungen neue Ideen ausprobierte hatte – wahrscheinlich im Grab rotieren würde, wenn er mitbekäme, wie starr und dogmatisch einzelne seiner Anhänger mit seinen Gedanken umgingen und einander seine gelegentlich widersprüchlichen Aussagen um die Ohren schlugen. Ich bekam die Diskussionen dazu im Johanneshof mit.

Das Zusammenleben mit Susanne gestaltete sich leider nie locker und entspannt. Ich glaube, dass sie zu viele theosophische Gedanken in zu jungen Jahren aufgesogen hatte, die ihr nicht gut taten, wie zum Beispiel den der

‚Reinkarnation'. Einmal nur erlebte ich sie ganz gelöst. Das war, als ich etwas Geld zusammengekratzt und mit ihr den ersten Flugurlaub meines Lebens gebucht hatte in der Nachsaison auf Mallorca, unglaublich günstig. Wir waren zwei Wochen versorgt, verpflegt im Hotel am Meer, ohne Verpflichtungen, lagen auf den Felsen am Wasser oder fuhren auf einem schwankenden Ausflugs-bötchen in die nächste Bucht, schwammen weit draußen im offenen Meer und genossen anschließend an Deck Berge von gegrillten Sardinen und einen Eimer voll Sangria. Abends gingen wir noch zum Tanz unter freiem Himmel, es schien, als hätte sie sich selbst (und die Theosophie ihr) einmal freigegeben.

Mit siebenunddreißig kleinen Kuchen und siebenund-dreißig Kerzen darauf überraschte sie mich zu meinem Geburtstag. Von ihrem wenigen Geld hatte sie einen gro-ßen, blauen Keramikteller gekauft, der mir mit seinen Blumenmustern und dem Flötenspieler darauf ein paar Tage zuvor in einem Geschäft so gut gefallen hatte, den ich mir aber nicht so nebenbei leisten konnte. Sie schenkte ihn mir. Susannchen und ich waren vierzehn Tage lang glücklich.

Doch das Gelöst-Sein blieb nur vorübergehend. Ein Schatten fiel auf ihr Leben: Ihre älteste Schwester hatte sich das Leben genommen, weil sie mit einer Trennung nicht zurechtgekommen war. (Spielte dabei auch der Ge-danke an die Reinkarnation eine Rolle … , man kommt ja sowieso wieder'?) Susanne wollte nun nicht mehr ma-len, sondern Lehrerin an einer Waldorf-Schule werden und zog nach Stuttgart wegen des dortigen Lehrersemi-nars. Ich fuhr sie hin und suchte mit ihr nach einer Unter-kunft. Alles war sehr schwierig, auch der Neubeginn im Seminar. Und sie tat sich auch danach recht schwer mit den unterschiedlichen Anforderungen der Ausbildung, wie ich bei ihren gelegentlichen Besuchen in Bonn mitbekam.

Als ich ein Jahr später im Begriff stand, eine Praxis zu übernehmen, wirkte dort die Frau meines Vorgängers als guter Geist des Betriebes. Sie bereitete die Behandlungen vor, schrieb Rechnungen und hielt ein Schwätzchen mit den Patienten, die bei ihr all das loswerden konnten, was bei meinem wortkargen Kollegen nicht ging. – Ich dachte bei dieser Gelegenheit an Susanne, aber diese Position wollte sie auf gar keinen Fall einnehmen, auch nicht HP werden wie ich vorschlug, dabei hätte ich ihr so viel helfen können. Sie wechselte später von der Lehrer- zur ‚Eurhythmie-Ausbildung‘ – obwohl sie weder sehr gelenkig war, noch sehr gut tanzen konnte, das wusste ich von Mallorca her. Sie kam nur noch selten zu Besuch; schließlich brach der Kontakt ab.

Jahre später schrieb mir ihre zweite Schwester – und sie meinte, ich hätte ein Recht es zu wissen: Susanne wäre noch nach Wien gegangen, dort aber auch nicht zurechtgekommen, hätte weder Ruhe noch eine erfüllende Aufgabe in ihrem Leben gefunden und sich dieses schließlich, wie ihre große Schwester, auch selbst das Leben genommen. (Mit dem Gedanken an Reinkarnation?) Die Vorsicht, die man früher walten ließ, solches Gedankengut nicht an junge, ungefestigte Menschen weiterzugeben, finde ich wirklich nicht übertrieben. Noch heute bedrückt es mich, dass ich Susanne nichts von der Lebensfreude, der Sicherheit und dem Glauben an sich selbst hatte geben können, die mir meine Eltern geschenkt haben.

‚Das Sterben als Begleiter auf dem Weg‘, kam mir in den Sinn, als ich auf das Steinkreuz zurückblickte. Was und wer wohl dieser Mensch gewesen war, der vor siebzehn Jahren dort starb? – Nur allmählich konnte ich mich von diesen Gedanken lösen. –

Aber das Sterben hatten wir jetzt nicht vor, wenn es sich vermeiden ließ, auch wenn sich der Pfad ziemlich hin zog neben der Landstraße. Dieser hier war der direkte, der eigentliche Camino frances. Auf den Parallelweg, der Via Romana, dem zwar schöneren, aber auch wesentlich längeren, verspürten wir trotzdem keinerlei Lust. So erreichten wir El Burgo Ranero, noch so einen verlassenen Flecken, aber mit zwei sehr freundlichen Männern in der Herberge, die kein Problem damit hatten, uns so verschwitzt und staubig wie wir waren in die Arme zu schließen und herzlich zu begrüßen. Auch Sylvia und Antonio hatten sich schon eingefunden und uns bereits Betten reserviert. Einer junge Frau mit Rückenbeschwerden hatten sie von mir erzählt – also behandelte ich mal wieder: erst sie, dann Ilde und Sylvia, die im Taxis gekommen war und freute mich auf das Abendessen danach. Diesmal fiel es besonders aus, denn hier in Burgo-Ranero war es, wo uns Fabrico, der römische Fotograf, mit seinem ‚revolving backpack‘ so köstlich unterhielt.

Die nächste Etappe bescherte allen in der Frühe einen wunderschönen, gewaltigen Sonnenaufgang am Horizont. Von hellgelb über flammrot bis violett und grau und hellblau abgesetzt: wilde Wolkenformationen bis hinauf in den noch dunkelblauen Morgenhimmel über uns. Unseren lustigen Italiener fanden wir versonnen an einen Baum gelehnt und vertieft in den Anblick dieses Naturschauspiels. Antonio hatte sich bis Leon verabschiedet. Sylvia dachte darüber nach, abzubrechen und nahm in Mansilla de las Mulas den Bus. Ilde begleitete mich noch bis Villarente, wollte aber doch noch weiter an diesem Tag.

Dialog ‚Demut'

E.: Warum bist du so unzufrieden?

I.: Wenn ich Geist bin, also Teil von dir, was suche ich denn noch hier?

E.: Weißt du das nicht?

I.: Meinst du: für andere da sein, helfen, Rat geben oder so etwas?

E.: Na also.

I.: Das ist der einzige Zweck?

E.: Reicht dir das nicht?

I.: Und was ist mit meinem Leben und meinen Bedürfnissen?

E.: Welche?

I.: Ich möchte mehr Erkenntnis, will den ‚Sinn' von alldem erfahren. Ich möchte auch umsorgt sein, Menschen haben, die für mich da sind, mich geborgen fühlen.

E.: Wobei?

I.: Immer. In der Freizeit oder bei der Arbeit ...

E.: Wenn dich Menschen brauchen – fühlst du dich dann nicht gut?

I.: Doch, aber ... ist das der ganze Sinn?

E.: Welchen Sinn siehst du in deinem Leben? Oder gibst du ihm?

I.: Das Helfen ist schon richtig. Aber kann das alles sein?

E.: Wenn Menschen dir sagen, dass sie sich bei dir wohl fühlen, deine Vorschläge annehmen und anwenden, wenn sie dir ihre Ängste oder sogar intime Erlebnisse anvertrauen – reicht dir das nicht? – Du wolltest es doch so.

I.: Ja, schon …

Doch manchmal fühle ich mich wie angezapft, wie ein ständiges Auskunftsbüro.

E.: Das liegt einzig an dir. Du kannst Grenzen setzen, oder deine Weisheiten für dich behalten, statt sie auf dem Marktplatz feilzubieten.

I.: Tu ich das?

E.: Frag dich selbst. Hast du es nicht gerne, mitzureden und deine Ansichten von dir zu geben? Manchmal strapazierst du die anderen ganz schön damit.

I.: Ich weiß. Christel sagt mir das auch. Aber wenn mich etwas begeistert, dann denke ich, das müsste jeden anderen auch interessieren. Dann schieße ich wohl über das Ziel hinaus.

E.: Es liegt also an dir, dass du dich so fühlst.

I.: Ich versuche bereits mich zurückzunehmen.

E.: Dann wird das, was du zu sagen hast, um so gewichtiger.

I.: Trotzdem fühle ich mich manchmal ganz schön ausgelaugt.

E.: Wenn du mit dem Herzen ganz bei der Sache und den Menschen bist, die deinen Rat suchen, wirst du immer die Kraft bekommen, die du brauchst. – Nur eines darfst du nicht: nachlassen oder dich selbst auf deinen Sockel zurückziehen. Also: Geduld und weiter dienen. Ein bisschen Demut!

I:. Demut, auch so ein Unwort.

E.: Findest du?

I.: De-mut. So wie De-pression, de-struktiv, devot, De-flation, De-Stabilisierung – was fällt mir sonst noch ein ...?

E.: Definition, De-eskalation, delegieren, dezent ...

I.: Du lenkst ab, du weißt doch genau, was ich meine.

E.: Sicher.

I.: Solche Wörter mit ‚De-‘ haben für mich oft etwas Negatives, Herabwürdigendes an sich, ziehen nach unten.

E.: Ist unten und oben nicht gleich gut?

I.: Nicht, wenn ich etwas erreichen will. – Soweit es unsere Sprache betrifft, ist das doch das Erstrebenswerte, dass ‚es geht aufwärts‘, ‚emporkommen‘, ‚aufsteigen‘, ‚obenauf sein‘. Du sagst selbst: Macht euch die Erde untertan.

E.:.Eines der am meisten missbrauchten Zitate! Dabei weißt du, dass es nicht immer aufwärts gehen kann.

I.: Ich kann doch zumindest oben bleiben, wenn ich etwas erreicht habe.

E.: Wie lange?

I.: Wenn ich mich bemühe, mein Leben lang.

E.: Und dann?

I.: Ja, dann … Memento mori – denk an den Tod – geschenkt.

E.: Lassen wir den mal außen vor. Denk an das *Leben*.

I.: Eben, das tu ich ja! Wie kann man mit so etwas Negativem leben?

E.: Warum gibt es das Unten, das Negative, die dunklen Seiten des Lebens auf dieser Erde?

I.: Genau das war schon einmal *meine* Frage an *dich!* Sag *du* es mir!

E.: Dabei ist die Antwort doch so einfach. Weil es das Oben gibt – in dieser dualen Welt! Das Positive, das Helle.

I.: Das ist eine billige Erklärung.

E.: Weißt du eine bessere?

I.: Das führt doch nicht weiter.

E.: Stimmt! Denn es ist so, wie es ist. ‚Et is wie et is‘, eine der berühmten, rheinischen Weisheiten, du lebst doch dort. So ist die Welt, mit oben und unten.   S o wurde sie erschaffen, als Ganzes. Nimm sie so an!
Das ist deine Basis, erst dann kannst du weiterdenken. Um dich richtig entscheiden zu können, musst du bei allem die Alternativen kennen.

I.: Ich möchte doch noch einmal auf die Demut zurückkommen. Die hat so etwas Ansäuerndes an sich. Was heißt das Wort eigentlich dem Ursprung nach? DE – Mut, den Mut ablegen – der Angst nachgeben? Also feige werden, andere über sich bestimmen lassen und aufgeben? Wolltest du die Menschen nicht unabhängig, frei und stolz …?

E.: Fangen wir es doch einmal anders an. Wer ist denn mutig?

I.: Mutig? – Der Kämpfer, derjenige, der nicht aufgibt, der sich dem Unrecht entgegenstellt. Wer etwas anpackt, auch wenn er nicht sicher sein kann, dass es ein Erfolg wird, wer seine Ideen und Ideale verficht, der …

E.: Und wo endet das?

I.: Darin, dass sich vielleicht neues Wissen durchsetzt, dass man z. B. gelernt hat, dass die Erde doch keine Scheibe ist, oder dass endlich die Erfindung gemacht wird, wie der Krebs zu besiegen ist, wonach *so* viele *so* lange schon suchen ...

E.: Auch das, ja. Aber wie oft endet der Weg ohne Demut in *Hochmut* , in eitler Selbstüberschätzung und Überheblichkeit. Weil der Verstand meint, alles packen zu können. Kennst du das Gedicht darüber von Berthold Brecht?

I.: Welches meinst du?

E.: ‚Bericht über das Erreichte‘. Darin heißt es … ‚Gegen Ende des dritten Jahrtausends unserer Zeitrechnung erhob sich unsere stählerne Einfalt, aufzeigend das Mögliche, ohne uns vergessen zu machen: das Unerreichbare ...‘ – Später in seiner DDR-Zeit verbesserte er das ‚Unerreichbare‘ in ‚das noch nicht Erreichte‘. Was er anfangs noch *demüti*g als unerreichbar bezeichnet hatte, änderte er unter dem Einfluss des ‚real existierenden Sozialismus‘, um in ‚das noch nicht Erreichte‘. Das ist dieser Hochmut, ist die Verblendung, die bei den entsprechenden Charakteren zum Fanatismus wird – oft mit katastrophalen Folgen: Fehlschlägen, Zerstörung, Tod!

I.: Und deswegen sollen wir klein beigeben, das Genick einziehen und die Augen zu Boden schlagen, nur weil es solche Gefahren und Verirrungen gibt?

E.: Etwas mehr Demut generell würde vielen Verblendeten die Augen öffnen und sie und euch vor vielen Abgründen bewahren! Glaubst du nicht, dass Demut oft viel mehr Mut erfordert, als der vermeintliche Mut?

I.: Das glaube ich nicht! Duckmäusertum und Untätigkeit sind keine Tugenden!

E.: Demut heißt nicht Unterwürfigkeit oder Trägheit. Schau sie doch einmal von einer anderen Seite an. Dann bedeutet Demut vielleicht: ‚Einsicht in Begrenzungen‘, ‚Achtung vor übergeordneten Aspekten wie Recht und Gerechtigkeit, vor der Würde eines Menschen oder vor einer größeren Kraft und Harmonie‘. Wenn die Machtverhältnisse so sind, dass du sie ad hoc nicht ändern kannst, dann ist Demut unter Umständen lebensrettend und heißt somit: Klugheit!

I.: Wenn manche Menschen nicht entschlossen gewesen wären, konsequent etwas durchzustehen trotz der Gefahren und notfalls bis zum bitteren Ende, dann wären viele außerordentliche Taten nie getan worden! Das berühmteste Beispiel ist Leonidas und die Schlacht bei den Thermopylen vor zweieinhalbtausend Jahren.

E.: Ein toter Soldat mag vielleicht als ‚Held‘ gepriesen werden, aber seiner Familie, der Gesellschaft und seinem Land wäre unter Umständen viel besser gedient gewesen, wenn er weitergelebt hätte. Vielleicht sogar mit der Schmach einer Niederlage, aber der Möglichkeit weiter für sich und für andere arbeiten oder kämpfen zu können.

I.: Sind die Menschen denn nicht bewundernswert, die den Mut hatten, für ihre Ideale so sehr einzustehen, dass sie sich sogar selbst dafür opferten? Waren das nicht wirkliche Helden?

E.: ‚Wohl dem Land, das Helden hat'?

I.: Genau!

E.: Wehe dem Land, das Helden *nötig* hat!

I.: Das ist aber ein anderes Thema.

E.: Da stimme ich dir zu. Aber gerade diese Helden waren unglaublich demütig.

I.: Wieso das denn?

E.:Sie hatten Einsicht in das Unabänderliche und haben trotzdem *demütig* dieses Schicksal akzeptiert, gerade *weil* sie wussten, was auf sie zukommt. Sie haben von sich abgesehen, den Tod in Kauf genommen für andere oder für ihre Ideale. Was für ein Mut in dieser Demut.

I.: Was soll ich darauf noch sagen?

E.: Ich wollte dich nicht mundtot machen. Nehmen wir die Beispiele eine Nummer kleiner: Wenn du in einer Diskussion ‚Demut' übst, das heißt, etwas zurücksteckst, andere auch zu Wort kommen lässt und ihre Meinungen prüfst, wirst du vielleicht festzustellen, dass etwas daran sein könnte an dem, was sie denken – dann dient das der besseren Erkenntnis für alle. Und selbst wenn du überhaupt nichts daran fändest, hast du doch dem Ganzen gedient, weil du dem anderen seine Würde gelassen und den Zusammenhalt unter den Menschen als soziale Wesen gefördert hast – ohne den du selbst im Übrigen gar nicht lebensfähig wärst.

I.: Dazu muss ich doch nicht demütig und unterwürfig sein!

E.: Du vermischst zwei Dinge unzulässig. Buckeln und Kriechen ist nicht angesagt. Lediglich dich etwas zurückzunehmen, andere nicht mit deiner Kraft oder sonst etwas zu überfahren, sondern ihnen auch Luft zu lassen. Demut zeigen bedeutet keine Unterwürfigkeit, sondern unterstreicht im Gegenteil deine Souveränität und Stärke.

I.: ‚Wer schreit, hat Unrecht?'

E.: Oft! – Du kennst doch die drei schönen Maxime, nach denen du jedes deiner Vorhaben bewerten solltest, wenn du harmonisch, frei und selbstbestimmt leben willst?

I.:.Im Rahmen dessen, was mir hier möglich ist.

E.: Schön gesagt! Du lernst! Du erkennst *demütig* Beschränkungen an.

I.: Welche Maxime meinst du?

E.: Du weißt, alles was du tust, führt zu Wirkungen, und es löst damit entsprechende Reaktionen aus, um die Harmonie im Gleichgewicht zu halten. Oder, ganz banal ausgedrückt, du bekommst für alles deine Quittung – so oder so. Frage dich daher bei allem und jedem: Brauche ich es (wirklich?) oder *ge*-braucht es mich? Du wanderst hier 800 km auf dem Camino, nimmst die Hitze, die Entzündung an deinem Schienbein, das Schnarchen in den Schlafsälen, die Beschwerden in deiner Leiste auf dich – warum? Um nach der Rückkehr mit dem Jakobsweg angeben zu können, um für deine Leistung bewundert zu werden? – Dann hätte dich dein Vorhaben ganz schön benutzt, vielleicht sogar *ab*-genutzt. Oder ist diese Pilgerschaft dir ein inneres Bedürfnis, selbst wenn du es intellektuell nicht erklären kannst?

I.: Ja, das ist so! – Danke übrigens, dass mein Körper das alles mitmacht.

E.: Bitte! Die zweite Frage: Ist es notwendig oder überflüssig? Bleiben wir beim Camino: Wendest du eine Not von dir oder anderen ab? Wenn du ein Problem oder eine Unklarheit in dir verspürst und beim Pilgern fern vom Alltag zur Besinnung kommen möchtest, dann ist es *nicht* überflüssig. Dann musst du wandern: Es ist notwendig.

I.: Und drittens?

E.: Willst du damit dienen oder herrschen – sei es über andere oder auch über dich? Es gibt viele Motive und Arten Macht auszuüben, nicht nur mit Muskeln und physischer Gewalt, sondern durch andere Außen-Wirkungen: Minenspiel, Gesten, Worte. Die können sehr wirksam sein – selbst gewalttätig, wenn sie dazu aufrufen. Menschen können sich selbst Gewalt antun, weil zum Beispiel ihr Ego Recht haben will und den eigenen Körper zu irgendetwas zwingt oder ihn bestraft. Die Magersucht ist so etwas. Oder manche bringen sich selbst in Gefahr, um jemand anderen damit zu erpressen. Die wollen niemandem dienen, die wollen herrschen.

I.: Was das Dienen betrifft, da beschäftigt mich noch immer die Frage, über die wir schon einmal gesprochen haben: Wie ich besser werden und noch anders, als mit den üblichen Methoden arbeiten? Soll ich mehr physikalisch oder mit Geist, Gedanken, Empathie behandeln, oder vielleicht noch mehr die tieferen seelischen Ursachen suchen und bearbeiten? – Was soll ich tun? Und wie?

E.: Und du hattest keine Gedanken dabei, dass du mit neuen Methoden auch neues Ansehen und eventuell materielle Vorteile erzielen könntest? – Denk bitte an die dritte Frage: dienen oder herrschen.

I.: Wer kann sich seiner Motivationen immer völlig sicher sein? Ich schätze, dann bliebe nicht viel Gutes übrig an dem, was man tut oder haben will. Auch nicht am Camino. – Bis auf das Pilgermenü.

E.: Es war dir gegönnt. – Aber warum hast du die Frage heute noch einmal gestellt? Prüfe dich selbst: Brauchst du wirklich diese Antwort? Oder gebraucht dich deine Selbstsucht? Zu welchem Zweck fragst du? Kennst du nicht längst die Antwort? – Und: Für wen wäre sie erneut dienlich? Oder möchtest du nur Anerkennung oder ein Lob herauskitzeln zum Aufzupolieren des Egos? Wirkung erzielen, also herrschen?

I.: Das war nur eine ... Rekapitulation, eine Zusammenfassung.

E.: Und? – Was war es dann?

I.: – ... überflüssig?

E.: Genau! – Trotzdem habe ich nichts dagegen, etwas Wichtiges nochmals zu bereden, wenn du eine Erinnerung brauchst. Du darfst auch gerne deine Schwächen ausbreiten und belächeln und mit dir selbst etwas nachsichtig sein. Und ein bisschen demütig oder skeptisch im Hinblick auf deine Motive und dein Gedächtnis.

I.: Dann halte ich jetzt besser den Mund.

E.:Gut! – Das ist sie, die Demut!

Für mich bzw. mein rechtes Knie war es in Villarente genug für heute und auch die Leiste meldete sich. Bei meinen Probeläufen vor Antritt der Reise hatte ich einmal – schon mit gefülltem Rucksack auf dem Rücken – am Fuß des Hügels im Rheydter Stadtpark einen unbedachten

Schritt abwärts gemacht und dabei einen stechenden Schmerz in der Leistengegend verspürt. Aber an den Folgetagen meldete er sich nur noch wenig, und ich beachtete das Ganze nicht weiter. Jetzt aber war das nicht mehr möglich und daher etwas Schonung ansagt. In der Herberge wurde als Service sogar ein Esel-Transport nach Leon angeboten. Aber abgeschleppt zu werden wie ein Pilger-Rucksack, so weit wollte ich es doch nicht kommen lassen. Oder sollte ich unpassenderweise vielleicht auf einem Esel in eine Stadt einziehen, wie Jesus vor zweitausend Jahren in Jerusalem? (Wenn ich dann allerdings ebenfalls so heilen könnte wie er, würde ich notfalls sogar auf eine Sau einreiten!)

Ich spritze mir etwas ans Knie und machte es mir in dem weitläufigen, landhausartigen Gebäude ‚San Pelayo' bequem, schrieb, wusch Wäsche, nahm dann das Abendessen mit einem Franzogen und zwei Schweizern am großen Esstisch ein – in etwas einsilbiger Runde Da tröstete der Pilgerwein zur Nacht.

Auf halber Strecke

Der Name des kleinen ummauerten Städtchens Mansilla de las Mulas, kurz von Leon, bedeutete soviel wie *Hand auf dem Sattel der Maultiere*, denn früher gab es hier einen großen Maultiermarkt, aber heute war es nur noch ein sonnendurchglühtes verschlafenes Nest. Und ich erinnerte mich nochmals, hier auf halber Strecke nach Santiago, dass auch ich damals auf halber Strecke im meinem Lebens wie ein Muli geschleppt hatte.

Neben den schönen Zeiten bei Millowitsch blieb bei mir oft am Ende des Geldes noch viel Monat übrig. – Leerlauf ohne Engagement und Einkommen. Und so machte ich kurzerhand den Taxischein in Bonn, um über den Sommer zu kommen. Dieser Notanker erwies sich als sehr beruhigend, ich konnte gelassener dem nächsten Ersten und der Mietzahlung entgegensehen, denn einen Hunderter hatte ich nach Abrechnung der Nachtschicht meistens in der Tasche. Und so einige neue Erfahrungen ebenfalls. Gleich in einer der ersten Nächte wäre ich auf der Suche nach einer Hausnummer um ein Haar schon mal eine hohe Treppe hinunter gefahren. Zum Glück setzte das Taxi in der Mitte mit dem Boden auf und stoppte mich, sodass ich mich mit dem Hinterradantrieb des Mercedes wieder befreien konnte. Allerdings klang der Auspuff danach etwas ‚sonor‘, und ich zog es vor, den Taxiunternehmer zu wechseln. Der gefühlte Sonderstatus im Taxi konnte eben auch gefährlich werden.

An einem anderen Abend zu ‚Pützchens Markt‘, der großen Kirmes auf der *schäl Sick* in Bonn-Beul, der rechten Rheinseite also, holte ich einmal einen Schausteller aus einem Lokal ab beziehungsweise ich sollte, denn der war nicht so einfach von der Theke loszueisen, obwohl ich schon länger neben ihm herumstand. „Stell die Uhr an“, meinte er und trank noch einen. Ich wartete. „Biste verheiratet?“ Ich bejahte. Er sprach mit dem Wirt und dann zu mir „Hier, dat nimmste für deine Frau mit.“ Damit drückte er mir eine Pralinenschachtel in die Hand, die der Wirt irgendwo hergezaubert hatte (ich vermute dem Augenschein nach, dass es sich um die offizielle Geschenkbonboniere des Marktes handelte, die stets weiter verschenkt, aber nie geöffnet wurde).

Ich bedankte mich artig. Er hing weiter am Tresen. Ich erinnerte ihn an die Uhr. „Ja, ja", sagte er und blieb hocken für ein weiteres Bier. Endlich saßen wir dann doch im Auto, und ich fragte ihn nach dem Fahrziel, aber zur Antwort kam die Gegenfrage: „Wo is'n hier was los?" Kneipen und Bars kannte ich ja inzwischen genügend, auch einschlägig Bekannte zu Nachtzeiten, aber das wollte er gar nicht. Er wollte nur nicht nach Hause. Wir zogen die verbleibende Nacht von Lokal zu Lokal. Ich trank während der gesamten Zeit eine Cola nach der anderen, er immer Bier, und ich staunte über sein unglaubliches Fassungsvermögen, ohne dass er betrunken gewirkt hätte. Endlich am Morgen, gegen 7 Uhr, als meine Ablöse schon ungeduldig in Bonn auf mich wartete, fuhr ich ihn nach Hause. Er besaß ein großes schönes Anwesen in Brühl, vor dem ich ihn absetzte, und ich wunderte mich, dass er nicht heimwollte. Aber über sein Schaustellergeschäft, das aus mehreren Grillstationen mit ein paar Dutzend Angestellten bestand, hatte er seine Frau verloren und sein großes tolles Haus ödete ihn nun an. – Wenn ich auch arm war wie eine Kirchenmaus, dachte ich bei mir, mit ihm würde ich bestimmt nicht tauschen wollen Doch die Erfahrung und das Trinkgeld hatten sich gelohnt.

Zu der Zeit erreichte mich die folgenschwere Nachricht von Christine, meiner früheren Kollegin. Im letzten Engagement spielte sie als meine Partnerin in dem Zweipersonen-Stück, das so gelobt worden war. Sie war ein bildhübsches Mädchen mit rosigen Wangen, wie frisch von einer Schweizer Alm, wo sie zu Hause war, und mit einer langen, blonden Locken-Mähne: mein Rauschgold-Engel. Denn bei den sehr intensiven Proben damals – täglich sieben bis acht Stunden – kamen wir uns auch privat sehr nahe. Und Christine war kein Kind von Traurigkeit, dabei ausgesprochen liebenswert und absolut arglos. Sie lachte gerne und gurrte dabei wie ein Täubchen, sie liebte Musik und spielte wunderbar Klavier, besser als ich es jemals konnte – noch ein Anziehungspunkt. Meine Frau wohnte weiterhin in Bonn, kam mich sehr selten besuchen. Ich konnte bei der Arbeitsbelastung noch seltener nach Hause fahren, und überdies hatten wir beide, Gisela wie ich, damals noch die 68er-Ideen im Kopf: von wegen Freiheit, freie Liebe, Erfahrungen machen, Unabhängigkeit etc., ohne dass es mir dabei je in den Sinn gekommen wäre, meine Ehe mit ihr aufzugeben. Auch Christine wusste darüber Bescheid und dachte ähnlich. Und so hatten Christine und ich als besondere Dividende der heftigen Proben-Anstrengungen auch noch privat ein turbulentes Jahr.

Obwohl sie nach der ersten, gemeinsamen Spielzeit wegen eines neuen Engagements in eine andere Stadt zog, brach unsere Verbindung nicht ab, und sie besuchte mich noch hin und wieder in Detmold. Ich erinnere mich, wie ich sie einmal vom Bahnhof unseres Residenzstädtchens abholte: wie sie im duftigen Kleid aus dem Zug stieg und sofort wieder das gleiche, prickelnde Gefühl in der Luft hing, wie im vorangegangenen Jahr, so als ob sie gerade eben mal für einen Einkauf weg gewesen wäre und nicht Monate lang Hunderte Kilometer entfernt. Es war erst am frühen Nachmittag, und mir wie auch ihr hing der Magen in den Kniekehlen, aber wir sprangen sofort ins Auto, fuhren geradewegs ohne Umwege oder Essensstop zu mir nach Hause, sausten die Treppe zu meinem möblierten Zimmer hinauf, und wir schafften es eben noch durch die Tür und auf den Teppich dahinter – aber nicht mehr ins nur drei Meter entfernte Bett.

Villarente – León

Morgens dauerte es immer ein bisschen, bis ich mich wieder eingelaufen hatte, mein ‚Motor' betriebswarm war. Meine Leiste machte sich nur hin und wieder bemerkbar. Die Gegend war leicht hügelig, strengte wenig an. Die Sonne blieb mir treu, ich erreichte auf der kurzen Etappe schon mittags die Außenbezirke von Leon und kämpfte mich durch das Gewirr der Altstadtgassen bis zur Kathedrale durch. Anders als in Burgos, steht sie imponierend frei auf dem großen Platz, beeindruckt im Inneren mehr durch die Architektur, als durch die Ausstattung. In Burgos überwog der Pomp und das Gold, hier der dunkle, mystische Kirchenraum mit seinen gotischen Bögen und gewaltigen, farbigen Glasfenstern. Das hier ebenso wie in Burgos oder auch in Pamplona von den Pilgern Eintritt verlangt wurde, störte mich schon sehr. Eine Pilgerfahrt wurde ja ursprünglich aus religiösen Gründen unternommen – hat denn jemand, der nicht zahlen kann, keinen Zutritt zum lieben Gott? – Allerdings: Zu dem derzeitigen, oder besser gesagt dem allgegenwärtigen Anbetungsobjekt *Mammon* in unserer Welt würde das Eintrittsgeld ja passen.

Die leicht ansteigende Calle Ancha, die Hauptstraße zur ‚Pulchra Leonina', wie die Kathedrale genannt wird, und dem weiten Platz davor waren dicht besetzt mit den langen Stuhlreihen der Bars und Cafés und ebenso dicht bevölkert von Einheimischen wie Touristen; ich kam mir als Pilger fast fehl am Platze vor. In den verwinkelten Gässchen um die Kathedrale brauchte ich geraume Zeit, um die Herberge zu finden. Diese diente wohl nur im Sommer als Pilgerunterkunft und während des übrigen Jahres als Studentenheim. Ich erhielt ein abschließbares

Zimmer mit Bad, das ich nur mit einem Argentinier zu teilen hatte, einen Haustür-Schlüssel, falls ich später in die Herberge käme, und am Abend wurde Essen angeboten. Sofort fühlte man sich heimisch. Im kleinen Garten unten herrschte eine angenehmere Temperatur; ich verzog mich in eine Ecke für meine Aufzeichnungen, bis ich von einem leisen Weinen, nicht weit entfernt, gestört wurde. Eine junge Frau saß mit ihrem Freund auf der Bank, hatte die Beine hochgelagert, und jammerte wegen ihrer Füße: Viele und z. T. eitrig entzündete Blasen prangten darauf als schmerzhafte Trophäen. Zum Glück war mir das bisher erspart geblieben. Sie stammte aus Linz in Österreich und war ihren Erzählungen nach die Etappen auf dem Camino nur so entlang gestürmt – mit dem sichtbaren Ergebnis. Ich holte einmal mehr meine Reiseapotheke und versorgte ihre Füße. Am nächsten Morgen wiederholten wir das Ganze, aber sie steckte bereits wieder voll neuen Tatendranges und wollte heute eine große Strecke schaffen. Den Weg betrachtete sie hauptsächlich als sportliche Herausforderung, obwohl ihr die Füße doch gerade eine andere Lehre erteilen wollten.

Ich flanierte noch länger durch die Gassen, bis endlich die Geschäfte öffneten, damit ich Nachschub an Schreibpapier kaufen konnte. Ich bewunderte San Isidoro, eine romanische Basilika aus dem 11. Jahrhundert und die neugotische Casa Botines von Gaudi an der Plaza San Marcelo, einem der Hauptplätze der Stadt. Und ich machte die gleiche Erfahrung wie in Burgos: In der großen Stadt fühlte ich mich alleine, auch wenn mir vor der Kathedrale die beiden Franzosen vom Frühstück vorgestern über den Weg liefen, ebenso wie zu meinem Erstaunen eine junge Slowenin, die ich doch unterwegs schon zweimal überholt hatte – aber der Bus war eben schneller ich zu Fuß. Am Abend herrschte in der Altstadt überall

Gedränge. Bar an Bar, eine ausgefallener als die andere, alle dicht besetzt von meist jungen Leuten, Lebensfreude und Lautstärke pur.

León – Villar de Mazarife

Eigentlich hätte es in der Herberge noch Frühstück geben sollen, dem war aber nicht so. Daher suchte ich schon um sieben Uhr anhand der glänzenden Metallmuscheln auf dem Bürgersteig meinen Weg aus der Stadt, kraxelt die ersten Steigungen hinauf, begleitet von einem ganzen Pulk von Wanderern, hatte durch eine Baulücke noch einen letzten Rückblick auf Leon unten im Morgenlicht, dann kam ein ödes Industriegebiet. Und plötzlich lief ich ganz alleine, weit und breit kein Pilger mehr, hinter dem man herlaufen konnte, weder gelber Pfeil, noch Muschel zu Orientierung; ich dachte an Umkehr, aber mein innerer Kompass meinte „nein", und tatsächlich fand ich nach kurzer Zeit geradeaus die Route an der Hauptstraße wieder: Ich war eine Abkürzung gegangen.

Eine Bar am Weg bot ihre Dienste an, Tische und Stühle davor, eine Kellnerin lockte mit kleinen Gratisküchlein und der Rücken war auch schon wieder feucht, also blieb ich. Ein Kaffee, ein Napolitano, mit anderen Pilgern in der Morgensonne sitzen – des Wanderers Welt war wieder in Ordnung.

Später lief ich zur Abwechslung einmal die alternative Strecke aus dem Reiseführer, nach links, weg von der langweiligen Hauptstraße. Und bald wurde es richtig heiß und einsam. Weite und ebene, abgeerntete Felder, dann eine kleine Siedlung, wie ausgestorben, und wer läuft auch in Spanien um die Mittagszeit draußen herum? Und dann wieder nur leere Felder. Nach zwei Stunden in der rostbraunen Landschaft – so wie ich sie mir vielleicht auf dem Mars hätte vorstellen können – wünschte ich mir ein schattiges Plätzchen zur Mittagsrast, aber überall war nur nackter Boden und die Teerstraße.

Doch kaum fünf Minuten später, siehe da, tauchte seitlich ein gemauerter, kleiner Stall auf, daneben ein niedriger Baum und in seinem Schatten ein Stuhl(!) – wie für mich hingestellt! Ich sagte Danke und ließ mich für eine Stunde dort nieder, kaute mein angetrocknetes Brot von vorgestern – wenn man Hunger hat, schmeckt alles – trank meinen Wasservorrat leer und schrieb auf, was mir vorhin durch den Kopf gegangen war. Gelegentlich zogen einige, mittlerweile schon bekannte Leute, grüßend vorbei.

Mittagsstille

Mittagsstille steht über Land und Weite,
nackt reckt sich die Erde
und empfängt erglühend
den Samen der Sonne.
Luftmoleküle tanzen über trockenem Gras
und bröselnden Mauern seitwärts,
längst sind sie wieder
– von Erde genommen –
auf ihrem Weg dorthin zurück.

Keine Zeit für Menschen;
die ducken sich dumpf aus der Zeit
ins Dämmrige ihrer Behausungen.
Hin und an erstaunen Gärtengeripppe
inmitten der erdigen Felder,
künden von der Existenz
dieser sonderbaren Rasse.
Wem wohl künden in der Öde? –

Und wieder ist Stille:
lässt Großes gelassen geschehen.
Keine Sinne, die sie fassen,
keine Hände die sie greifen
ein Nichts, das so viel Etwas ist.
Ich trinke aus der Alabaster-Schale,
finde einen Lidschlag lang
zurück zur Quelle und Labung –
nach so viel Getöse in all den Jahren!

Wie frei ist ein Wille?

I.: Wieder mal alleine mit mir und meinen Gedanken.

E.: Wirklich?

I.: Ich weiß, du bist da.

E.: Und in deinen Gedanken.

I.: Weil sie von dir stammen?

E.: Hm.

I.: Aber was ist dann mit dem freien Willen?

E.: Den hast du.

I.: Wie soll denn das gehen? Wenn du doch meine Gedanken besetzt?

E.: Ich erfahre mich in dir.

I.: In mir? Also durch das, was ich mache, denke – was du doch selbst hervorgebracht hast?

E.: Nenne es eine Art Selbstgespräch. Auch ich möchte mich unterhalten.

I.: Du verblüffst mich.

E.: Gerne.

I.: Ich dachte immer, du bist dir selbst genug.

E.: Aber stell dir vor: Ich habe auch einen freien Willen. Und der will Unterhaltung.

I.: Aha! – Und? Unterhält dich das, was wir so mit dem freien Willen, mit unseren Gedanken anstellen?

E.: Durchaus.

I.: Auch all der unendliche Mist, den wir damit produzieren – das unterhält dich? Sind wir denn nur so eine Art himmlischer Flohzirkus für dich? Und wenn manchmal dabei auch der eine oder andere Floh zerdrückt wird – oder auch die eine oder andere Million(!) – das unterhält dich?

E.: Du wertest mal wieder! Das ist deine einseitige Anschauungsweise. Nichts ist ohne Zweck, nichts ist wirklich getrennt.

I.: Quantenphysik, ich weiß, Quantenverschränkung – Einsteins ‚spukhafte Fernwirkung‘, alles mit allem verbunden, kann nie mehr getrennt werden … – geschenkt. Übrigens: Einstein mochte das nicht. Mir ist das auch suspekt.

E.: Aber im Cern in Genf wurde das erst vor ein paar Jahren im Laborversuch bestätigt. – Die Physiker kommen so langsam dahinter. Was immer ist und was immer geschieht – alles gehört zusammen.

I.: Aber auf vieles könnte ich gerne verzichten.

E.: Trotzdem erzeugt es – vielleicht gerade *weil* du es verabscheust – den Impuls in dir, über die eigenen Ideen oder Handlungen nachzudenken und sie gegebenenfalls zu ändern.

I.: Schön. Aber warum müssen so viele durch andere leiden, wenn du doch in allen bist? Warum machst du das?

E.: Was meinst du, wie viele mich das schon gefragt haben? – Du weißt: Handeln bedeutet, eine Kraft in Gang zu setzen, Wirkung zu erzeugen und damit gleichzeitig die entsprechende Gegenkraft zu initiieren, damit das Gleichgewicht gewahrt bleibt, wobei die Zeit, wann die Gegenbewegung geschieht, keine Rolle spielt.

I.: In diesem oder einem anderen Leben?

E.: Oder gar nicht im Leben, wie du es kennst.

I.: Und wozu dann das Ganze?

E.: Du erkundest mit deinen Handlungen das Oben wie das Unten. Wärst du regungslos an einem Punkt in der Mitte geblieben, wüsstest du nichts vom Oben oder Unten.

I.: Ich soll also Leiden nur als Erfahrung ansehen oder gar Bereicherung?

E.: Und das *Nicht*erfahren als sein Gegenteil: Dummheit oder Dumpfheit, genau so! Je früher eine Erfahrungen gemacht und ein unvermeidbares kleines ‚Leiden' damit angenommen wird, umso einfacher ist es. Je früher die Menschen z. B. lernen, die Grenzen anderer zu respektieren, zu teilen, abzugeben … – was nicht leicht fällt, und also eine Art ‚Leiden' darstellt –, … umso weniger schmerzhaft wird es in Zukunft für sie sein. Tun sie es nicht, werden sie es um so peinlicher – also voller Pein – lernen müssen. Dann pochen z. B. die Flüchtlinge aus den ärmsten Ländern bei den Industriestaaten an, um zurückzuverlangen, was ihnen Jahrhunderte lang vorenthalten wurde. Und bekommen sie es immer noch nicht, werden sie eventuell auf die Idee kommen, es sich mit Gewalt zu nehmen, also Leiden zurückzugeben. Denn diese Lernentwicklung gilt nicht nur für einzelne Menschen, sondern für ganze Gesellschaften.

I.: Zum Beispiel?

E.: Nimm die Staaten Europas. Fast jede Nation hat hier schon einmal sich selbst überschätzt, ihre Grenzen nicht anerkannt, die Vorherrschaft über den ganzen Kontinent angestrebt und ist schmerzhaft gescheitert. Die Engländer im Hundertjährigen Krieg in Frankreich, die Spanier und ihre Flotte an Lord Nelson, die Franzosen mit Napoleon bei Waterloo, die Deutschen mit dem wahnsinnigen

Zweiten Weltkrieg, in jüngster Zeit die Serben in den Balkankriegen.

I.: Die Vergleiche hinken aber.

E.: Gar nicht so sehr. Wenn ein Kind auf die Welt kommt, wird ihm normalerweise erst einmal alles geschenkt: Zuwendung, Rücksicht und Fürsorge, Nahrung und Kleidung, und es fühlt sich als der Mittelpunkt seiner Welt. Erst in der Trotzphase erfährt es, dass dem nicht so ist und so viele andere noch da sind, die auch ihr Recht verlangen. Und diese Phase kann bekanntlich ganz schön heftig ausfallen bei den Menschen. Oder auch bei Nationen, wenn sie im ersten Saft ihres National-Bewusstseins stehen.

I.: Nationalbewusstsein muss doch nicht Schlechtes sein.

E.: Aber Überheblichkeit schon. Mit all ihren Folgen.

I.: Woran denkst du?

E.: Stell dir mal vor, ein Dreißigjähriger wäre im Trotzalter steckengeblieben, würde sich mitten im Einkaufszentrum auf den Boden werfen und „Ich will, ich will, ich will aber!" schreien, weil ihm irgendein Verbot nicht passt – den würde man ganz rasch für verrückt erklären, ihn irgendwo einliefern und behandeln in der Hoffnung, dass er es noch lernt, oder eingesperrt lassen. (Er ist ja tatsächlich ver-rückt: nämlich in seinen altersgemäßen Entwicklungsphasen.) Eine ziemlich schmerzhafte Erfahrung! Und bei jungen Nationen bedeutet das oft, dass sie einen Krieg anzetteln mit den eben beschriebenen Folgen.

I.: Was soll ich nun daraus folgern?

E.: Ein Kind muss sich fügen lernen, muss im Laufe des Lebens immer mehr und mehr von den ursprünglichen

Annehmlichkeiten abgeben, lernen selbst für sich zu sorgen, später sogar zusätzlich für andere. Und schließlich wird es auch noch diese Souveränität im Umgang mit dem eigenen Leben abgeben müssen, wird alt, vielleicht krank und pflegebedürftig. Tut ein Mensch all diese Schritte gutwillig und rechtzeitig, dann wird sein Leben viel einfacher und harmonischer verlaufen, und der letzte Schritt, das letzte Abgeben – des Lebens nämlich – wird auch einfach vonstatten gehen. Ein Übergang nur, ohne Kampf, ohne Aufbäumen gegen das Unvermeidbare.

I.: Also: Leiden gleich Lernunwilligkeit?

E.: Bei Menschen wie Nationen. Könnte man so sagen.

I.: Und unverschuldetes Leiden? Was ist damit?

E.: Schuld – Unschuld … – Sage lieber Ursache und Wirkung. Das Leben ist unendlich. Daseins- und Zustandsformen ändern sich unablässig, Leben und Tod, Leid und Freude, Licht und Schatten sind letztlich eins. Kennst du alle Zusammenhänge? Was früher einmal war oder kommt, mit allen Ursachen und Wirkungen daraus? Denn die Zeit ist nicht, was sie scheint, vergeht nicht gleichmäßig – was du heute schon in der Physikbüchern nachlesen kannst – sie dehnt sich, schrumpft, springt in der Chronologie hin und her.

I.: Es gibt doch Fälle, wo ich absolut nichts für die Ereignisse kann, die mir zustoßen.

E.: Absolut nichts? Mit welchen Taten hast du vielleicht einmal Wirkungen gesetzt, Ursachen geschaffen, mit welchen Folgen und wofür? Und wann war das? In welcher Vergangenheit? Alles was ist, ist gut. Wenn du aufhörst zu werten, aufgibst, für alles ein Plus- oder ein Minuszeichen zu setzen, wenn du das Vergleichen und Verurteilen lässt, dann schaltest du dein Ego aus und das Leiden hört auf.

I.: Wenn das so einfach wäre.

E.: Ich habe nicht behauptet, dass es einfach ist. Es ist ein Lernschritt – wir sprachen gerade davon – aber ein lohnender.

I.: Und was bleibt, ist nur: Erfahrung?

E.: So ist es! Leiden ist Trennung und entsteht in deinem wertenden Geist. Du kannst das Trennen loslassen und damit das Leiden selbst abstellen. Versuche, die *Einheit* zu begreifen.

I.: – ... und dann begreife ich auch ein bisschen mehr – ... von dir?

E.: So kommst du der Sache näher.

Nachmittags erreichte ich Villar de Mazarife. ‚Bei Pepe' kam ich unter. Praktischerweise war die Herberge auch gleich ein Gasthaus, und das lag – wie es sich gehörte – gegenüber der Kirche. Es gab sogar einen Supermarkt in der Nähe, aber nach Quark fragte ich gar nicht erst, die Entzündung am Schienbein war auch gut zurückgegangen. Mit zwei jungen Freundinnen aus Deutschland unterhielt ich mich im Laden ein Weilchen über Belanglosigkeiten. Merkwürdig, wie das Reden selbst schon zum Bedürfnis wird, wenn man den ganzen Tag mit sich alleine verbracht hat. Und das jetzt, obwohl es mir in meiner Praxis fast schon zu viel wird von morgens bis abends zu reden und erklären, was ich tue und wofür. In unserer Zeit der Rundum-Versicherung haben sich viele Menschen angewöhnt, die Gesundheit wie einen Automaten zu betrachten: oben Versicherungsbeitrag rein, unten Gesundheit raus. („Meine Leber ist kaputt. Verschreiben Sie mir eine Pille, damit ich weitersaufen kann!") Da fällt es oft schwer, Verständnis für dieses Wunderwerk unseres Körpers zu erwecken, wenn es einmal abhandengekommen ist oder durch Werbung auch abtrainiert wurde. Früher kannte man auch etwas von seinem Auto. Einem heutigen Autofahrer in seinem Vehikel voller Elektronik fehlt jede Ahnung, wie man zuvor einmal Vergaser einstellte oder eine Lichtmaschine austauschte.

Mir fiel ein, was ich früher so alles – nolens-volens - und im Laufe der Zeit vom Auto gelernt hatte, denn das war notwendig, um meine alten, billigen Vehikel ohne Geld am Laufen zu halten. Einmal verbrachte ich mit meiner Frau Gisela den Sommerurlaub in St. Tropez. Mein Bruder hatte mir seine Zeltausrüstung geliehen, und der alte Ford 15M fuhr uns klaglos bis ans Mittelmeer hin und fast wieder zurück, bis ich auf der Autobahn hinter Basel in Richtung Karlsruhe bemerkte, dass die Wassertemperatur im Motor bedenklich hochschnellte. Ich kippte mehrmals Wasser nach, fuhr vorsichtiger weiter und hoffte das Beste, aber in der Nähe des Kaiserstuhls hatte ich den Zeitpunkt zum Nachfüllen verpasst, der Motor ging aus, und mit letztem Schwunge rollte ich gerade noch in eine Ausfahrt und von der Autobahn hinunter.

Da standen wir dann wie zwei begossene Pudel am Straßenrand neben dem Auto, das nicht mehr wollte, und ich hatte noch keine Idee, was ich jetzt tun sollte. Nach wenigen Minuten hielt unaufgefordert ein Pkw neben uns an, ein Mann drehte die Scheibe herunter und erkundigte sich was denn los wäre. Nach meiner Erzählung diagnostizierte er sofort: „Zylinderkopfdichtung, wahrscheinlich

Kolbenfresser." Ich hatte von so etwas keine Ahnung. Schon kramte er ein Abschleppseil aus dem Kofferraum, band meinen 15M an und schleppte uns ab nach Emmendingen, dem nächsten größeren Ort mit einer Ford-Werkstatt. „Was wollt ihr nun machen?", fragte er. Achselzucken – Hotel, Pension, irgendwo? Pause. „Ich habe Platz, kommt mit!"

Sogleich hockten wir in seinem Auto, und es ging noch etwas weiter um den Kaiserstuhl herum nach Lauingen zu seinem gerade neu gebauten Haus, wo er seiner Frau eröffnete, dass wir das Wochenende dableiben würden. Denn das Ereignis fand natürlich an einem Samstag statt, wenn alle Werkstätten geschlossen hatten.

Er war Bauarbeiter, hatte fünf Kinder, seine Frau erwartete gerade das sechste, da fielen zwei weitere Personen gar nicht ins Gewicht, und in der Folge saßen wir wie selbstverständlich mit ihnen am Tisch zum Abendbrot, fuhren später noch gemeinsam an den Rhein, wo wir auf einem Sommerfest der CDU im Freien tanzten; am nächsten Tag besuchten wir seinen Bruder, einen Weinbauern, verkosteten dessen Rebensaft und stiefelten über seine neu angelegte Pfirsichplantage. Montag früh kutschierte er uns wieder zur Werkstatt nach Emmendingen, und selbstverständlich wollte er keinerlei Bezahlung annehmen. So hatten wir wegen einer Autopanne plötzlich ein geschenktes Wochenende mit so viel selbstverständlicher Gastfreundschaft von hilfsbereiten Menschen.

Das Auto lief zwar wieder und brachte uns nach Hause, aber der Motor klopfte doch sehr vernehmlich, und der Monteur in Bonn schätzte, dass die Reparatur des Kolbenfressers fast so viel kosten würde, wie mich das ganze, alte Auto gekostet hatte. „Eine Möglichkeit gäbe es", meinte er, „man könne den Kolben herausziehen, den

Zylinder ausschleifen und einen neuen Kolben mit besonderen Schleifringen einsetzen." – Zu einem Achtel der veranschlagten Reparatursumme. – Und ich versuchte es. Mit wenig Vorbildung als Mechaniker, aber dem Leitspruch meines Vaters im Kopf: „Irgendwie geht's", und ein paar Ratschlägen eines Fachmannes machte ich mich an die Arbeit, schraubte alles auseinander, schliff den Zylinder von Hand aus(!), passte den Kolben ein und schraubte wieder zusammen – und: Der Motor lief! Mein Ford trug mich danach noch weitere 60 000 Kilometer!

Diesem ‚Irgendwie geht's' verdanke ich, dass ich in einigen vertrackten Situationen nicht aufgegeben sondern weitergemacht habe. Und meinem Vater hatte es bei der Marine sogar einen Orden eingebracht. Als er in den zwanziger Jahren des letzten Jahrhunderts mit dem kleinen Kreuzer ‚Emden' der Reichsmarine um die Welt schipperte, gab vor Argentinien ein Aggregat den Geist auf und legte das Schiff lahm. Ersatzteile konnte man damals nicht so einfach einfliegen lassen. Also vergrub sich mein Vater drei Tage lang in seiner Werkstatt – er war Drehermeister – schraubte, bohrte, feilte, nietete, und dann hatte er es geschafft: Das Schiff fuhr wieder!

Beim Abendessen im Gasthof unterhielt ich mich mit einem älteren Priester und seiner Frau, der von der lebhaften Anteilnahme seiner Gemeinde in Australien an ihrer Pilgerschaft erzählte. Ich fand es beachtlich von so weit zum Camino zu kommen, und konnte die Entfernung richtiggehend fühlen, wenn ich an meine Anne in der Ferne dachte. Seine Frau, eine Krankenschwester machte den Weg wohl nur seinetwegen mit – obwohl der Priester wiederum vorgab, ihn hauptsächlich zur Erholung für

seine Frau zu unternehmen, weil sie mit vielen Krebspa-
tienten zu tun hatte. Aber sehr glücklich wirkte sie nicht.
Nichts ist wohl dauerhafter, als Missverständnisse. Mit
John, ebenfalls aus Australien, hatte ich mich schon vor
ein paar Tagen unterhalten; er lief bereits zum dritten Mal
nach Santiago. Später begegneten wir uns noch des öfteren. Und noch einen vierten Australier traf ich, als ich in
einer privaten Herberge in Molinaseca übernachtete, einem Einfamilienhaus mit riesigem Garten, das zum Hotel
gegenüber gehörte, und wir waren die einzigen Gäste
dort. Seine Motivation für den Camino lautete: ‚Abnehmen!' Rund genug dazu war er. Aber es ist schon ein spa-
ßiger Beweggrund, deswegen hierher zu kommen, zumal
Australien ja nicht gerade um die Ecke liegt. (Weniger
essen täte es zwar auch, wäre aber nicht so spektakulär.)
Australien war also hier gut vertreten. Sogar einem Neu-
seeländer begegnete ich. Dagegen wunderte es mich sehr,
dass mir unterwegs keine Holländer begegneten, die man
neben Engländern doch sonst überall antrifft.

Astorga – Rabanal, 30.8.–1.9.2016

In Astorga hatte ich, kaum angekommen, schon einen
kleinen ‚im Tee', wie man an der Waterkant sagt. Ich war
von der Sonne trotz meines unterwegs bis zur Neige ausgelutschten Wasserschlauches so ausgetrocknet, dass ich
sofort zwei Dosen Bier in mich hinein kippte – noch vor
dem Picknick im Innenhof von San Javier. Meine Herberge heute lag in einer Seitengasse nahe bei der Kathedrale, ein großes, dreigeschossiges, altes Palais, das wegen

der engen Gasse noch mächtiger wirkte und von einer deutschen Bruderschaft geführt wurde.

Dabei hatte der Tag gar nicht so strahlend angefangen. Noch im Dunkeln war ich ab sieben Uhr auf einer schmalen Landstraße unterwegs, mit einem runden Mond am Himmel – gerade dass ich sehen konnte, wo ich hintrat. Mein Sweatshirt konnte ich zu der Tageszeit durchaus gebrauchen, die Finger an den Stöcken waren eiskalt. Als es heller wurde, zogen am Himmel voraus dunkle Wolken auf und zuweilen erglühten die Wolkengebirge innerlich von Blitzen, wie eine versteckte Drohung, kein sehr beruhigender Ausblick. Aber bei dem starken Südwind wanderte das Dunkel schnell nach rechts ab in Richtung Norden. Im nächsten Dorf bei der üblichen Rast nach zwei Stunden sah ich, dass auch hinter mir ein Gewitter den Weg kreuzte – ich war gerade zwischen den zweien hindurch marschiert. Ein paar Kilometer weiter allerdings zog die nächste Front herauf; der Wind trieb sie von links auf mich zu und bald schon klatschen dicke Tropfen auf die Straße. Ich flüchtete in einen Hauseingang, um den Rucksack und mich wetterfest zu machen und schaute aus meinem Unterstand eine Weile dem Regen zu. Zum Glück blies aber der Wind noch heftig und lockerte die Wolken rasch wieder auf; kaum eine Viertelstunde später konnte ich weitermarschieren. – Dies war der einzige Regen auf meiner 800-km-Wanderung.

An der Puente del Orbigo, wenige Kilometer weiter, glänzte die Straße nur noch ein bisschen nass. Diese Brücke aus dem Mittelalter war eine echte Attraktion: kaum wagenbreit zog sie sich ein paar hundert Meter lang mit vielen runden Bögen über den Orbigo und die Flussaue. Sie und ihre Vorgängerin in dem gleichnamigen Ort hatten schon Vieles gesehen: Römische Legionäre, Schlachten der Westgoten gegen die Sueben, der Christen gegen die Mauren, ein berühmtes Turnier mitten auf der Brücke, bei dem ein verschmähter Liebhaber und Ritter aus Leon ‚der Ehre wegen' – oder aus Frust über die Zurückweisung – sich abreagiert und nacheinander mit dreihundert Herausforderern herumgeschlagen hatte. Und nicht zuletzt waren mit Sicherheit auch Scharen von Händlern, Mönchen, Pilgern, Marketenderinnen und Viehtreibern auf dem Übergang unterwegs gewesen, denn der Ort lag im Schnittpunkt diverser, wichtiger, alter Handelswege. Dagegen wirkt es heute und hier fast einsam.

Hinter Orbigo brannte die Sonne schon wieder mächtig von oben herab, und der Weg zog sich eintönig ansteigend neben der Landstraße hin; die Pilger mussten dabei ständig auf und ab, während nebenan die Trasse für die Autos mit vielen Pferde-stärken sanft eingeebnet war. Wahrscheinlich fängt der Mensch bei den Wegebauern erst beim Autobesitzer an.

Ich überholte zwei finnische Schwestern, die sich mit der Hitze und den Steigungen schwer taten, wünschte Ihnen einen ‚buen camino' und mir einmal mehr ein Rastplätzchen für der Mit-tagszeit. – Und siehe da, ein paar Hundert Meter weiter am Ende des letzten, langen Anstiegs stand links unter einem schattigen Strauch wieder ein Stuhl – nur für mich – sicherlich. Warum auch nicht? Schließlich wünsche ich mir zu Hause auch immer einen Parkplatz, wenn ich tagsüber einmal mit dem Auto den meinen verlassen muss. Denn bei der Rückkehr sind üblicherweise alle Stellplätze in der Nähe blockiert, weil morgens die Pendler in meine Straße einzufallen pflegen, um schräg gegenüber in die Bahn steigen. – Meistens klappt es sogar mit dem Parkplatz-Wünschen.

Als ich mich etwas gestärkt hatte, vermachte nicht allzu lange danach den Stuhl der älteren der beiden finnischen Damen, die mich nun auch eingeholte hatten.

Von einem besonderen Aussichtspunkt auf der Höhe, wenige Kilometer weiter, konnte man bald schon die Stadt Astora sehen: Auf der anderen Seite des Tales, malerisch auf einem Bergrücken ausgestreckt lag sie fast zum Greifen nahe. Aber das Tal davor hatte es mit der Sonne im Zenit noch eine Stunde lang in sich. Auch Fabricio schlich in der Glut vorbei, und seine Begrüßung war diesmal wesentlich matter. Um schließlich in die Stadt hinein zu gelangen, mussten noch 150 schweißtreibende Stufen bewältigt werden, dann war es geschafft.

In der Stadt wimmelte es von Touristen, was auch gleich an den Preisen der Bars und Geschäfte abzulesen war. (Für die Spezialität des Stadt – Schokolade – wurden mehr als drei Euro für eine 100 g-Tafel gefordert). Besonders die Kathedrale zog Besucher an. Sie vereinte neben der romanischen Fassade und dem gotischen Kirchenschiff noch weitere Baustile in sich, war jetzt aber leider schon geschlossen. Ebenso interessant daneben das berühmte Bischofspalais von Gaudi (dem Jugendstil-Architekten aus Barcelona) mit Spitztürmchen, Simsen, Spitzgiebeln und -fenstern, wie eine Burg aus Grimms Märchen. Aber auch sie: geschlossen.

In der Herberge traf ich John, den Australier, und er wusste mir von der englischen Herberge im 20 km entfernten Rabanal zu erzählen und dass die Benediktiner abends immer in der Dorfkirche eine Vesper mit gregorianischen Gesängen feierten. Ich nahm mir vor auch dorthin zu gehen.

John war neben dem klassischen Camino francés schon einmal die Nord-Route an der Küste entlang gegangen;

er kannte auch England von langen Wanderungen über die Insel und sonst noch so einige andere Strecken und Gegenden von seinen vielen Touren. Als ich ihn fragte, warum er alle diese Wege mache, meinte er: „Why? – Why not?"

Am nächsten Morgen ging es ich gemächlich an, schließlich war es nicht so weit bis Rabanal. Ich lief leicht bergan, immer geradeaus durch eine grüne hügelige Parklandschaft mit Ginster, Büschen und Bäumen, die Zeit ließ den Gedanken nachzuhängen.

Erkenntnisse

E.: Nun?

I.: Lass mich, ich bin noch müde.

E.: Was meinst du, wie müde ich manchmal bin.

I.: Du? Und müde?

E.: Ah, jetzt wirst du wach!

I.: Bei so einer Aussage.

E.: Natürlich bin ich auch das Gegenteil. Du weißt doch: Ich bin alles.

I.: Wozu also müde? Auch als Erfahrung?

E.: Natürlich.

I.: Und was empfindest du, wenn du müde bist?

E.: Entspannung, meine Mitte, ... Zufriedenheit, dass man etwas geschafft hat ...

I.: Ja, ja, ich weiß, die Erde in 7 Tagen – du nimmst mich wieder mal auf den Arm.

E.: Wie könnte ich? Da würde ich mich doch selbst auf den Arm nehmen.

I.: Was hast du denn nach der Schöpfung gefühlt? Wie war das?

E.: Genugtuung, Stolz.

I.: Stolz! – Du? Wie geht das? Kann man das für sich alleine sein? Ist das nicht immer im Vergleich mit anderen?

E.: Warum nicht? Aber vergiss nicht, ich bin auch immer gleich das Gegenteil.

I.: Bist du denn auch stolz, wenn dich alle anbeten? Mit all diesen verschiedenen Riten, Opfern, Regeln, mit denen Menschen meinen dir dienen? So wie Zölibat, Essensvorschriften, Vollverschleierung ... wie ist das damit?

E.: Alles angebracht.

I.: Auch das, was sich die Menschen in deinem Namen antun? Die Verfolgungen Andersdenkender, Kriege, Gräuel ...

E.: Versteh es doch: Ich bin selbstverständlich auch alles das, was sich die Menschen von mir vorstellen können. Geist ist schöpferisch. Und was die Riten etc. angeht: Die Menschen tun nur, was sie glauben, tun zu müssen. Selbst Verbrecher meinen, gerade jetzt so oder so handeln zu müssen.

I.: ‚Freier Wille‘, das hatten wir schon ...

E.: Ja, aber ein beschränkter Wille, weil die Vorstellungen beschränkt sind. Das ist der Knackpunkt! Weil die Menschen sich etwas ausdenken, sich damit selbst – oder noch lieber – *andere* damit einschränken und allen einreden, dass sie sich daran halten müssten wie an ein Programm. Meistens nur weil es ihnen selbst nützlich erscheint. Und weil sie daraufhin dann werten und trennen, urteilen und verurteilen – Schwarz und Weiß etc. So entsteht Leiden.

I.: Nur: ohne Trennen kein Erkennen.

E.: Der Verstand funktioniert in diesem Dasein nun einmal so. Das ist das Dilemma der Vernunft. Ohne Unterscheidung keine Entscheidung – wohlgemerkt: nur auf der rationalen Ebene.

I.: Wozu müssen wir uns denn immer entscheiden?

E.: Du kannst das auch anderen überlassen, aber selbst das ist eine Entscheidung, deine Freiheit nicht auszuüben. Auch eine Variante der Suche nach Erkenntnis. Vielleicht willst du die Erfahrung der Machtlosigkeit, Bevormundung und Erniedrigung machen.

I.: Vielleicht bin ich auch nur zu faul ...

E.: – ... und du entscheidest dich damit bewusst für die Erfahrung nichts zu tun und zu sehen, wo das hinführt.

I.: Du sagst, das mit der Erkenntnis geht hier bei uns einfach nicht anders?

E.: Das sagtest du! – Es geht schon, nur nicht einfach. Und eben nicht allein durch die Vernunft.

I.: Wie denn?

E.: Das weißt du! Haben nicht viele Leute viele Methoden entwickelt, sich der Erkenntnis auf andere Art und

Weise anzunähern? Sie tanzen, Schamanen rauchen Tabak oder essen bestimmte Pilze, sie fasten und gehen in die Wüste, die Inder singen: die Bajans ... –

I.: Kenne ich: ‚Om namah shivaja' ... so oft wiederholt, bis man davon fast abhebt ... Trance-Techniken.

E.: Das klingt schon wieder so wertend – und zwar *ab*wertend. Hat dir gerade wieder deine Vernunft ein Bein gestellt?

I.: War nicht so gemeint. Ich dachte schon an Meditation, Versenkung in ein Gefühl, eine Ahnung oder Vision.

E.: Weiß ich! Du hast doch bei Ramani und in deinem Meditationskeller gesessen.

I.: Ramani, Guriji, ja, lange ist's her! Ein netter Kerl! Er hat mich damals in Amden auf dem Seminar schon ziemlich beeindruckt, als er aus seinen Palmblättern vorlas. Von Sri Kakabujanda, dreieinhalbtausend Jahre alt. Dinge, die er doch gar nicht von mir wissen konnte.

E.: Kannst du dir vorstellen, welche Quellen er angezapft hat?

I.: Ich ahne etwas.

E.: Gehe dem nach! Meditiere vielleicht einmal darüber!

I.: Ich fand die Geschichte wie er – eigentlich ein Englischlehrer – dazu gekommen war, schon erstaunlich. Dass ihm sein Vorgänger bei der Palmblattleserei auf den Kopf zugesagt hatte, er würde sein Nachfolger, und er wollte anfangs überhaupt nichts davon wissen.

E.: Er wurde es!

I.: Und dass er aus der riesigen Sammlung von Palmblättern genau die aus Indien mitgebracht hatte, auf denen diese überraschende Dinge für mich standen. Ich habe ihn noch heute vor Augen, wie er mit seinen Muscheln würfelte, dann in dem Stapel Blätter kramte, um anschließend in diesem merkwürdigen Singsang daraus vorzulesen, wovon ich nichts verstand – Sanskrit nehme ich an. Und zum Schluss die Übersetzung in seinem typische ‚Ind-englisch'. Ich erinnere mich, dass ich es lange nicht verstand, als er immer wieder von ‚lauw' redete, bis ich kapierte, dass er ‚love' sagen wollte.

E.: Aber die Mitteilungen haben dich schon getroffen.

I.: Ja.

E.: Weil sie zutreffend waren.

I.: Ja.

E.: Bist du der Meinung, dass dir auch neue Erkenntnisse zuteil werden können – ohne die Hilfe deines Verstandes?

I.: Ja ..., davon bin ich überzeugt.

E.: Gut! – Die Mystiker aller Zeiten und Religionen sind es auch. Wie die Yogis im Schneidersitz oder die tanzenden Derwische des Mevlana (mittelalterlicher Islam-Gelehrter in der Türkei.) Auch eine Technik. Und das Schönste ist: Diese besonderen Menschen aus den unterschiedlichsten Traditionen verstehen sich untereinander alle wunderbar.

I.: Jeder geht auf die gleiche Suche, nur eben auf einem anderen Weg – *seinem* Weg. – Wie eine Kletterpartie auf einen Berg – alle wissen, wohin sie wollen, nur über die Route gibt es Meinungsverschiedenheiten.

E.: Es ist egal, wie sie hingekommen sind, oben ist oben.

I.: Warum kannst du diesen Gedanken nicht in die Köpfe all der religiösen Fanatiker einpflanzen?

E.: Ihr lernt eben nur aus eigener Erfahrung. Du musst dir die Finger schon einmal selber verbrannt haben, um das Feuer richtig einzuschätzen zu können und es zu meiden. Oder zu nutzen.

I.: Und dafür all das Leiden?

E.: ... wenn man nicht lernen will ...? Darüber sprachen wir schon.

I.: Aber Mystik, ist das nicht ein Rückschritt ins Mittelalter?

E.: Was wahr ist, ist wahr. Und bleibt wahr. Es gibt sie heute immer noch und wird gepflegt, auch in modernen Gemeinschaften. Du kennst die Bruderschaft von Taizé in Burgund. Sie versenken sich und singen lediglich ihre Botschaft von Liebe und Zusammengehörigkeit aller mit allem – wie die Bajans in Indien oder ‚lauw‘ von deinem Ramani, nichts weiter – und sie sind glücklich damit. Frère Roger (der Begründer) wusste darum. Weißt du übrigens, wie viele Menschen genau deswegen schon ins Burgund gekommen sind?

I.: Sehr viele, denke ich. Ich war auch fasziniert von diesem Erlebnis. Alles ist dort ganz einfach und auf das Notwendige und Wichtige beschränkt und von einer ansteckenden Fröhlichkeit und Leichtigkeit – nicht nur unter den vielen jungen Leuten aus aller Herren Länder, es kommen ebenso auch Ältere oder Jung-gebliebene nach Taizé.

E.: Sie haben losgelassen und Erkenntnis zugelassen.

I.: Und wenn man nicht loslässt, sich darin nicht verlieren kann ... – ist man dann verloren? Festgeklemmt in Logik und den eigenen Regeln?

E.: Man verliert sich nicht darin, im Gegenteil: Man findet sich! Jeder! – Früher oder später.

I.: Und findet man sonst noch was?

E.: (schweigt)

I.: Dich?

E.: Nur wenn du willst. Sieh dich doch jetzt auf dem Weg.

I.: Dem Camino?

E.: Als du hinter León mittags über die leere Landstraße gelaufen bist, rechts und links abgeerntete, trockene Felder, der Blick offen bis zum fernen Horizont – was hast du da gedacht? Oder erfahren?

I.: Nichts. Stille.

E.: Und?

I.: Das war großartig!

E.: Und der lange Anstieg vorhin hinter Astorga, immer geradeaus ...

I.: ... das Brachland seitlich, Bergginster und Erika, Büsche oder vereinzelte Bäume in den Senken, die weiten Niederungen und Hügelketten dahinter – traumhaft schön!

E.: Wie hast du dich dort gefühlt?

I.: Sehr gut! Leicht. Zufrieden.

E.: ?

I.: Mit mir, der Umgebung, einfach allem.

E.: Fühltest du dich in dem Moment getrennt, vereinzelt, verloren?

I.: Nein – im Gegenteil: ganz eins mit mir und allem.

E.: Und was ist das: Dieses Alles? – Oder wer? – Was ist die Einheit? –

I.: Das hast du wieder einmal geschickt eingefädelt, mich auf die Spur gesetzt.

E.: Das Gehen kann Meditation sein. Die Füße einen vor den anderen zu setzen, zu beobachten, wie die Landschaft an dir vorbeizieht, den Gedanken frei zu geben, sie Himmel und Erde durchwandern zu lassen ...

I.: Na ja – wenn man das bergauf mit elf Kilo auf dem Rücken denn schafft.

E.: Du kannst das bei jeder beliebigen Tätigkeit.

I.: Beim Autofahren besser nicht.

E.: Möchtest du dich über mich lustig machen?

I.: Bewahre!

E.: Ich kenne dich, du alter Schauspieler! Lieber die Oma verkaufen, als eine Pointe auslassen.

Astorga – Rabanal

An eines der Bergdörfer, die ich heute passierte, erinnere ich mich besonders gut, denn es war der traurigste und ödeste Ort, den ich auf dem ganzen Camino gesehen habe. Lebendig schien es nur in einer Herberge am Eingang der Siedlung zu sein. Ansonsten standen von den wenigen

Bruchstein-Häusern an der Schotterstraße, die steil anstieg, noch einige leer, mit vernagelten Fensterläden, langsam zerfallend, und die ganze Umgebung atmeten den Geruch von Niedergang, Traurigkeit und Verlassenheit. Zwei große Hunde streunten ziellos zwischen den Mauern und leeren Ställen herum. Ich fasste meine Walkingstöcke fester, eingedenk der Schilderungen anderer Pilgern, die von herrenlosen, aggressiven Hunde berichtet hatten. Aber diese hier hatten offenbar keinen Hunger und zeigen an mir wenig Interesse. Trotzdem war ich froh, aus dieser Gesellschaft und der tristen Atmosphäre wieder hinaus ins Freie zu kommen.

In einem lichten Waldstück längs eines großmaschigen Wildzaunes fand ich einmal zu meiner Überraschung als Hinterlassenschaft von vielen Vor-Gängern zahllose Kreuze. Alle aus großen oder kleinen Zweigen in den Zaun gesteckt, viele mit Silberpapier umwickelt oder mit flatternden bunten Bändern versehen und das Ganze auf wenigstens 100 m Länge im Drahtgeflecht verteilt. Und da mal wieder Mittagspause angesagt war, hockte ich mich davor ins Gras, verzehrte mein Picknick aus Astorga und verzierte meinen Rastplatz ebenfalls mit einem Kreuz als Gruß für die Nachkommenden.

Ein letzter Anstieg schließlich, dann war ich auf 1 170 m Höhe in Rabanal angelangt, einem langen Straßendorf mit niedrigen, grauen Steinhäusern, das sich einen sanften Hang hinauf zog. Etwas zurückgesetzt stand neben der Kirche fast am oberen Ende der Straße die ‚englische' Herberge ‚Gaucelmo', von der mir John erzählt hatte. So wie sie aussah, hätte sie tatsächlich auch irgendwo in Mittelengland stehen können. Drei reizende, ältere Herrschaften empfingen mich mit englischen Zuvorkommenheit und Verbindlichkeit und luden mich gleich zum five-o'clock-tea ein, der aber bereits um h a l b fünf stattfände, wie sie bemerkten – immer korrekt. – eine Veranstaltung oder Tradition, die offenbar auch außerhalb des Hauses bekannt war und Besucher aus anderen Herbergen anzog. So wie Marga und Tomek, die aus aus Warschau kamen, eine Juristin und ein Werbefachmann, beide um die Mitte dreißig. Bald saßen wir mit zehn/zwölf anderen Besuchern draußen in der Abendsonne um den Tisch herum, die beiden neben mir, und wir nippten very british am Tee und knabberten Kekse. Später traf ich sie noch des öfteren auf dem Weg oder am jeweiligen Zielort. In ihren alarm-gelben Jacken waren sie auch unübersehbar. Trotzdem blieben sie die ganze Zeit über in den Gesprächen merkwürdig reserviert, so als hafte mir etwas Anrüchiges an. Ein ähnliches Gefühl hatte ich einmal während eines Camping-urlaubes in Holland. Es war kurz nach der Wiedervereinigung und auf dem Nachbarplatz zeltete ein Ehepaar aus Chemnitz oder Bautzen. Aber von der üblichen Lockerheit auf einem Campingplatz war bei ihnen keine Spur zu finden; Gespräche kamen nur äußerst zäh in Gang, so als trauten sie sich noch nicht so recht mit den Westlern näheren Umgang zu haben. ,Big Broter is watching you!' Wie lange und stark sich solche eingeübten Verhaltensmuster halten, bemerken wir ja heute, 25 Jahre nach dem Zusammenschluss von Ost und West, bei uns immer noch. – War es bei den jungen Polen so ähnlich, war ich für sie noch eine Vertreter der alten Deutschen unseliger Prägung, obwohl ich bei Kriegsausgang gerade mal drei Jahre zählte?

Als zuvor bei der Ankunft in Rabanal die ältere Dame am Empfang meinen Namen in die Gästeliste eintrug und feststellte, wo ich herkam, schien sie hocherfreut und fragte vorsichtig an, ob ich denn eventuell bei der Vesper der Benediktiner einen deutschen Text lesen könnte? Ich musste nicht lange überlegen und antwortete „Why not?" – wie John! Und so saß ich um 19 Uhr in der kleinen, ein bisschen schäbigen, aber wunderbar anheimelnden Dorfkirche neben einem Franzosen, einem Spanier und einem Engländer im geschnitzten Chorgestühl, die ebenfalls zur Lesung in ihrer Muttersprache engagiert worden waren, und wir lauschte den drei Benediktinern bei ihren gregorianischen Gesängen, bis wir mit den Texten an der Reihe waren. Damit hatte ich mir das Pilgermenü für heute wohl redlich verdient, und im Lokal gab es auch Wifi um mit meiner Anne im fernen Australien zu plaudern: so rundetet sich wieder ein Abend.

Herberge Rabanal, 31.8.2015

Wo der HERR dich birgt
und fremde Stimmen dich
berühren mit vertraut neuem Klang,
wo mit der Kiepe
steinschwere Ansprüche
von den Schultern rutschen
und keine Ballasttanks mehr
dich zu Boden drücken.
Hier darfst du dich ent-rüsten,
berührbar machen, hervorkriechen
aus deinem feindseligen Rüstzeug,
dich bergen lassen in der Herberge(!),
der Her-zeige, nicht Ver-berge –
nicht Versteck – Herberge.

Könnten wir nicht alle
ein Plätzchen in den verstopften
Ventrikeln der Blutpumpe entmüllen,
das Rote fließen, statt gerinnen lassen ...
bergen und borgen,
teilen und Teil sein
an einem gemeinsamen Ruheplatz?
Worte würden Dächer decken,
her-bergende Häuser bauen.
Die Gedanken würden
zum Schlafen und Träumen
die Kissen herrichten
und niemanden, wie sonst üblich,
hin-richten mit ihren Speeren!
Und überall wäre das, nicht nur
im temporalen Heim am Weg!

Der Pfad räumt unnützes Gepäck beiseite,
kehrt die klammen Kammern leer
für den Einzug spannend neuer Gäste!
Dich, Wanderweg, muss ich mir wohl
ins doggybag packen lassen!
Für später, nach den Jakobswochen!

Rabanal – Molinaseca

Der Mond stand mal wieder am Himmel, als ich kurz vor sieben aufbrach, zwar nicht mehr ganz so rund wie vor zwei Tagen, aber das Lichte reichte aus für den Weg, der sich schmal zwischen blühenden Kräutern, Ginster und Sträuchern bergauf schlängelte wie in einem botanischen Garten. Manchmal stand das Grün mannshoch, und der Boden war nur zu erahnen, doch langsam zog der Morgen herauf und die Sicht besserte sich. An Hand des nebligen Talgrunds links tief unten konnte ich erkennen, dass ich schon recht hoch unterwegs war, und nach knapp zwei Stunden flacht der Anstieg allmählich ab; kurz darauf stand ich vor dem berühmten Cruz de Ferro.

Eigentlich war es nur ein Schotterhaufen, aus dem ein einfacher, hölzerner Mast ragte mit einem relativ kleinen, eisernen Kreuz oben auf der Spitze, aber tausenden von Steinen zu seinen Füßen: jeder ein Mitbringsel von einem der zahllosen Pilger im Laufe von Jahrhunderten. Alle hatten ihre Steine von Hause bis hierher getragen, hier niedergelegt und mit ihnen symbolisch auch ihre alten Lasten. Also tausende von Lebensgeschichten, die sich hier stapelten. Gut zwei Drittel des Camino lagen nun hinter mir, von St. Jean aus alles ohne Ausnahme auf den eigenen Hufen. Und das machte schon ein bisschen stolz. Dafür, so fand ich allerdings, war der Ort recht unspektakulär und nach dem kräftigen Anstieg bis auf über 1 500 m Höhe eher enttäuschend, denn diese Höhe bestand aus keinem Berggipfel, sondern mehr einem Plateau mit Landstraße und Parkplatz nebenan, auf dem einige Touristen vor ihren Wohnmobilen hockten, ihren Kaffee schlürften und wahrscheinlich mitleidig über die Kraxler und ihre riesigen Rucksäcke lächelten.

Ich deponiert meinen Stein sorgfältig nahe am Mast zwischen alle die anderen: einen Ziegelbrocken, auf dem ich meinen Namen und Geburtsdatum vermerkt hatte und auch, dass er aus Philippi in Griechenland stammte, der Stadt der Philipper-Briefe. Im vergangenen Jahr hatte ich ihn aus der Ruinenstadt mitgenommen. Tausende Kilometer war er schon geflogen, über 550 km in meinem Gepäck mit mir gewandert, und nun legte ich ihn und damit in Gedanken auch mein ‚Päckchen‘ dort am Kreuz ab. Es gab vieles bis dato, worauf ich gerne hätte verzichtete können. Aber auch einiges, was ich vielleicht noch ablegen sollte. Abschied nehmen ist z. B. eines meiner Lebensthemen. Am schwersten fällt es wohl, von den eigenen Vorstellungen und Wünschen loszukommen. Schmerzhafte Erinnerungen werden hauptsächlich am Leben erhalten durch das Anklammern an liebgewonnene Hoffnungen und Visionen, obwohl die Realität sie längst überholt hat. Und auch weil lohnende, neue Ziele mit dem Älterwerden mir nicht mehr so schnell nachwachsen wollen.

Als wir vor Jahren noch eine intakte Familie waren, meine zweite Frau, meine Kinder und ich, hatten wir von einem Haus in einer anregenderen Landschaft geträumt, vielleicht an der Bergstraße, im Allgäu, oder nahe am Bodensees. Nicht sofort, wir waren vor der Hand noch durch Vielerlei hier gebunden. Doch der Gedanke blieb im Hinterkopf präsent, denn hier an meinem Wohn- und Arbeitsort fühlte ich mich nicht sehr heimisch.

Jeder ist von der Landschaft geprägt, in die er hineingeboren wurde. In ‚meiner‘ Gegend sollte einerseits der Blick nicht eingeschränkt sein durch hohe Bergwände rund um mich herum, andererseits finde ich die optische

Ablehnung und Orientierung an einem Höhenzug oder einer markanten Landmarke angenehm.

Wie ich es von Frankfurt, meiner Geburtsstadt, oder von Wien kannte. Und dass es mich an den Niederrhein verschlagen hatte, war nur meinem Wunsch geschuldet, mich nicht allzu weit entfernt von Bergisch-Gladbach, meiner ersten Frau und Jan nieder zu lassen, als die Zeit gekommen war, eine Praxis zu eröffnen bzw. zu übernehmen. Mönchengladbach war noch nie ein touristischer Anziehungspunkt gewesen, eher auf dem Sprung, eine Großstadt zu werden, als dass sie sich schon so angefühlt hätte: mit vielen Baustellen und Entwicklungsmöglichkeiten, aber lange Zeit schien man hier keine davon ergreifen zu wollen. Doch wie das mit vermeintlichen Provisorien eben so ist – sie dauern und man gewöhnt sich daran. Die Umstände änderten sich, aus dem ‚Wir‘ war längst wieder ein ‚Ich‘ geworden, und dieses ‚Ich‘ hatte sich schon mit vielem arrangiert. Die Stadt lebte sogar in den letzten Jahren auf, mauserte sich als Hochschul- und Logistik-Standort, baute einen ganz neuen Stadtteil, ein Fußballstadion und ein viel gelobtes Einkaufszentrum in ihrer Mitte, etc.; ich entdeckte die Umgebung mit vielen versteckten Schönheiten, Seen in den ausgetorften Niederungen ehemaliger Moore, Heidelandschaften und riesigen Grenzwäldern nach Holland hin. – Zeit also, auch im Inneren zu akzeptieren, was längst vertraut und ein Stück Heimat geworden war.

Noch ein paar Fotos, die ich von anderen und sie von mir machten – Handys und Apparate gingen mal wieder von Hand zu Hand für Portraits mit Steinhaufen. Dann ließ ich Kreuz und Steine und Gedanken dort auf dem Gipfelfeld zurück und ging weiter meinen Weg. Ich fühlte mich wie in den Alpen: seitlich: Wiesen und Weiden, bewaldete Berge auf der anderen Seite des Tals, dessen Sohle nicht zu sehen war, die Wegränder wie ein Bergblumengarten, dann ein kurzer Ab- und Aufstieg zu noch einem 1 500-m-Gipfel und schließlich nur noch bergab über viele Kilometer. Einmal in einer Kurve lag seitlich erhöht die fragile, hölzerne Behausung eines Schwaben, der hier vor Zeiten hängengeblieben war; nebenan seine Terrasse mit Sitzgelegenheiten für die Vorbeikommenden und einigen Wegweisern davor (Stuttgart: zweitausend-und-noch-was-Kilometer ...), und überall viele bunte Fähnchen und Wimpelketten, die im Winde flatterten, wie Gebetsfahnen. Man hätte auch denken können irgendwo im Himalaya zu sein.

Vor mir zog sich der ausgewaschene Pfad weiter bergab: Geröll und blanker Fels, ähnlich wie in den Pyrenäen vor Roncevalles; im Regen hätte ich hier nicht laufen mögen, doch der Himmel war nur leicht bedeckt, das Wetter wieder einmal gnädig. Angeschmiegt und eingekerbt in den Bergrücken ging es über 900 Höhenmeter abwärts bis nach Molinaseca, gab zwischendurch kilometerweite Ausblicke ins Tal frei, in der Ferne über Ponferada, der Hauptstadt im Bierzo mit ca. sechzigtausend Einwohnern. Dörfer, die ich durchquerte, erinnerten an Österreich und ihre Bauweise in den Alpen: Natursteinhäuser und davor im ersten Stock über die ganze Hausbreite dunkle, hölzerne Balkone unter einem weiten Dachüberstand. Leider fand ich in der schönsten dieser Ortschaften ausnahmsweise keine Bar am Weg für einen Kaffee oder andere, unvermeidbare Bedürfnisse(!), und so musste ich nach einem weiteren halsbrecherischen Abstieg dringend seitlich in die Büsche, bzw. hinter dicken, alten Bäumen verschwinden – ein allzu natürliches Problem unterwegs beim Wandern und offensichtlich nicht nur meines, wie dort sichtbar.

Ein weiteres Bergdorf noch, dann hatte ich die Talsohle erreicht. Über ein Flüsschen gelangte ich in den Ort hinein; auch hier in der engen schattigen Hauptstraße herrschte die typische Bauweise vor: mit Holzbalkonen an den Häusern, z. T. mit Schnitzerei verziert und verglast. Ich fand etwas außerhalb eine private Herberge mit gerade mal 12 Betten, aber mit keiner einzigen Menschenseele im ganzen Haus. Erst später gesellte sich noch ein korpulenter Mann zu mir, wieder ein Australier, aus Perth, der den Weg nicht zu Einkehr und Selbstfindung sondern zum Abspecken machte, seine Frau hätte darauf gedrängt Und bis Santiago sollten es noch wenigsten 3–4 kg herunter Deswegen konnte ich ihn auch nicht überreden etwas mit zu essen, als ich in der Küche Nudeln, Wein und geriebenen Käse entdeckt, im Ort noch Sauce und Tomaten gekauft und das erste Abendessen unterwegs selbst gekocht hatte.

Ich begann gerade auf der Veranda die dampfenden Spaghetti um meine Gabel zu wickeln, da meldete sich Christel am Telefon. Sie erzählte von Hause und viel von Maja, der gerade zweijährigen Tochter ihrer Enkelin (in ihrer Familie haben alle sehr früh angefangen mit dem Kinderkriegen). Sie spielte Babysitterin und war von dem kleinen Wesen vollauf begeistert. Auch hatte viel Spaß dabei, die Entwicklung des kleine Lockenköpfchens zu beobachten. Obwohl die junge Mutter mit eben mal 19 Jahren noch immer, bzw. wieder zur Schule ging und der Vater unsichtbar blieb, wuchs und gedieh Maja in der mütterlichen Familie unter optimalen Bedingungen. Nicht nur eine, sondern gleich vier Mütter kümmerten sich um sie. Zwei Schwestern – und deren Freunde(!) – spielten mit ihr wie mit ihrem eigenen Kind, die ‚Oma' und der ‚Opa' von gerade Anfang vierzig hielten ein Auge auf sie und natürlich Christel. Und sollte das noch nicht ausreichen und vielleicht ein Fremder der Kleinen zu nahe kommen, würde Luna, der Rhodesian Ridgeback der Familie, mit seinen geschätzten 40 kg sofort zur Stelle sein. Maja sprach mit ihren zwei Lenzen schon ganze Sätze von fünf/sechs Wörtern und natürlich standen ihre Öhrchen immer weit offen. Einmal fragte eine andere Enkelin von Christel, wann die Kleine denn in die Trotzphase käme, jetzt schon oder erst später mit drei Jahren; da tönte es von Maja aus dem Hintergrund: „Ich sag Bescheid!"

Beim Telefonieren mit Christel ließ ich vorsichtig einen Probeballon aufsteigen: Ob sie sich denn vorstellen könnte, mich vielleicht in Santiago abzuholen? – Sie war begeistert! – Sie setzte sich zu Hause sofort an den PC und später, noch ehe ich in Ruhe zu Ende gegessen hatte, klingelte das Telefon erneut, und alles war bereits gebucht und in trockenen Tüchern.

Um die Fünfzig

Das Cruz de Ferro, auf zwei Drittel der Strecke nach Santiago gelegen, ein besonderer Höhepunkt, und ich dachte an meine Zeit um die fünfzig und welche Höhepunkte damals im Leben noch auf mich warteten.

Zu dieser Zeit hatte ich gerade mit Hilfe zweier Freunde ein großes Haus mit Platz für Wohnung und Praxis gekauft, obwohl ich überhaupt kein Geld besaß. Aber es stand eine kräftige Mieterhöhung für meine Arbeitsräume an, und die Vorstellung, immer der Gnade oder Ungnade der Sparkasse, meines Vermieters, ausgeliefert zu sein, säuerte mich ziemlich an. Mit ihr hatte sowieso schon ungute Erfahrungen gemacht, als ich im Juli 1980 meine Kredite zur Existenzgründung einreichen wollte. Die Bänker waren bei den Vorgesprächen so merkwürdig ‚zäh‘. „Ob ich mir das denn reichlich überlegt hätte in diesen Zeiten, ob sich denn das rechnen würde, ich sei fremd hier, kenne doch niemanden, das mit meinem Vorgänger und seiner sehr gut laufenden Praxis sei ja wohl ein Sonderfall, der sich so – wie man wüsste – in der Regel n i c h t wiederholen würde etc. etc.“

Bei aller verständlichen Vorsicht eines Kreditinstitutes fand ich die Haltung eigenartig, dachte mir aber weiter nichts dabei und bestand auf meinem Vorhaben. Sie nahmen die Formulare dann doch – zögerlich – an. Wochen vergingen, und ich hörte nichts von meinen Anträgen. Mehrmals fragte ich nach. „Es brauche zur Bearbeitung eben seine Zeit, das ginge seinen Weg, da müsse man Geduld haben“, hieß es immer wieder, bis es mir zu dumm wurde und ich massiv nachhakte, woran es denn läge, welche besonderen Schwierigkeiten denn eventuell bestünden, dass es so lange dauerte, denn schließlich wolle der Kollege auch endlich über den Kaufpreis verfügen.

Da rückte der Angestellte mit der Wahrheit heraus: „Der erste Kredit sei zwar bewilligt, der zweite kleinere aber von der Bank für Wiederaufbau abgelehnt worden, und da hätten sie den ersten auch gleich zurückgegeben.“ Ich traute meinen Ohren nicht und schnappte erst einmal nach Luft, bis ich diese Ungeheuerlichkeit begriff. Dann wurde ich laut – das konnte ich ja aus meiner Schauspielzeit –, und ich brüllte den sichtlich zusammenzuckenden jungen Mann hinter dem Schalter an, ob sie wohl immer mit ihren Kunden so umzugehen pflegten, verbat mir solche Entscheidungen über meinen Kopf, verlangte auf der Stelle die entsprechenden schriftlichen Bescheide zu sehen und den Chef zu sprechen. Der Sparkassenmensch schrumpfte auf etwa 50 Zentimeter mit Hut zusammen und tat mir fast leid, so peinlich war er selbst davon berührt, und hinter vorgehaltener Hand flüsterte er: „Wenn Sie die Unterlagen nehmen und sofort bei einer anderen Bank einreichen, können Sie wahrscheinlich auch sofort wieder in die Vergabe hineinrutschen." Ich überlegte nicht lange, schluckte meinen Ärger hinunter und tat umgehend, was er mir geraten hatte, denn ich *wollte* ja den Erfolg. – Und zwei Wochen später hatte ich wirklich die Kredite und meine Praxis.

Nur nolens-volens schloss ich sogar mit der Sparkasse ein Jahr später einen neuen Mietvertrag ab, denn ich musste wegen eines lange geplanten Umbaus aus meinen ersten Räumlichkeiten heraus, und die einzig verfügbaren Praxisräume in der Nachbarschaft gehörten ebenfalls wieder der Sparkasse.

Nach Umzug und Neueröffnung betrat eines Tages ein Pharmareferent das Sprechzimmer und fragte locker, was denn eigentlich aus dem Herrn XY geworden wäre? Ich kannte ihn nicht. „Nun, der Kollege hier aus der Nachbarschaft, der mir im letzten Juni noch gesagt hat, dass er die Praxis übernähme, weil Herr S. (mein Vorgänger) doch zum 31.7. auszöge." Dieser Termin stand schon länger fest. Da erinnerte ich mich an das merkwürdige Gefühl bei der Einreichung der Anträge: als ob man mich vom Kauf abschrecken wollte. Der Chef der Filiale hatte im Verein mit dem Bekannten aus der Nachbarschaft, diesem Herrn XY, offenbar geplant meinen Vorgänger um den Kaufpreis zu prellen. Und deshalb sollte sich bis zum Umzugsdatum kein Käufer finden lassen. Herr XY fühlte sich so sicher, dass er bereits überall von der bevorstehenden Übernahme herumerzählt hatte (und zwar für ‚lau‘, wie er wähnte). Dann tauchte plötzlich und sehr ungelegen, keine drei Wochen vor dem Auszugstermin, ein Käufer auf. Natürlich passte ich ihnen nicht.

Jetzt also, neun Jahre später, besaß ich durch die Finanzierungskünste meiner Freunde, die als Makler die entsprechenden Tricks kannten, endlich ein Haus, das mich von solchen Vermietern unabhängig machte und per Saldo nicht mehr kostete, als die Miete für die Sparkassen-Räume.

Einen Monat nach der Umschreibung fuhr ich Ende April 1989 froh gelaunt mit dem Auto und meinem Wohnwagen am Haken zu einem Seminar in die Schweiz. In Amden über dem Walensee, genauer: noch einmal 300 m höher auf dem Arvenbühl, kam ich an einem Samstag im Schneetreiben an, voller Erwartung auf das Calligaris-Seminar. Diese unbekannte Methode eines italienischen Arztes aus den Vierzigern des letzten Jahrhunderts sollte außersinnliche Wahrnehmungen ermöglichen. Wobei ‚außersinnlich‘ nach Spökenkiekerei und unsolide klingt, aber ein Vortrag des Seminarleiters einige Wochen zuvor klang seriös und hatte mich neugierig gemacht.

Im Kurs fanden sich neben mir vier Männern unterschiedlichen Alters und diverser Berufe sowie einer junge HP-Kollegin zusammen. Und bald waren wir eifrig beschäftigt, mit kleinen Metallzylindern bestimmte Hautareale untereinander zu stimulieren, die eine feinere

Wahrnehmung außerhalb des normal Erfahrbaren anregen sollte. Tatsächlich erlebte ich dabei eine faustdicke Überraschung. Mit der erlernten Technik und bei gleichzeitiger Konzentration auf die Gesundheit eines anderen Teilnehmer sah ich plötzlich bei geschlossenen Augen kleine Häufchen von gelben Körnern vor mir – sehr deutlich und ausschließlich sie. Und zu meiner Verblüffung gab mein Gegenüber an, Nierensteine gehabt zu haben. Es war also spannend. Drinnen übten wir konzentriert, draußen schneite es noch zuweilen, und ich nahm von der Kollegin kaum Notiz.

Am vierten Tag des Kurses brach plötzlich die Sonne durch und es wurde Mai, nicht nur auf dem Kalender. Die Luft war lau, und die Mittagssonne lockte mich nach draußen zu einem Spaziergang, ebenso auch die junge HP-Kollegin und wir liefen gemeinsam den Weg bergan am Rande einer Wiese, auf der sich wie auf Kommando schon die ersten Blüten zeigten. Wir redeten viel miteinander, hockten dann lange schweigend an einem Bachlauf, hörten dem Wasser und den Vögeln zu und auf dem Rückweg – ich weiß nicht, wie es dazu kam – hielt ich sie plötzlich im Arm und verspürte keine Lust, sie jemals wieder loszulassen! Ihr schien es genauso zu gehen. „Das ist also der Vater meiner Kinder", sei ihr damals durch den Kopf gegangen, so sagte sie später einmal.

Das Seminar ging zu Ende, die anderen packten und tauschten Adressen aus, verabschiedeten sich, und als sie alle schon längst abgereist waren, saßen wir zwei mittags noch immer draußen auf der Blumenwiese inmitten der wunderschönen Bergwelt und wollten nicht auseinander. Schließlich mussten wir doch losfahren – jeder in seinem Auto von der Höhe herab und auf die Autobahn, aber nach wenigen Kilometern machten wir schon wieder Halt an der nächsten Raststätte, klebten dort auf den Stühlen am Tisch bei einer und noch einer Tasse Kaffee, und ich wünschte mir, nur so sitzen bleiben zu können und mich nie mehr von ihr zu trennen.

In meinem Kopf drehten sich die Gedanken. Was wäre, wenn ich sie einfach fragen würde, ob auch sie ... – aber konnte ich das nach so kurzer Zeit – dürfte ich das? Und wäre es nicht vermessen, mit meinen 47 Jahren eine zwei Jahrzehnte jüngere Frau ernsthaft zu bitten, den Rest des Lebens mit mir zu teilen? Denn was würde sein, wenn ich einmal sechzig oder siebzig wäre? Wie würde es mir gehen? Was könnte sie dann noch an mir finden oder ich ihr bieten? Was würde sie vermissen oder suchen? Und ich brachte kein Wort heraus. Aber genau diesen Antrag hatte sie von mir erwartet, war enttäuscht, als ich schwieg – sie wusste ja nicht warum – und brauste davon. Ich zuckelt mit meinem Wohnwagen im Schlepptau und einem Sturm unterschiedlichster Gefühle im Gepäck langsam hinterher.

Dann, keine zehn Kilometern weiter, stand ihr Wagen plötzlich mit blinkenden Lichtern auf dem Standstreifen, und sie vermittelte mir, dass es keine Panne sei, zeigte nur auf das Abfahrtschild zu einen Parkplatz ... Und ich nahm die Ausfahrt und damit die wohl bedeutsamste Abzweigung in meinem Leben.

Keine drei Wochen später zog sie bei mir ein. Den Ferienjob beim Club Mediterannée, das einzige, was ihr nach dem gescheiterten Versuch als selbständige Heilpraktikerin geblieben war, hatte sie kurzerhand an den Nagel gehängt. Und ein Jahr später kam meine Tochter zur Welt.

Nie werde ich die Geburt vergessen! Dr. Djalali, der Gynäkologe und selbst gestandener Vater, hatte nichts dagegen, dass ich zur Entbindung mit Kerzen, Kassettenrekorder und Räucherstäbchen bewaffnet in den Kreißsaal einrückte, doch viel Zeit blieb dafür nicht – denn alles ging reibungslos und rasch. Bereits eine dreiviertel Stunde später durchschnitt ich persönlich die Nabelschnur meiner Tochter Anne. Ich hatte wieder ein Kind und war selig!

Wie oft hatte ich nach der Scheidung von meiner ersten Frau daran zu beißen gehabt, dass ich das Aufwachsen meines Sohnes nicht mitbekam. Er war mit seiner Mutter schon bald nach Hamburg gezogen. Und wie oft begann bei einigen meiner kleinen Patienten die Behandlung erst einmal damit, dass sie auf meinem Schoß saßen und ich sie erzählen und Vertrauen fassen ließ.

Nun war ich Vater eines süßen kleinen Mädchens, und wir bezogen mit ihr sofort mein neues (altes!) Haus. Der zweite Umzug mit der Praxis gestaltete sich allerdings etwas schwieriger, denn die Mieter in den Parterre-Räumen wehrten sich mit Händen und Füßen gegen den Auszug; weder Geldangebote noch kostenlose Hilfe bei der Wohnungssuche durch meine Maklerfreunde fruchteten etwas; sie reizten das Spiel bis zum letzten Moment aus, als ob sie mich absichtlich bis zur Weißglut treiben wollten. Als schließlich gar nichts mehr ging und sie nach einem Jahr unwiderruflich das Feld räumten mussten, hatte sich der Wohnungsmarkt gedreht: Wohnraum war nach der Wiedervereinigung teuer und rar, Maklergebühren wurden fällig – und überdies war ihnen in der Zwischenzeit bei einem Einbrauch in die alte Wohnung ein Sparbuch im Wert von 14 000 DM gestohlen worden. – Teure Weigerung! „Die komme all' mal in mei' Gass!", heißt es auf Frankfurterisch – als hätte eine Art überparteiliche Gerechtigkeit zugeschlagen.

Fünf Jahre später stand ich wieder voller Erwartung im Kreißsaal, zusammen mit meinem neugierigen, fünf Jahre alten Mädchen und der Oma an der Seite und wir warteten, wann es soweit sein würde. Dr. Djalali kümmerte sich wie immer ruhig und souverän um meine Frau. Als wir ihn zum ersten Mal besuchten, purzelten seine vier Kinder in der Praxis herum, und er nahm uns mit seiner liebevollen, aber bestimmten Art und seiner absoluten Ausrichtung auf ein möglichst natürliches Gebären sofort für sich ein. Im Verlauf der Geburt, als das Köpfchen unseres Kindes schon herausschaute, drückte er mir plötzlich den kleinen Körper in die Hand und sagte: „Hier, nehmen Sie, es ist doch ihrer!" Und ich hielt, völlig überrumpelt, bereits meinen noch nicht ganz angekommenen Michael in der Hand, überwältigt von dem immer neuen Wunder.

Dann lag er auf dem Bauch seiner Mutter, und ich führte mein Töchterchen zu ihm hin. Sein winziges Händchen packte reflektorisch ihren hingestreckten Finger und Anne strahlte „Er hat nach mir gegriffen." – der Anfang einer bis heute innigen Geschwisterbeziehung. Wenn sich die beiden mittlerweile nach all ihren Reisen über Kontinente und Meere bei mir wiedersehen, hört es sich an, als redeten zwei frisch Verliebte miteinander.

Molinaseca, Ponferrada

Mein australischer Mitbewohner wollte die Morgenkühle nutzen und brach schon auf, als ich gerade erst ins Bad wankte. Dafür hatte ich dann die Küche für mich alleine und machte mir Tee zu Käse und Brot, das ich sogar toasten konnte – lauter kleine Freuden. Und da heute die vor mir liegende Strecke lt. Wanderführer einfach zu sein schien, machte ich mich erst später gut gelaunt auf den Weg. Entlang der Landstraße bis Ponferrada im Bierzo dauerte es kaum mehr als eine Stunde. Ich verlor zwar kurz die Wegzeichen aus dem Auge und stapfte etwas unsicher durch die morgentlich ruhige Stadt, aber weil der Camino ja immer zu den Kirchen führte, suchte und fand ich bald die Altstadt mit den typischen Häusern und ihren Holzveranden sowie den Kirchplatz. Sofort fielen die Rucksackträger ins Auge und es leuchteten mir die gelben Jacken von Marga und Tomec entgegen. Sie kamen von der Basilica Encina – spätgotisch, wegen eines Gottesdienstes aber nicht zu besichtigen. Dafür schauten wir gemeinsam an der alten Templerburg vorbei, um die herum sich einst die Siedlung entwickelt hatte. Zwei Jahrhunderte stand sie unter dem Protektorat dieses Ordens, und auf dieses Erbe ist man heute noch stolz. Eine schmale Gasse führte hinab zur Pons ferrada, der Brücke über eine tiefe Schlucht, die der Stadt den Namen gab. Das ‚ferrada‘ weist auf die schon im Mittelalter mit Eisen verstärkte Konstruktion hin, denn in der Gegend gab es Eisenerz und Kohle, ein Grund für den frühen Reichtum und die Bedeutung des Ortes. Auf der anderen Seite des Flusses trank ich mit den Warschauern am Straßenrand den ersten Kaffee des Tages, aber lange hielten sie es nicht aus und enteilten rasch: ‚Man würde sich ja sicher wiedersehen‘. Ich nahm mich im Tempo zurück, die Leiste machte sich wieder bemerkbar, kam aber trotzdem im Tal gut voran. Die Sonne versteckte sich ab und zu hinter leichten Wölkchen, sehr angenehm. Auf diesem Abschnitt geschah es auch, dass mir Fabricio, der ‚Chillgrim‘, plötzlich vor die Füße sprang, um mich zu begrüßen, während seitlich seine Begleiter malerisch in der Wiese lagerten. Sie hätten auch etwas zu trinken für mich: Whisky, nicht viel, aber immerhin. Ich fragte mich, ob ich schon wie ein Trinker aussah nach mehr als drei Wochen auf der Walz und dem abendlichen Pilgerwein? Vielleicht auch wegen meines sprießenden Bartes und des Strohhutes mit deutlichen Anzeichen von Zerfall. So innen, wie außen? Sehr bürgerlich sah das sicher nicht mehr aus.

Ich bog die Einladung dankend ab und ließ die lustige Gruppe im Gras zurück. Dafür erwartete mich ein halbe Stunde später vor einem Gartenzaun ein improvisierter Getränkestand mit frischer Zitronenlimonade, und daneben spielte ein junger Mann Gitarre, nur so zu Unterhaltung für die vorbeikommenden Wanderer. Für die Melodie hatte er eine Mundharmonika in einem Gestell vor seinen Lippen. Und weil mir danach zumute war, packte ich auch die meine aus, und bald untersuchten wir, welche Lieder wir denn beide kannten. Es waren gar nicht so wenige. Natürlich das unvermeidbar ,La Paloma', und mir wurde warm ums Herz, weil ich sofort an Micha dachte, irgendwo auf dem Südchinesischen Meer.

Gegen Mittag wurde es doch noch heiß, und nach einer längeren Durst-Strecken auf der Landstraße, erreichte ich in einem Taleinschnitt Villafranca.

Meine Herberge lag im Convento San Nicolas, einem Jesuitenkloster und riesigem, altem Gemäuer: Kirche, Kneipe/Restaurant, Wirtschafts- und Schlafräume, alles zusammen in einem einzigen, großen Bebauungsklotz am Hang. Im dritten Stock bekam ich meinen Schlafplatz in einem Drei-Bett-Zimmer. Ein italienisches Ehepaar aus der Gegend von Mailand hatte es sich schon gemütlich gemacht: Belle und Luigi, beide so um die Mitte 50, und man sah ihnen an, dass sie die gute italienische Küche schätzten. Sie sprachen zwar kein Wort Englisch oder Deutsch oder Französisch, ich kaum drei Brocken Italienisch, aber wir verstanden uns prächtig. Und sie kannten bereits, obwohl erst in Astorga gestartet, den ‚Chillgrim' Fabricio, den bunten Hund auf unseren Etappen.

Dann kam mir die für dieses Städtchen wohl merkwürdige Idee, ein Handtuch kaufen zu wollen, weil meines noch immer am Bettgestell in Rabanal hing. Als ich nach einigem Suchen einen einigermaßen passenden Laden gefunden und das richtige Wort aus dem Langenscheidt gepickt hatte, kramte die Verkäuferin unter vielen Handarbeitssachen ein riesiges Badelaken hervor, das alleine schon die Hälfte meines Rucksackes gefüllt hätte und das sie mir zum Gegenwert eines feudalen fünf-Gänge-Menüs verkaufen wollte. – Ich zog es vor, für heute noch mit meinem anderen, winzigen Trockentuch auszukommen. Zum Trost und auch weil es dort Wifi gab, löschte ich in der Kloster-Bar den ersten Durst mit einem großen Bier und nahm mir das Handy vor: Belen aus San Sebastian hatte ge-WhatsAppt, dass sie schon wieder im Dienst und Marta in der Schule wären, was beiden so gar nicht schmeckte. Ich konnte es ihnen lebhaft nachempfinden. Die ungebundene Freiheit auf dem Marsch wirkt so belebend, wie ein Jungbrunnen, und elf Kilo Gepäck auf dem Rücken wiegen fast nichts gegenüber dem, was man – gefühlt – an alltäglichen Lasten abgestreift hat. Wer möchte da gerne wieder einsteigen in den alten Trott? Noch einen Gruß von Hause erhielt ich von Christels Freundin Heidi, einer klugen und vielseitig interessierten Lehrerin, die lebhaft Anteil am Weg und meinem Befinden nahm. Und mein weit gereistes Töchterchen schrieb, dass sie nach den acht Monaten in down-under wieder Gladbach angekommen wäre, noch völlig begeistert und

angefüllt von dem Erlebten dort. Nach dem Semester-
schluss in Brisbaine hatte sie zwei Monate lang das weite
Land bereist, das Outback erlebt, am Great Barrier Reef
getaucht und in der Südsee die Fidschi Inseln besucht.
Jetzt machte sie es sich bei mir zu Hause gemütlich. Danach schmeckte auch das (mäßige) Menü, obwohl ich es
mir an der Plaza major wieder alleine einverleiben
musste.

Bestimmung, Villafranca, 2.9.2015

Ich hatte Begegnung, Begleitung, Gefährten,
ich trank mit vielen geselligen Wein,
doch wenn die Stunden den Abend nährten,
die Nacht diebisch kam, dann war ich allein.

Ich habe geliebt und habe gegeben
und eine jede war einzig für mich,
ich wollte sie bergen für dieses Leben,
– voll kleiner Bedenken entzogen sie sich.

Ich ließ mit Anstand Sorge walten,
hab' keinen leichten Fluchtweg gewählt,
wie Vater die Meinen in Ehren gehalten
und nicht auf eigenen Vorteil gezählt.

Habe mich nach einer Führung gesehnt,
ins Dunkel gelauscht, Bestimmung verlangt,
mich niemals bloß einfältig angelehnt
und habe nur weiter im Dickicht gebangt.
Ich stehe am Ufer und frage die Wellen,
von drüben startet die Barke schon:
Wird sich die Wahrheit mir noch stellen,
final vor dem letzten Posaunenton?

Wer tief unten im Städtchen genächtigt hatte wie ich, musste am nächsten Tag auch wieder hoch hinauf. Anfangs noch im Dämmerlicht kroch der Weg langsam in einem Talgrund neben der Straße bergan, überquerte sie einige Male, bog ab, um kurz darauf wieder zurückzukehren. Dazwischen lag ein winziger Ort mit Bar für die Morgenrast. Marga und Tomec trudelten dort ein. Auch John, der Australier und so einige andere mittlerweile bekannte Gesichter. Langsam wurden sie alle zu meiner Familie. Und jede Verstellung oder Maske wird unter Verwandten überflüssig. Was dabei herauskommt, ist eine entwaffnende Offenheit: Glücksmomente, so denke ich, man muss nur Augen und Ohren dafür aufsperren. Höhepunkte und Belohnung vielleicht für das Bestehen von früherer Herausforderungen, oder manchmal auch die überraschende Genugtuung für entnervende Widrigkeiten, die sich erst viel später und völlig unerwartet einstellt. Ich erinnerte mich an ein solches Erlebnis aus meiner Theater-Vergangenheit.

Geschichte vom ‚Talisman'

Mein erstes Engagement nach der Schauspielschule in Wien trat ich in Gelsenkirchen an unter einem liebenswerten, alten Schauspieler, Herrn Hinrichs, als Intendanten. Das Theater residierte in einem tollen Neubau: mit hochfunktioneller Technik, elegantem Zuschauerraum und einem riesigen Foyer, durch dessen gläserne Front man von oben in die Stadt hinein schaute; dazu prangten azurblaue lange Friese mit Schwämmen von Ives Klein von den Wänden, noch heute sehr sehenswert. Die Stadt allerdings und das Ruhrgebiet bedeuteten für mich nach den drei Jahren, die ich im alten Wien genossen hatte, einen Kulturschock erster Güte. Mitte der sechziger sah der Himmel im Zentrum an trüben Tagen nicht etwa grau aus, sondern braun vom Staub der Industriewerke und Zechen. Wenn ich bei Schalke über die Hochbrücke fuhr, konnte ich seitlich unter mir in der Fabrik den glühenden Draht aus der Maschine schießen sehen und auf der anderen Seite den vollem Betrieb der heute längst geschlossene Zeche Bismarck mit ihren riesigen Kohlehalden und Verladeeinrichtungen für die Güterzüge. Die Menschen aber dort habe ich als sehr gerade und hilfsbereite Kumpels kennen und schätzen gelernt. Wenn wir nach der Vorstellung noch um die Ecke in eine Kneipe einfielen, stand der ganze Gastraum leer, nur um der Theke herum drängten sich die Männer dicht an dicht in Dreier-Reihen und wir Exoten mitten unter ihnen wie Bergleute, die eben zufällig nicht unter Tage arbeiteten; es war einfach schön.

Dort also ihm Ruhrgebiet, wo die Arbeit zu Hause zu sein schien, durfte ich nun mich bewähren und freute mich unbändig darauf. Nach mehreren Regieassistenzen, einer Reihe von Röllchen und Rollen und etlichen Rollen-Übernahmen – denn Herr Hinrichs hatte schnell entdeckt, dass ich nicht langsam war im Lernen – durfte ich im dritten Jahr meine erste eigene Inszenierung machen. Und zwar ein Wiener Stück von Johann Nestroy: ,Der Talisman'. Offiziell von ihm als Posse mit Gesang deklariert belegte das Stück einen Platz irgendwo in der Mitte zwischen Komödie, Singspiel und Satire, denn bei Nestroy bestehen alle Stücke zu einem gehörigen Teil aus Sozialkritik an der damaligen Gesellschaft (die heute auch noch nicht besser ist).

Die Story ist schnell erzählt: Titus Feuerfuchs, ein wenig erfolgreiche Rothaariger, rettet einem Frisör das Leben und bekommt von ihm zum Dank eine schwarze Perücke geschenkt, denn die Rothaarigen, ‚Fuchsigen‘, galten als falsch, unzuverlässig und verschlagen. Nun ändert sich schlagartig das Leben des Titus: er hat Erfolg, ist beliebt, macht Karriere in der feinen Gesellschaft, die ihm vorher verschlossen geblieben war, bis – natürlich – der Betrug platzt. Und diejenigen, die ihn wegen seines Äußeren erst verachtet, dann mit Perücke hofiert hatten, stehen am Ende ziemlich blamiert da.

Um den Charakter der Satire zu unterstreichen, wollten ich kein naturalistisches Bühnenbild. Deswegen sahen die Kulissen aus wie die herausgerissenen Blättern eines riesigen, blaulinierten Notizblockes, auf denen die Spielräume und andere Gegenstände wie mit dickem, braunem Stift skizziert erschienen. Blumen auf einer Wiesen waren zweidimensionale bemalte Brettchen mit den ausgeschnittenen Umrissen der Blätter und Blüten, notwendige Möbelstücke waren ebenfalls weiß und mit dem gleiche Braunstift bemalt. Den Chef des Malersaales hatte ich solange beschwatzt, bis er die Idee eines ‚Wandelvorhanges‘ als seine eigene betrachtete und nach meiner Vorstellung realisierte. Auf einem großen Prospekt, einer Leinwand eineinhalb Mal so breit wie das Bühnenportal, prangte in naiver Malweise eine bunte Landschaft mit einem Weg hin zu einem Herrenhaus. Der Prospekt wurde am Ende des ersten Aktes langsam von rechts nach links über die Bühne gezogen, so als zöge die Landschaft vor den Augen der Zuschauer vorbei, wobei die Schauspieler davor in der entgegengesetzten Richtung liefen, oder verharrte um ein Couplé zu singen – dann stoppte der Vorhang ebenso. Traditionsgemäß wird an den Original-Text von Nestroy immer auch eine zusätzliche Strophe angehängt, die besondere Ereignisse von heute auf die Schippe nimmt. In der Zwischenzeit konnte hinter der bemalten Leinwand leise umgebaut werden, und wenn sie ganz bis zur anderen Seite gezogen war, begann ohne lästige Zeitverzögerung sofort der nächste Akt vor der neuen Kulisse.

Wir hatten einen Zitherspieler aufgetrieben und ihn in eine Weinlaube vor die Bühne platziert, im Foyer gab es ,Heurigen', am liebsten hätte ich noch die Beschließer am Eingang in Biedermeierkostüme gesteckt, um die Zuschauer schon beim Eintritt ins Theater in der Atmosphäre von damals einzufangen.

Ich freute mich sehr auf die Probenarbeit, weil ich mir ausmalte, dass etwas wirklich Schönes dabei herauskommen könnte. Noch dazu stand auf der Besetzungsliste auch eine ehemalige Mitschülerin vom Reinhard-Seminar in Wien, von der ich mir zusätzliche Unterstützung erhoffte.

Aber weit gefehlt! Diese Mitschülerin hatte sich einer Riege von drei Schauspielerinnen angeschlossen, angeführt von einer ältlichen Provinzdiva, welche sich aufgrund ihrer ebenfalls roten Haar und ihrer hageren Gesichtszüge als zweite Elisabeth Flickenschildt fühlte – und damit selbstverständlich allen anderen weit überlegen. (Die großartige Flickenschildt spielte u. a. in der berühmten Faust-Verfilmung von Gustav Gründgens aus den fünfziger Jahren die Marthe Schwertlein.) Dem maliziösen Damen-Kleeblatt passte es nun gar nicht, sich von einem Fünfundzwanzigjährigen irgend etwas sagen zu lassen; sie meinten, alles besser zu wissen und machten mir die Arbeit und das Leben so schwer, wie sie nur eben konnten.

Das Ganz gipfelt an einem Samstag bei der Probe in einer Szene, in der die Tochter des vornehmen Hauses bei der Aufdeckung des Perückenschwindels in eine standesgemäße Ohnmacht fallen sollte, und ich schlug vor, dass sie gemäß der satirischen Intention der Inszenierung nicht naturalistisch in sich zusammensinken, sondern stocksteif zur Seite zu kippen sollte, wo sie natürlich jemand auffing. Sie weigerte sich dem auch nur ansatzweise zu folgen, fand diese Regieanweisung völlig unmöglich, sowie auch in Bausch und Bogen die ganze Anlage des Stückes und am meisten meine Person und dazu alles, was ich je erklärt oder angeregt hatte oder gut fand. Das geschah mit lautstarker Unterstützung des Kleeblattes, das sich hierin zu ungeahnter Intensität und Ausdauer hochsteigerte - Eigenschaften, die ich bei ihrem Spiel bisher allerdings schmerzlich vermisste hatte. (Im Gegensatz zu den Männern des Ensembles, mit denen es bestens lief.)

Die Probe war gegessen, der nachfolgende Nachmittag und fast der ganzen Sonntag für mich ebenso, ich fühlte mich fürchterlich, ich sah alle Mühen, Vorstellungen und Hoffnungen torpediert und meine erste Regiearbeit schon im Ansatz gescheitert.

Dann aber stieg in mir irgendwann Wut auf, dass mich diese Möchte-gern-Provinz-Stars dermaßen drangsalierte hatten und mir die ganze Arbeit und alle Ideen kaputt machen wollten. Und ich beschloss: wenn schon alles den Bach hinunter gehen sollte, dann aber mit einem lauten Knall. Ich nahm mir vor, ich würde am Montag in völliger Ruhe und beherrscht nochmals und in gleicher Weise die entsprechende Szene wiederholen lassen und sehen, was passiert. Und falls auch nur die geringsten Anzeichen von hinhaltendem Widerstand oder Sabotage hochkämen wie am Samstag, würde ich einen – gespielten – Wutanfall bekommen, die entsprechende Dame zum Intendanten zitieren, weil diese Schauspielerin offensichtlich unwillig wäre ihren Vertrag zu erfüllen oder unfähig, einfachen Regieanweisungen zu folgen, beziehungsweise simple schauspielerische Aufgabe zu meistern. Und ich würde anbieten, der Sache wegen und im Interesse des Theaters die Regie zurückzugeben. Den Wortlaut zu allem hatte ich bereits fertig auf der Zunge.

Der Montag kam, die Probe begann wie geplant; ich erklärte knapp und auf den Punkt gebracht Sinn und Absicht der Darstellung, gab das Zeichen zum Beginn und wartete gespannt wie ein Flitzebogen darauf, was passieren würde – bereit, beim kleinsten Anlass die Bombe platzen zu lassen. Ich freute mich fast schon auf meinen einstudierten Text, ich war ja auch Schauspieler. Aber – siehe da! – alles blieb ruhig. Die Anweisungen wurden ausgeführt ohne Wenn und Aber, kein Widerstand, kein Tuscheln, das Gesicht verziehen oder die Köpfe zusammenstecken, womit sie mich die ganze Zeit traktiert hatten, kein Zeigenwollen, dass sie ja alles viel besser wüssten – nichts! Es lief alles wie am Schnürchen (was meine Achtung für diese Damen allerdings noch tiefer sinken ließ). So konnte ich diese erste Inszenierung für das Theater und für mich doch noch erfolgreich beenden.

Zwei Jahre später bat mich der Intendant eines anderen Theaters, wo ich als Assistent und Regisseur arbeitete, mit ihm das Vorsprechen einer gewissen Lore M. abzunehmen. Ich wurde bei dem Namen stutzig, fragte vorsichtig nach, ob es sich bei der Dame um eine Absolventin des Reinhardt-Seminars aus Wien handele, vorher in Gelsenkirchen engagiert? – Er bejahte. Sie war es, meine Schulkollegin, die mir damals so übel mitgespielt hatte. Ich bat den Intendanten mich bei der Entscheidung herauszulassen, erklärte kurz die Vorgeschichte, und dass ich keine Probleme hätte, mir ihr zu arbeiten, doch nicht Schuld sein wolle, wenn das Engagement nicht zustande käme. (Es wurde sowieso nichts.)

Nachmittags an der Theaterpforte winkte mir der Portier mit einem Brief. Das erstaunte mich, da ich nie Post dorthin bekam. Er war von Lore M. An den ‚Herren Regisseur W. B'! – Ein kläglicher Brief! Er wimmelte nur so von: ‚es war nicht so gemeint', ‚entschuldige bitte', ‚eigentlich kam das alles nur von den anderen', ‚ich bin nicht so', 'erinnere dich an Wien' …? – Ich konnte mir lebhaft vorstellen, was ihr beim Lesen meines Namens im dortigen Ensembles durch den Kopf gegangen sein mochte und welche Bauchschmerzen sie das Verfassen dieser Zeilen gekostet hatten. Tja …,: „Die komme' all' mal in mei' Gass'!" Und ich hatte gar nichts dazu beigetragen.

Vor O'Cebreiro

Nach dem Kaffee nebst Napolitano in der Bar und einige „Buen Camino"-Wünsche den Vorbeikommenden zugerufen später, ging der Weg von der Hauptstraße weg in einen Wiesengrund, wo Weiden und Kühe wieder mehr an das Allgäu statt an Spanien denken ließen.

Dann begann der eigentliche, im Reiseführer angekündigte Aufstieg in Richtung O'Cebreiro bis auf ca. 1 400 m Höhe. John, der Australier, hatte mich vor diesem Ort gewarnt: voller Touristen und teuer, unsicher, ob in den Herbergen Platz wäre; und noch dazu lag der Ort zum Ende eines anstrengenden Wandertages ganz oben auf dem Bergkamm, während es am darauffolgenden Tag laut Plan nur bergab gehen sollte. Also überlegte ich vorher zu übernachten; lt. Beschreibung im Pilgerführer gab es mehrere Herbergen davor. –

Das vergaß ich bisher zu erwähnen: Das Büchlein von John Brierley ist wunderbar und nur zu empfehlen. Alle wichtigen Angaben über die Beschaffenheit des Weges, Orte, Denkmäler, Einkehrmöglichkeiten und Herbergen finden sich darin, übersichtlich und wohl geordnete, dazu persönliche Eindrücke und Empfehlungen für sinnvolle oder schöne alternative Wanderwege. Kein Wunder, dass der Autor in England so etwas wie Kult-Status unter den Wandervögeln genießt. – Ich peilte also einen Ort zweieinhalb Kilometer unterhalb des Bergkammes als heutiges Ziel an.

So langsam entwickelte sich die Unternehmung ‚Camino' zu einer Völkerwanderung. Ganze Familien, Fahrrad-Pilger mit sportlichen Ehrgeiz und – wie schon erwähnt – nicht immer rücksichtsvoll, Einzelwanderer oder auch größere Jugendgruppen waren jetzt unterwegs. Eine Gruppe von circa acht Jugendlichen – wie ich heraushörte, erst kürzlich dazugestoßen – überholten mich mehrmals. Sie liefen ununterbrochen schwatzend an mir vorbei oder ich wieder an ihnen, als sie Rast machten, und ich staunte wirklich, dass man über Stunden hinweg so viel erzählen kann. Die Ruhe von der Meseta war jedenfalls dahin! Doch eingedenk der Mahnung von Herrn Brierly, den Camino nicht als Eigentum zu betrachten oder hochmütig auf die neu Hinzugestoßenen hinabzublicken, erfreute ich mich lieber an der wunderschönen Landschaft, an einem Trog mit frischem, fließendem

Trinkwasser gegenüber einem alten, hölzernen Rasthaus, vor dem eine dort wohl hängengeblieben Hippy-Dame (die Achtundsechziger ließen wieder mal grüßen) Selbstgebackenes, Getränke und kleine Mobiles anbot.

Ein letzter kräftiger Anstieg noch, dann machte ich in Laguna de Castilla Schluss für heute. Es war eigentlich nur ein einziges, großes Gasthaus am Hang mit toller Aussicht ins Tal, viel Sonne aber auch viel Wind wie während der ganzen letzten Tage. Von hier bis zu Anhöhe würde es morgen nicht mehr schwierig sein. Will aus Kanada erwischte mich, als ich es mir gerade vor der Unterkunft mit Cola und Schreibblock bewaffnet in der Sonne bequem machen wollte. Ich muss wohl tatsächlich etwas ausstrahlen, das bei anderen die Zunge löst, und er seinerseits war von einem großem Redebedürfnis beseelt, erzählte von seiner Familie zu Hause und einem Schwager, der ihn sehr zu beeindrucken schien und auf den Gedanken gebracht hätte zu pilgern und dass er eigentlich schon viel weiter sein wollte, aber das Schuhwerk nichts tauge etc. etc. Ich hörte höflichkeitshalber zu, bzw. darüber hinweg und war froh, als er sich entschloss, doch noch weiterzugehen.

Christel ‚WhatAppte‘ mir, dass der Rückflug von Santiago erst am 14.9., einem Montag, sein würde. Wir hätten also Zeit zwischen meiner voraussichtlichen Ankunft am Donnerstag und der Abreise den Bus nach Finisterre zu nehmen. Ich freute mich! Aber zum Schreiben kam ich nicht mehr, denn es war Essenszeit. Im Speisesaal palaverte schon wieder fröhlich und lautstark eine Gruppe von etwa zwanzig Jugendlichen. Nach den langen, stillen Strecken in den letzten Wochen reagierte ich mittlerweile ziemlich empfindlich auf Lärm und Umtriebigkeit. Kaum dass sie endlich gegangen waren und ich aufatmen wolle, da stellte sich gleich die nächste Schar zum Essen ein – eine Großfamilie, und schon lag der Geräuschpegel wieder auf dem vorigen Niveau. Meinen ganzen, großen Lentejos-Eintopf lang brauchte ich, um meine Gedanken zum Aufschreiben zu sortieren, was heute passiert und mir durch den Kopf gegangen war.

Ein Nichts. Laguna de Castilla, 3.9.2015

Es ist ein Nichts, sagen die anderen.
– Und: Es ist Alles! – die einen.
Es kann kein Brot verdienen!
– Es ist das Brot!
Kannst du denn damit verreisen,
dich vor einem Unwetter schützen?
– Ich fliege damit über die Wolken!
Es zahlt sich nicht aus!
– in welcher Währung?
Es ist nichts Fassbares, stört logische Gedanken,
lässt sich einfach nicht begreifen.
Lass es dich ergreifen,
und es serviert dir eine
neue, verwunderbare Nahrung!
Ersetzt keinen Braten zwischen den Zähnen,
macht mich nicht satt.
ist ein Geschmack auf der Zunge, exotisch,
eine neue Sprache,
ein erstaunlicher Blick vom Tellerrand.

Wofür soll das nützen?
das Flüstern der Winde zu verstehen,
das Raunen der Stille im lautlosen Raum,
das Ächzen der Erde auf ihrer Planetenbahn.
Und? – Sag mal! – Wozu?

Die Architektur des Schattens zu begreifen,
das Pulsieren der Zeit in ihren Ebenen
und zu erahnen, was immer schon
das Größte wie Kleinste zusammenhält.
Laguna de Castilla – O'Cebreira-Triacastela

Das Essen am Abend war doch zu gut. Und der Schaf danach schlecht. Nach den Linsen hatte es ausnahmsweise Hühnchen gegeben (unterwegs konnte ich mich nicht nur vegetarisch ernähren, sonst hätte ich die ganze Zeit über von Nudeln und Pizza leben müssen). Dann kam ein hausgemachtes Törtchen hinterher, dem ich auch nicht widerstehen konnte, und die Weinkaraffe war ebenfalls zu gut gefüllt. Das hatte ich davon! Denn auf dem Teller etwas übriglassen, das ging gar nicht, so waren wir eben erzogen worden.

Ich kann mich noch gut an die Zeiten nach dem Krieg erinnern auf dem Land, wohin wir wegen unserer zerbombten Wohnung in Frankfurt verfrachtet worden waren. Dort gingen wir über die abgeernteten Feldern um Ähren sammeln, oder im Wald Brombeeren und Bucheckern, um Öl daraus zu pressen. Mein Vater buk in dem winzigen, gusseisernen Behelfsofen aus Kartoffeln, Kleie und – was weiß ich noch – eine Art Brot, das wir köstlich fanden, denn etwas anders gab es nicht. Ich erinnere mich auch, wie meine Mutter erzählte, dass sie für uns Kinder beim Bauern Magermilch (entrahmte Milch) kaufen wollte und mit den Worten abgewiesen wurde: „Des könne mer net verkaafe, des brauche mer für die Säu!" – Die waren wichtiger als Kinder.

An eine andere, teils sogar vergnügliche Geschichte aus dieser Zeit denke ich ebenfalls noch gerne, wenn auch der Hintergrund nicht lustig war. Wie in allen Orten wohnten auch bei uns im Dorf Flüchtlinge – Heimatvertriebene, wie sie offiziell genannt wurden – also Fremde, die man damals wie heute nicht besonders mochte. Einmal klopfte eine Frau aus dem Sudetenland (der tschechischen Seite des Böhmerwaldes) auf der Suche nach etwas Essbarem bei einem Bauern an, und der bot ihr lediglich einen alten, bereits ausgekochten, ausgelutschten Schinkenknochen an: „Sie könne sich den ja nochmals auskochen!" Die Frau lief in ihrer Verzweiflung zum Pfarrer und klagte ihm ihre Not. Und bei ihm war sie an der richtigen Adresse, einem wahren Gottesstreiter. Kurz darauf, an einem ganz gewöhnlichen Sonntag zur einer ganz gewöhnlichen Messe prasselte plötzlich auf die verdutzte Kirchengemeinde eine donnernde Strafpredigt hernieder über den Geiz, die Habsucht und Hartherzigkeit unter den Menschen, besonders auch bei einigen aus dieser Pfarre, die wohl jetzt ebenfalls hier in der Kirche hockten und fromm täten, obwohl sie alles anderen als christlich und barmherzig zu handeln bereit gewesen wären. Und zum Schluss des Sermons flog von der Kanzel ein dicker, ausgelaugter Schinkenknochen scheppernd ins Kirchenschiff –

Als Reaktion auf diesen Vorfall – wie könnte es auch anders sein – wurden nicht etwa die Bauern mildtätig, sondern der zuckerkranke und daher reizbare Pfarrer abberufen vom Limburger Bischof. (Der Limburger Bischof, damals schon ein Reizwort. Den Limburgern tue ich sicher bitter Unrecht, wenn ich jetzt bei diesem Stichwort nur an die Affäre um die verprassten Millionen des Tebartz van Elst und seinen Luxus-Wohnsitz denke. – Entschuldigung. Die Stadt und der Dom sind wunderschön.)

Überhaupt, die ganze Zeit auf dem Lande, acht Kindheitsjahre lang, steckte voller Geschichten. Manchmal dramatischen: z. B. wie meine Mutter, mein älterer Bruder und ich mal mit einem Leiterwägelchen auf der langen Bahnhofstrasse in Richtung Ortsmitte unterwegs waren und plötzlich ein Tiefflieger uns von hinten mit seiner Bordkanone beharkte, sodass wir Wägelchen Wägelchen sein ließen und eben noch seitlich in ein Gehöft flüchten konnten. Oder wie wir Kinder neben der Bahnlinie auf dem Holzverladeplatz spielten und ebenfalls vom Flugzeug beschossen wurden, ich mich aber standhaft weigert zwischen den Baumstämme Schutz zu suchen, denn ich hatte ja meine gutes Sonntags-Samt-Anzügelchen an – während meine Mutter in einiger Entfernung nur mit Mühe von zwei Männern festgehalten werden konnte um nicht im Geschosshagel loszurennen. Dann, als die fremden Soldaten da waren, sollten wir uns vor denen bloß in Acht nehmen, besonders, wenn sie noch dazu schwarz wären. Ausgerechnet ein solcher schlimmer Schwarzer schenkte mir mit meinen vier Jahren die erste Orange meines Lebens. (Und ich fand sie nicht einmal gut.)

Richtig abenteuerlich wurde es, als wir mit unserem Vater gemeinsam Kohlen klauen gingen. Auf einem eingezäunten Gelände neben der Bahnlinie lagerten Berge von Koks – und wir froren zu Hause. Es war 1946. Also wurde der Maschendrahtzaun sorgfältig aufgedröselt, Koks ‚organisiert‘ – wie es damals hieß – danach wieder sorgfältig zugehäkelt, und wir zogen das besagte Leiterwägelchen rasch zurück auf die Straße – es war ja gar nichts passiert.

Später kam die Einschulung in die erste Klasse, zusammen mit 62(!) Erstklässlern, einschließlich Gilbert, einem debilen Riesenbaby, der die erste Klasse gerade zum 5. Male wiederholte, sonst aber zu Hause vor dem Bauernhof friedlich die Gasse kehrte oder freundlich sabbernd aus dem Fenster grinste, wenn wir vorbeikamen. Dreizehn Kinder meiner Klasse kamen allein aus der besagten Bahnhofstraße, einer Chaussee, die durch den Wiesengrund von der einen Seite des Talgrundes und der Bahnlinie zum Dorf am gegenüberliegenden Hang führte.

Hinter den wenigen Häusern an unserer Straße lagen ein Geschoss tiefer sofort Wiesen, die Bleiche am Mühlgraben, wo die Wäsche in der Sonne ausgelegt wurde, der Bach, und etwas weiter entfernt ein Wäldchen mit jenem Holzverladeplatz, an der Bahn – ideale Plätze also zum Herumräubern. Nicht zuletzt auch der Rohbau des ersten neuen Hauses nach dem Krieg, auch dort gelegen, wo es natürlich streng verboten war zu spielen. Selbst der Rektor der Schule hatte einen gravitätischen Auftritt vor der Klasse, wobei er uns eindringlich ermahnt das nicht zu tun. Aber … was hätte unsere kleine Straßengang mehr reizen können als genau das?

Wenn dann auf der höher gelegenen Chaussee sich jemand zufällig oder absichtlich unserem Spiel auf der Baustelle näherte, ertönte ein vereinbarter Alarmpfiff, und das Spiel stoppte – das hatte mein großer Bruder, unser Häuptling, so organisiert. Und sollte dann dieser Jemand das Haus oben betreten, gab es einen zweiten Pfiff, und eine Etage tiefer stob eine Horde Kinder aus den leeren Fensterhöhlen um sich in den Wiesen in alle Richtungen zu zerstreuen.

Gut erinnere ich mich auch an die beiden Füchschen, die Zwillingsbuben Fuchs aus meiner Klasse: Einmal wurden sie erwischt, als sie bei ihrem Nachbarn, einem einbeinigen Korbflechter, Weidenruten klauten. Der stellte sie zur Rede, aber statt schuldbewusst und bußbereit klein beizugeben, verteidigten sie sich vehement: „Mer ha'n gebeicht, mer hätte' Stecke gestohle', jetzt könne mer se aach hole'!"

Nach acht Jahren war es mit dieser Kinder-Herrlichkeit vorbei, wir zogen wieder zurück in die Stadt nach Frankfurt, pünktlich zum Schulwechsel ins Gymnasium. Und sechsunddreißig Jahre später, anlässlich eines Klassentreffens im alten Dorf gestand mir meine damalige Sandkastenfreundin Christa: „Ihr seid ja damals fortgefahr'n, und ich hab' an de' Straß' gestanne' und hab' geflennt!"

Der Morgen kroch wegen des gestrigen Nachtmals also ein bisschen schwerer herauf und ich ein bisschen später als sonst aus dem Schlafsack. Draußen machte sich der Familienclan vom Vorabend schon abmarschbereit, darunter zwei Kinder von ca. 7+9 Jahren, die mit ihren Eltern wanderten, alle Achtung! Bald saß ich nur noch alleine mit einem jüngeren Zimmergenossen im Schlafraum: Frederic aus Gran Canaria, der es auch langsamer angehen ließ. Ob unsere Trägheit nur an dem reichlichen Essen lag oder dem immer noch recht runden Mond am Himmel?

Trotzdem war es noch dunkel, als ich loskam – leicht verärgert, denn auch hier hatte mich der Kaffee-Automat unten vor der Ausgangstür um einen Euro betrogen ohne einen Becher Heißes herauszurücken. Der Pfad schlängelte sich gemächlich aufwärts, langsam dämmerte es, und erst als ich den Bergkamm oben in O'Cebreiro in ca. 1 350 m Höhe erreichte, wurde es richtig hell. Ich fand mich plötzlich in engen Gassen und zwischen runden Steinbauten mit Strohdächern wieder, die aussahen, als wären hier vor Jahrhunderten die Uhren angehalten worden! Überall herrschte Aufbruchstimmung, kamen die Rucksackträger aus Herbergen und Bars; Will, der Kanadier, und Antonio liefen mir über den Weg. Ich kannte Antonio von El Burgo Ranero, dem Abend mit Fabricio und seinem ‚revolving backpack', und wir hatten damals sofort einen guten Draht zueinander. Antonio war auch ein Sucher. Entweder hat der Weg etwas, das zum Suchen und

Aufbruch reizt, oder umgekehrt: nur die bereits in Gedanken Aufgebrochenen laufen ihn.

Wir verabschiedeten uns sogleich wieder, denn ich musste hier oben unbedingt einen Halt einlegen um das traumhafte Panorama zu genießen. Auf der einen Seite, wo ich herkam, lag ein weiter Taleinschnitt mit Ausblick auf bläuliche bis blaugraue Hügelketten, die wie Kulissen in immer zarteren werdenden Farbabtönungen hintereinander gestaffelt lagen. Auf der anderen: ein weißes, wogendes Wolkenmeer, aus dem seitlich dunkle Berge spitzten und nur andeutungsweise die verdeckte Landschaft darunter erahnen ließen. Und am Wiesenhang oberhalb des Ortes blühten in zartlila tausende von Krokusse – oder so etwas ähnlichem auf dem grünen Teppich. Es war wie einem Feenort. Ich konnte mich lange nicht sattsehen.

Beim Weitergehen nahm ich den Pfad oberhalb der Straße, weil es die schönere Strecke sein sollte, lt. Mr. Brierley. Davon sah ich allerdings nur wenig, und auch nur wenige andere liefen außer mir durch diese Stille, denn fast greifbar nahe hüllten Dunstschwaden mich ein, und das Gehen darin glich einer Meditation.

Ebenen der Logik

E.: Du willst mit mir sprechen?

I.: Ja. Aber ich weiß nicht, wie ich es sagen soll.

E.: Dann schweig doch!

I.: Genau das ist es: die Stille, diese Ruhe hier, ... ist so umfassend, beinahe greifbar, so voller ...

E.: Ja?

I.: Voller Kraft – wie ein Tiger vor dem Sprung – die Gegenwart der Möglichkeiten. Alles könnte geschehen.

E.: Macht dir das Angst?

I.: Ich weiß nicht – ich denke: es erregt mich, macht mich neugierig. Als ob ich bei einer Geburt dabei wäre. Aber es ist noch nicht da, noch nicht einmal gedacht – das wäre ja schon eine Realität. Es ist eine Realität *vor* der Realität.

E.: Ich verstehe, was du meinst. – Und diese Noch-Nicht-Realität berührt dich? Das, was noch gar nicht da ist?

I.: Ja, denn ich habe das Gefühl, ich gehöre dazu. Ich bin irgendwie involviert in dieses Geschehen.

E.: Das ist ja richtig.

I.: Und das macht ein bisschen Angst. Wenn ich mir vorstelle, was zur gleichen Zeit und überall auf der Welt geschehen kann – Fürchterliches oder Großartiges. Oder einfach nur Banales ... Und alles hat irgendwie einen Bezug zu mir, ich bin betroffen davon, ja vielleicht bin ich sogar Mitwirkender, wenn ich nur daran denke. Oder wer bewirkst das alles? ... Du alleine ...?

E.: Ich lasse es sich bewirken.

I.: Was soll das heißen?

E.: Alles was geschieht, hat eine innere Logik, aus der heraus es so geschehen muss.

I.: Und woher stammt diese Logik? Von dir?

E.: Das könnte man so sagen.

I.: Also ist doch alles vorbestimmt hier, in unseren Dimensionen.

E.: Wie viele Dimensionen erkennst du?

I.: Drei, beziehungsweise vier mit der Zeit.

E.: Wodurch weißt du das?

I.: Ich erfahre sie jeden Tag durch den Raum, das Vergehen der Zeit; wenn ich hinfalle, merke ich, dass da ein Loch war, nicht flach, zweidimensional, sondern tief dreidimensional … alles was hier so ist.

E.: Eine Erkenntnis, die du *hier* machst, ja?

E.: Du schießt wieder über das Ziel hinaus.

I.: Wieso? Wenn doch alles eine innere Gesetzmäßigkeit hat?

E.: Diese Logik in sich ist schlüssig. Aber es gibt eben nicht nur eine davon, oder anders ausgedrückt: nicht nur eine logische Schlussfolgerung. Eine Denkebene.

I.: Nun kapiere ich gar nichts mehr.

E.: Du vergisst deine Wahlfreiheit.

I.: Kann ich verschiedene ‚Logiken' wählen?

E.: Möglichkeiten! Die Gegebenheiten hier sind wie Bauklötzchen, und du kannst wählen, mit welchen du etwas machst.

I.: Und danach folgen die Abläufe dieser inneren Logik?

E.: Hier, für dich, ja.

I.: Wo sonst? Schließlich lebe ich ja hier in unseren Dimensionen.

E.: Wie viele Dimensionen erkennst du?

I.: Drei, beziehungsweise vier mit der Zeit.

E.: Wodurch weißt du das?

I.: Ich erfahre sie jeden Tag durch den Raum, das Vergehen der Zeit; wenn ich hinfalle, merke ich, dass da ein Loch war, nicht flach, zweidimensional, sondern tief dreidimensional … alles was hier so ist.

E.: Eine Erkenntnis, die du *hier* machst, ja?

I.: Oder ist es woanders anders? – Ist das Loch dann ein Ort, in das man nicht hineinfällt, sondern darüber schweben kann oder durch das man auf Reisen geht. Oder ein besonderes Gefühle darin entwickelt …?

E.: Du hast schöne Ideen zu dem Anderswo.

I.: Aber wo ist dieses ‚Anderswo‘?

E.: So einfach ist das nicht zu greifen. Die Physiker sprechen schon von der ‚Non-Lokalität‘, weil sie beim Herumstöbern in den kleinsten Teilchen der Materie an Grenzen stoßen, hinter denen die alten bekannten Regeln nicht mehr gelten.

I.: Quantenphysik – hatten wir schon.

E.: Gut. Wenn du also im herkömmlichen Sinne ‚logisch‘ denkst, dann setzt du vorgegebene Fakten oder Gedanken untereinander in Beziehung und ziehst einen Schluss daraus; wenn du zum Beispiel zwei Strohballen auf zwei andere stapelst, folgerst du, dass dann vier Strohballen übereinander liegen.

I.: Stimmt.

E.: Aber nur auf einer Ebene!

I.: Wie bitte?

E.: Wenn du die Strohballen auf einer schiefen Ebene, einem Berghang zum Beispiel aufeinander setzen willst, rutschen sie weg und rollen den Berg hinunter – dann hast du gar keine mehr.

I.: Du nimm mich ganz schön auf den Arm!

E.. Fühlst du dich unwohl dabei?

I.: Bei dir? – Wie könnte ich?

E.: Nun stell dir doch einmal vor, es gäbe viele Ebenen – bleiben wir ruhig beim Stroh: also viele Berghänge, alle mit unterschiedlichem Neigungsgrad. Da würden deine Strohballen, alle mit unterschiedlichen Geschwindigkeiten rollen, und wenn die Hänge vielleicht zu senkrechten Wänden würden, dann fielen die Ballen ins Bodenlose. Und obwohl sie sich alle unterschiedlich verhalten, folgen alle einer inneren Logik, in diesem Falle der Schwerkraft.

I.: Die zwar überall gleich ist und doch je nach Gegebenheit und anderen Einflüssen unterschiedliche Wirkungen hervorbringt.

E.: Schön gesagt.

I.: Es sei denn, ich bin auf dem Mond oder einem anderen Planeten von unterschiedlicher Größe gegenüber der Erde.

E.: Du sprichst von Masse. Die Schwerkraft hat mit der Masse an Materie zu tun, unter Einbeziehung dieses Faktors bleibt die Gesetzmäßigkeit trotzdem die gleiche.

I.: Also doch überall nur eine einzige Logik – keine Auswahl, nur Vorbestimmung?

E.: Je nachdem, auf welcher Ebene du unterwegs bist, wie ich schon sagte. Stell dir vor, du bist im All und es gibt keine Schwerkraft mehr, nur noch Raum und Energie. Und Bewegungen werden durch nichts gebremst, gehen theoretisch weiter bis in die Unendlichkeit.

I.: Könnte ich denn ich auf anderen Ebenen unterwegs sein?

E.: Wo bist du im Traum?

I.: Traum ist doch keine Realität.

E.: Woher weißt du das?

I.: Das ist doch etwas, das nur im Geist vor sich geht.

E.: Eben! Und was bist du?

I.: Ein geistiges Wesen?

E.: Unter anderem – wenn nicht sogar hauptsächlich!

I.: Also meine Erlebnisse im Traum und in meinem Leben im Wachbewusstsein – wie und was ich tue, denke und entscheide – sind gleichwertig?

E.: Nicht gleichwertig – werten solltest du sowieso nicht, höchstens dich entscheiden für eine der Alternativen. Nein, Traum und Leben, das sind schon verschiedene Ebenen, die du nicht vergleichen kannst. Du kannst Träume ja nach dem Aufwachen manchmal gar nicht in Worte fassen. Trotzdem waren sie für dich in Schlaf völlig logisch und real.

I.: Wie ein Parallel-Leben.

E.: In der Art, ja. Und die Wahrheit, die Logik, der Logos, ist das, was allen innewohnt. Nur deine Erfahrungen, die du auf deinen ‚verschieden geneigten Berghängen' machst, sind total unterschiedlich. Darüber hinaus kannst du sogar beschließen, deinem Hang zu verlassen und hinunter zu gehen ins Tal.

I.: Du meinst, ich könnte bewusst die eine Erlebnissphäre verlassen und in eine andere hinüberwechseln, wo dann vielleicht ganz andere Gesetzmäßigkeiten gelten?

E.: Das versuchten die Mystiker aller Zeiten.

I.: Mit Erfolg?

E.: Finde es heraus! Du weißt ja, wer sich nicht aufmacht, kommt auch nie an.

Der Nebel lichtete sich kaum, als es abwärts ging, die Niederungen verbargen sich immer noch im Dunst; mal überquerte ich eine Straße, glaubte schon, die Steigungen für heute hinter mich gebracht zu haben, doch gleich musste ich wieder bergauf zur nächsten, kaum niedrigeren Anhöhe. Wieder führte oben eine Straße über den Scheitelpunkt, herrschte Betriebsamkeit und Verkehr – kein Platz mehr um den Gedanken nachzuhängen. Nebenan: eine Bar voller bekannter Gesichter beim zweiten Frühstück, man ist nie auf Dauer alleine. Drei Fuß-Stunden später kam noch der dritte Berg von 1 300 m Höhe, dann endlich nur noch der Abstieg. Mittlerweile konnte man die Umgebung klar erkennen. Tief unten im Tal lagen Kalksteinbrüche, aus denen schon die Quader für die Kathedrale in Santiago gebrochen worden waren. Die niedrigen Häuser der Gegend aus Natursteinen muteten ähnlich der Herberge in Rabanal englisch an oder besser noch: irisch, denn in Galizien ist die keltische Vergangenheit nie erloschen. Galiga, – das Galizische – wird noch immer von vielen gesprochen. Und auch Dudelsäcke gibt es hier.

In Ortsnähe fielen die ersten ‚horreos‘ auf, Kornspeicher, wie ich in Erfahrung brachte, die aber aussahen wie große Sarkophage mit gekreuzten Balken einerseits und einem

Kreuzzeichen andererseits an den Spitz-Giebeln. Die Speicher schwebten auf drei Meter hohen Pfeilern über dem Boden, als würden hier mittelalterliche Heilige aufbewahrt und aus den unheiligen Niederungen heraus gehoben. In Wirklichkeit aber sollte nur das eingelagerte Getreide besser vor Mäusen und anderen hungrigen Mäulern geschützt werden. Trotzdem sahen die Horreos immer ein bisschen würdevoll aus, Boten aus einer vergangenen Zeit. Und mir gefiel die Idee von den Heiligen am Wegesrand viel besser als die banale Erklärung.

Die Sonne wärmte wieder kräftig, ehe ich Tricastela erreichte, ein Ort, an dem ehemals drei Schlösser gestanden hatten. Heute war davon nichts mehr zu sehen. Die Herberge nannte sich Complexo Xacobeo, mit ‚X‘, das in Galizien für das spanische ‚J‘ steht, wie in ‚Muxia‘, der Stadt am Atlantik. Doch Muxia, so belehrte man mich, wird hier wie ‚Muschia‘ ausgesprochen – kein CH also.

In der Herberge hinter dem Gasthaus an der Hauptstraße fanden sich der Reihe nach wieder die bekannten Mitpilger ein: die beiden Polen, John, der Australier, Frederic der Insulaner, alles wie schon gehabt.

Endlich konnte ich mich auch wieder ordentlich abtrocknen; ein Supermarkt im Ort, welcher schon fast dieser Bezeichnung gerecht wurde(!), verkaufte mir ein Handtuch zu einem weniger exorbitanten Preis, als dem in Villafranca geforderten. In der Hauptstraße machten sich einige Neu-Pilgergruppen bemerkbar durch ihr aufgekratztes Verhalten, und beim abendlichen Menü saßen drei ältere Paare samt Führer am Nebentisch und schwadronierten lautstark auf deutsch über ihre ersten Wander-Eindrücke. Ich hielt mich sehr bedeckt, um möglichst nicht als Landsmann erkannt zu werden, aber anscheinend entgeht so etwas keinem Kellner, denn er nahm mir für ein kleines, zusätzliches Gläschen mäßigen Rotweines gnadenlos „Vier Euro!" ab, wie er nicht ohne Stolz auf deutsch sagte.

Triacastela-Sarria, 5.9.2015

Von Triacastela aus hatte ich die Wahl zwischen zwei Routen: die eine führte weite Strecken an der Straße entlang, und Hape Kerkeling berichtete in seinem Buch mit Respekt von den engen Passagen, wo die Laster fast hautnah vorbeirauschten. Dafür aber konnte man unterwegs das ehrwürdige Kloster Samos besichtigen. Die andere Strecke war die landschaftlich schönere und auch kürzere, ging allerdings mal wieder über den Berg. Ich trank einen Kaffee aus dem Automaten, diesmal war er gnädig(!), dazu ein bisschen Gebäck – Schweinsöhrchen – ich mag so etwas – und die obligatorische Banane, und so gekräftigt beschloss ich, den Bergweg zu nehmen.

Er führte durch ein Seitental aufwärts mit Weiden und manchmal an kleinen Gehöften und Ställen vorbei, Landluft inklusive, und bis die Sonne endlich über die Bäume guckte, blieben die Finger an meinen Stöcken sehr kalt. Mitten im Wald kam ich an einem Muschelbrunnen vorbei: ein halbrundes Wasserbecken mit der Sitzbank und einer großen Coquille am Mäuerchen dahinter, ein liebevoller Gruß an die Pilger. Die Senken am Weg wurden manchmal von Backläufen durchquert und man musste auf großen Steinen hinüber balancieren. Die Landschaft glich einer weiten, deutschen Mittelgebirgs-Gegend; mäßige Höhen, und wenn man einmal oben war, kaum größere Wellen in der Landschaft, ab und zu alte knorrige Eichen, Weiden mit Kühen und dazwischen wieder ein Bächlein, das den Weg vorübergehend ersäufte. Seitlich schauten ein paar Rindviecher recht mitleidig und herablassend zu, so schien mir, wie sich die Wanderer um das Wasser herum tasteten.

In einer winzigen Ortschaft trieb ein Bauer gerade sein Kuhherde aus dem Stall quer über die Straße zur Weide, und ich musste geraume Zeit abwarten, ehe ich durch eine Art Hohlweg zwischen Stall und Mauern weitergehen konnte. Plötzlich aber trabten fünf Kühe hinter mir her, die dem Bauern ausgebüchst waren. Mir wurde etwas mulmig: da kamen immerhin einige Tonnen Rindfleisch im Galopp auf mich zu – so viel Muskelmasse und so wenig Hirn. Ich drückte mich an die Wand und hob meine Stöcke zur Abwehr quer vor mich. Das beeindruckte sie tatsächlich, sie ließen mich unbehelligt und liefen vorbei, kurze darauf der Bauer hinter ihnen her. Von einem anderen Pilger hatte ich in der Herberge schon gehört, dass ihn ein frei herumlaufender Bulle verfolgt hatte und er sich mit seinen Stöcken kräftig zur Wehr setzen musste. Und dass eine kleine Herde Schweine vor und neben mir auf dem Pfad herumschnüffelte, hatte ich auch schon erlebt. Aber die Tiere waren beschäftigt und wohlgenährt und erfreuten sich nur ihrer Freiheit.

Auf meinen Schreck hin machte ich erst einmal Rast auf dem Mäuerchen vor einer kleinen, verschlossenen Kapelle.

Der Weg – Sarria, 5.9.2015

Weg – Weg …
Steine, Schluchten,
Hohlweg, Fehlweg,
Lehm – gepflastert,
Blumenhänge,
Regenfurchen,
Weg – Weg …
Längs der Straße,
Sonnenhitze,
Weg-Gefährten:
„Buen Camino!"
Gelbe Felder,
weite Stille,
– Weg …

Rot im Osten,
Morgenkühle,
grau zum Blauen:
Berge, Hänge,
Almen!
Welch ein Weg!

Kathedralen der Entrückung,
Brücken, Plätze,
fast verwischte
Muschelzeichen.
Kinder bieten
Fruchtgetränke
gegen Spende,
Bergkapellen,
graue Eichen

Weg – Weg …
– und der Wind!
Santiago in der Ferne!
Lockende Belohnung,
Weihrauchkessel,
mystische Erfahrung –
ist es das?
Oder du …?
Weg! Weg!
Beginn für Kurz-Pilger!

Auch vor Sarria hatte man mich gewarnt, weil viele Pilger hier starteten, um die erforderlichen 100 km bis Santiago zu Fuß gelaufen zu sein – das war Vorbedingung für das Anrecht auf die Compostela, die Urkunde. Aber es war falscher Alarm. Wenn man die Neustadt durchquert hatte, durfte man erst einmal wieder Treppen steigen zur Altstadt hinauf und dem Dutzend Herbergen, die dort auf Belegung warteten. Dieser ganze Ortsteil bestand eigentlich nur aus einem einzigen Straßenzug, auf dem sich alles abspielte oder wie im Moment sehr wenig, denn er war nur mäßig bevölkert, und die Herberge Los Blasones, in der ich abstieg, kaum zu eine Viertel belegt. Das alte schmale Haus zog sich von der Straße aus weit nach hinten durch und hinter dem Schlafsaal am Ende kam noch ein Garten. Ich ließ mich an einem Steintisch umgeben von einer Laube ganz alleine nieder – natürlich n a c h dem Wäschewaschen, der Pflicht, versteht sich, und schrieb Tagebuch. Vielleicht war es so ruhig hier, weil die Ferien zu Ende gegangen waren. Ein bisschen zu ruhig für meine heutige Verfassung. Zwar hatte Belen sich gemeldet, und ich fand es schön, dass sie noch an den Wandergefährten dachte, später auch meine Anne, aber so langsam bekam ich richtig Heimweh nach den Meinen. Analog zur Strecke war das auch die Zeit, in der die Mutter meiner Kinder unsere Familie zerstörte. Ich unterdrückte für diesmal meine Erinnerung und ging ein bisschen einkaufen, flanierte auf der ‚Rue de Trappe' aufwärts bis zum Kloster und zurück, verharrte vor der verschlossenen Tür der uralten Kirche, die gerade renoviert wurde – John, der Australier, sagte, das sei schon vor Jahren bei seiner letzten Pilgerreise so gewesen – und hielt nach einem Kaffeehaus Ausschau. Vor einer Bar entdeckte ich Marga und Tomec, die in die Abendsonne blinzelten, John kam dazu, später Antonio, der Hauptstädter, und Frederic, der Insulaner aus Gran Canaria – Familientreffen. Auf dieser Hauptstraße war es unmöglich sich n i c h t zu begegnen. Damit verflogen meine eingetrübten Gedanken endgültig.

Antonio erzählt später beim Abendessen von seinen Plänen betreffs Coaching und auch von seinen Sorgen und Ängsten wegen seiner Mutter, die mit zweiundsechzig auf eine Herztransplantation wartete. Auch ein Grund für seine Auszeit glaube ich. Wenn man aus nächste Nähe mitbekommt, wie plötzlich alles zu Ende sein könnte, denkt man anders über sein bisheriges Leben – das gleiche bringt auch der Camino so mit sich. Zum Abschluss des Abend versammelten wir uns noch vor dem Holzfeuer des großen, offenen Kamins in Antonios Unterkunft, denn abends wurde es schon merklich kühl; mit dabei die beiden finnischen Schwestern, denen ich meinen Stuhl am Wegrand vermacht hatte. Und zu meiner Mundharmonika, – „Hohner-Echo", zweiseitig, Jahrzehnte alt – sangen wir alle zusammen wie zu Schülerzeiten. – Mit dem Älterwerden steigt wohl die Kindheit im Geiste wieder auf – hoffentlich aber nicht das Kindisch-Werden.

Dialog über Kirchen

I.: Eigentlich hatte ich ja gedacht, auf dem Camino und in den vielen Kirchen unterwegs mehr von dir zu hören oder zu spüren.

E.: Meinst du, ich bin in dem Gemäuer dort eingesperrt?

I.: Natürlich nicht. Aber wenn ich draußen in der Natur war wie z. B. auf der Anhöhe in O'Cebreiro, die immer zarter abgetönten Höhenzüge auf der einen Seite sah, das Nebelmeer mit den dunklen Berg-Nasen auf der anderen, da fühlte ich so viel mehr, als in allen Kathedralen der Welt zusammen. Wem dabei nicht das Herz aufging ...

E.: Genau das war es: Du hattest dein Herz aufgemacht.

I.: Ja. Schon klar. Du meinst, dass wir nur etwas mitbekommen, wenn wir dafür offen sind.

E.: Es ist noch ein bisschen mehr. Nicht nur das vordergründig Vorhandene kannst du besser wahrnehmen, du ziehst auch Unbekanntes an. Wer, meinst du, spricht denn zu dir?

I.: Wann? Jetzt?

E.: Ja.

I.: Deine Stimme?

E.: Die würdest du nicht ertragen. – Anders gefragt: Was meinst du genau zu hören?

I.: Irgend etwas, das aus mir spricht.

E.: Aus dir. Richtig! Aus deinem Ich, mit deinen Worten, geprägt von deinem Leben, deiner Vorstellungskraft, aufgrund deiner Vorbildung, Erfahrung und so weiter.

I.: Soll das heißen, wenn ich dich frage, kommt nur eine Art Echo aus mir selbst zurück, geht nur etwas, das dort latent vorhanden ist, damit in Resonanz? Wie die Saite eines Musikinstruments beim entsprechenden Ton?

E.: Nicht ganz richtig, es ist schon mehr. Aber es benutzt das, was du kennst, um sich dir verständlich zu machen.

I.: Also: Du sprichst Deutsch zur mir, weil ich kein Russisch kann?

E.: Schon eher, doch es ist *noch mehr* an Substanz. Wenn ich mit einem Menschen spreche – und das mache ich ständig – dann fließt Wahrheit in ein menschliches Gefäß, so als würde, sagen wir mal, rotglühendes Eisen in vorbereitete Formen gefüllt. – Dein Vater war doch Former?

I.: Ja. Stimmt. Sein erster Lehrberuf, in einer Gießerei.

E.: Und er hat Formen für das geschmolzene Metall gemacht. So in etwa ist es mit deiner Vorstellungswelt: das sind Sandkastenförmchen für die Wahrheit. Und erst wenn der flüssige Brei in der Form erstarrt und erkaltet ist, also mit etwas Abstand, kannst du es anfassen und in Händen halten. Vorher würdest du dich daran verbrennen. Trotzdem ist es noch immer Eisen, Teil der ganzen, vormals brodelnden Masse der Wahrheit.

Etwas, das du zuvor nicht hattest.

I.: Aber eben nur ein Teil.

E.: Ich sagte ja, du würdest die ganze Wahrheit nicht ertragen, genauso wenig, wie du den glühenden Bottich anfassen könntest.

I.: Und derjenige, der dann so ein Stück handfeste Wahrheit wie ein Stück Eisen in der Hand hält, schlägt seinem

Nächsten sofort damit den Schädel ein, bloß weil der ein anders Stück vom gleichen Eisen hochhält.

E.: Sie verstehen es nicht besser, noch nicht! Die meisten nicht, bis auf ganz wenige.

I.: Die ‚Erleuchteten'?

E.: Könnte man sagen. Dir geht es doch auch nicht anders – verstehst du denn alles?

I.: Schön wär's! Aber worauf willst du hinaus?

E.: Du sagst, wenn du in O'Cebreira die Landschaft, den Sonnenaufgang, die Blumenwiese siehst, ist das für dich viel mehr als alle Kirchen zusammen..Warum?

I.: Wenn ich an den Prunk in den Kirchen und bei den Kirchenvertretern denke, an Heiligenbilder oder Reliquien, die angebetet werden – oft sogar gefälschte – oder an die verstaubten Moralvorstellungen, die dort verbreitet werden, die ganze Gängelung und Drohung mit Sündenbestrafung und Höllenqualen, erst recht, wenn ich mir Priester oder Erzieher vorstelle, die Verantwortung tragen und dann Missbrauch mit den Schutzbefohlenen treiben ... – was sollen die mir denn sagen können? Was ist denn an all dem heilig oder verehrungswürdig?

E.: Und trotzdem bin ich in alldem auch enthalten, verstehst du? Vielleicht bin ich falsch verstanden, perfide benutzt worden für menschlich Zwecke, ausgebeutet für egoistische Vorteile ...

I.: Findest du das denn in Ordnung?

E.: Das ist nicht die Frage.

I.: Warum also gibt es das?

E.: Das hatten wir schon. Lernprozesse! Also noch einmal: Ich bin alles; das Rechte und Linke, das Oben, Unten, Hinten, Vorne. Also bin ich auch das, was du nicht begreifst. Ich verstehe deine Empörung, trotzdem möchte ich, dass du etwas einsichtiger oder umsichtiger wirst, etwas nachsichtiger mit den Menschen umgehst. Ich mache es auch. So viel müsste von allem, was ich dir zum Lesen und Lernen untergejubelt habe, doch übrig geblieben sein.

I.: Du? Mir untergejubelt?

E.: Wer sonst?

I.: Aber all dieser Prunk, die Würdenträger, das ganze Drum-Herum, in Santiago – muss das denn sein?

E.: Muss nicht, aber es hat doch was.

I.: Du machst es einem wirklich nicht leicht.

E.: Ist auch gar nicht beabsichtigt. Lernen ist mühsam. Es kostet …

I.: Kostet, genau! Der ganze Kommerz z. B., das hat doch wenig mit dem Sinn des Pilgerns zu tun und was man sich eigentlich davon erwarten kann oder zumindest erhofft hat.

E.: Du redest doch gerne von den ‚morphischen Feldern‘, die Rupert Shaldrake beschreibt. Was ist das?

I.: Gedanken und Ideen, die wie in einer Wolke irgendwie weiter vorhanden sind, irgendwo im Äther schwimmen, aber abrufbar bleiben, selbst wenn die Urheber schon gar nicht mehr leben.

E.: Und du zitierst die Wissenschaftler, die herausgefunden haben, dass Geistes- und Gedankenkraft die Materie in Laborversuchen nachprüfbar verändern kann. Das

‚wissenschaftlich nachprüfbar' ist euch Gehirnakrobaten ja so wichtig.

I.: Stimmt.

E.: Du kennst die Stories von Leuten mit dem ‚grünen Daumen', bei denen alle Pflanzen gedeihen, nur weil sie die Pflanzen mögen und mit ihnen sprechen; d .h. sie spendieren ihnen geistige Zuwendung. Oder ein anderes Beispiel: Du hast die Vorher-Nachher-Bilder von Masaru Emoto vor Augen, die zeigen, wie die Kristallisation von Wassertropfen im Froster sich dramatisch verändert, wenn etwas wie Gedanken oder Musik vorher darauf eingewirkt haben. Schon das bloße Aufkleben eines Etiketts auf ein Wasser-Fläschchen mit einem positiven Wort darauf, lässt wunderschöne Mandalas entstehen, wo vorher nichts war.

I.: Ja. Und?

E.: Meinst du nicht, dass die ganzen Vorstellungen, die inbrünstigen Gebete und der Glaube der vielen, vielen Pilger in Santiago, oder an irgend einem anderen Ort der Verehrung, auch so etwas bewirkt haben müssten? Ein Feld hervorgebracht haben könnten, das an diesem Ort seine Kraft entfaltet, in das du eintreten, dessen du teilhaftig werden kannst, wenn du es nur zulässt? Und – bei aller prinzipiellen Einschränkung dessen, was den Menschen überhaupt möglich ist zu erkennen – so viele unterschiedliche Menschen, die in sich hineingehört und so viele verschiedene Ideen hervorgebracht haben von dem, was das Göttliche ist, ergibt zusammen doch schon – rein statistisch gesehen – ein recht ordentliches Bild davon. Oder nicht?

I.: In dem Zusammenhang habe ich das noch nicht gesehen.

E.: Es ist gar nicht so übel, von dem intellektuellen Ross einmal herunterzusteigen und spontan in das Feld des naiven Glaubens einzutauchen, einschließlich allen Brimboriums oder der Äußerlichkeiten, die du als überflüssig ablehnst. Übrigens: Wenn Gedanken die Materie verändern, dann steckt in einer angebeteten Reliquie – selbst wenn sie gefälscht ist – ein Stück echter Glaube. Was sagst du dazu? – Lass dich versuchsweise einmal darauf ein, und vielleicht findest du unter all der Schlacke – so, wie du das siehst – genau *das* Goldkörnchen Erfahrung, *die* Erkenntnis oder *die* ‚Schau‘ des Unerklärlichen, die du suchst. –

Sprachen wir nicht schon von Demut?

I.: (muss plötzlich lachen)

E.: Ich weiß, woran du denkst.

I.: Ja, klar! Das mit der Demut.

E.: Und wie du geflucht hast.

I.: Entschuldige.

E.: Es hat ja ziemlich wehgetan.

I.: Die Luftschutztür dort im Keller in der Ritterstraße war aber auch so niedrig … – wie oft habe ich mir den Kopf am Rahmen angerammt!

E.: Und das Gleiche hattest du wieder im Keller von deinem neuen Haus!

I.: Das war Absicht? Noch so eine Tür? – Ich packe es nicht!

E.: –

I.: Ich habe sie irgendwann meine ‚Demutstüren‘ getauft.

E.: Und du hast dich sogar manchmal bei mir bedankt, weil du meintest, du hättest es wohl wieder nötig gehabt.

I.: Und? Hatte ich?

E.: Einen ‚Denkanstoß‘? – Vielleicht.

Sarria–Portomarin, 6.9.2015

Morgens blieb es jetzt ziemlich lange ‚schattig‘, und ich bekam die Finger wieder nicht warm. Im Ort musste ich erst ganz hinauf auf den Berg und dann bis in den Wiesengrund hinunter, ehe ich aus den Häusern herauskam. Über eine kleine malerische Brücke ging es und dann durch grüne Matten, an Waldrändern und Weiden entlang – eigentlich nur ein wunderschöner Spaziergang heute.

Bei der ersten Rast nach zwei Stunden traf ich John und Antonio, alles wie gewohnt. Es wunderte mich auch keineswegs, dass die gelben Anoraks von Marga und Tomek mich irgendwann überholten. Und die Aufforderung, die ich links auf blauem Schild an einen Baum genagelt fand, ‚Love the Way!‘ war längst überflüssig. Eine ganz besondere Überraschung hatte der Tag später noch für mich bereit: Irgendwann um die Mittagszeit trottete ich zwischen Feld und Waldrand vor mich hin, als mich auf einmal leise, abgerissene Töne von Pfeifen(?) erreichten; ich spitzte die Löffel und fragte mich, ob das wohl ein Dudelsack sein könnte? Und als ich weiter ging, wurde die Musik deutlicher und plötzlich sah ich ihn: den Dudelsackspieler, am Wegesrand unter schattigen Weiden, in eine historischen Uniform gesteckt, das Instrument unter den Arm geklemmt, stand er aufrecht wie ein Zinnsoldat und spielte und spielte. Eine ganz Schar von Pilgern hatte sich um ihn versammelt und lauschte andächtig. Das war er also, der galizischer Dudelsack, von dem ich gehört hatte. Ich liebte diese Art von Musik.

Vor einigen Jahren war ich einmal samt Familie mit dem Auto in England unterwegs, weil ein Freund in York heiratete. Aus Jux und weil sich die Gelegenheit bot, hatte ich mir im UK eine Dudelsack-CD geleistet und nervte nun meine Leute damit, dass ich die Scheibe überhaupt nicht mehr aus dem Fach des Autoradios heraus nahm. Sobald ich den Zündschlüssel drehte, leierte sie los, und das auf allen Fahrten des Urlaubs, von den Mid-lands bis Findhorn in Schottland, Loch Ness – (Nessies Revier), Loch Lomond – und zurück.

Auch jetzt konnte ich mich erst losreißen, als der Spielmann eine Pause machte. Ich legte mein Schärflein in seinen Instrumentenkasten und marschierte ganz glücklich davon. Und vielleicht 100 m weiter nach einer Senke, als es auf der anderen Seite nach links sanft aufwärts ging, tönte es wie zum Dank noch einmal über die Wiese zu mir herüber mit: ‚Amazing grace‘. Das war pures Gänsehaut-Feeling!

Nach einer späten Mittags-Pause auf einem Mäuerchen am Weg, der sich bereits zum Flusstal hin senkte, dann einem Stück entlang der Landstraße und über eine hohe Brücke hinweg – tief unten lag ziemlich ausgetrocknet der Stausee des Rio Mino – stand ich vor dem Treppenaufgang nach Portomarin. Treppen! – was auch sonst am Eingang zu einer Stadt? Wie in Astorga, wie in Sarria … Pünktlich zu meiner Ankunft wurden weiter unterhalb im Flusstal Böller abgeschossen und das Echo donnerte von den kahlen Hängen zurück. Ich wollte schon dankend abwehren, dass das für mich wirklich nicht nötig gewesen wäre, doch es handelte sich wieder einmal um ein Stadtfest, dessen Anfang die Schießerei ankündigte. Von einem abgerissenen Pilger mehr im Ort nahm natürlich niemand Kenntnis.

Die Herberge lag unter einem Terrassen-Restaurant mit weitem Ausblick auf den Rio Mino; zu den Schlafräumen stieg man ins Kellergeschoss, das wegen der Hanglage aber schon wieder ebenerdig zur unteren Straße hinausging; John lehnte bei meinem Eintreffen am Thresen, war aber heute wenig gesprächig. Dafür begegnete mir unten vor der Tür die ältere der beiden finnischen Schwestern, und ich hörte lange ihrer warmen Stimme und ihrer Geschichte zu, wie sie wegen der zweiten Ehe des Vaters früh von Hause fortgegangen und die Kontakte abgebrochen waren, wie sie evangelische Theologie studiert und nach ihrer Hochzeit lange Jahre als Pfarrerin die Seeleute im Hafen von Stockholm betreut hatte. Ich musste natürlich an Micha denken, meinen Seemann. Vor ein paar Monaten bei einem Hamburg-Besuch waren wir beide im Hafen am Seemannsheim vorbei gekommen, das den fremden Seeleute in einem fremden Land ein kleines ‚Ersatz-Zuhause' anbot, vollgestopf mit Andenken aus aller Herren Länder. Nun war er selbst der Fremde. Wie viele von ihnen die finnische Seelsorgerin in ihrer Amtszeit wohl einmal in den Arm genommen und ihnen ein bisschen Wärme geschenkt hat? – So jedenfalls wirkte sie auf mich. Jetzt erst, nach dem Tod ihres Mannes und viele Jahren nach ihrem Weggang von Hause hatte ein Schicksalsschlag sie mit ihrer jüngeren Schwester wieder zusammengebracht: sie hatten beide jeweils eine Tochter in ähnlichem Alter verloren hatten. So trug sogar der Tod ihrer Kinder zu etwas Gutem bei.

Es ist wohl Fakt, dass beim Älterwerdens die Familie immer mehr an Gewicht gewinnt; diese Einsicht muss wahrscheinlich erst lange am Leben reifen. Wichtig sind nur die Menschen, besonders wenn ich sie liebe. Der Weg lehrte es jeden Tag aufs Neue: Alles, was ich brauche, trage ich in mir und vielleicht auch auf dem Rücken – obwohl selbst von diesen 10 oder 11 kg noch vieles (oder alles?) überflüssig ist. Nicht aber die ehrlichen Gespräche, das Wiedersehen eines bekannten Gesichtes am Abend oder beim Vorbeigehen an einer Bar, der herzliche Empfang wie neulich in El Burgo Ranero, als mich die zwei Männer ohne Umstände in die Arme nahmen. Was ist das andere alles gegen das Gefühl angenommen, oder geliebt zu sein? Aufgehäufter Krims-krams. Ein alter Patient erzählte einmal, er habe sein Haus an seine Kindern abgegeben, die könnten das jetzt viel besser gebrauchen; seine Sammlungen seien verkauft, vom größten Teil seiner Einrichtung habe er sich getrennt, denn nun sei er in ein kleines Apartment gezogen: „Wenn man älter wird, braucht man leichtes Gepäck."

Eigentlich werden beim Älterwerden auch die Gedanken leicht, sofern man das Thema Tod nicht verdrängt hat. Die Sorgen um das Morgen entbehren der Grundlage, wenn es bald kein Morgen mehr gibt. Falsches Rücksichtnehmen wegen eines eventuellen Vor- oder Nachteiles entfällt, denn was brauch man noch? Dafür macht sich schon der Vorgeschmack der großen Freiheit breit. Für mich steht es fest, dass das Ende kein endgültiges sein kann. Und ich kann es einer älteren Dame gut nachempfinden, die auf die Frage, ob sie keine Angst vor dem Tod habe, fröhlich antwortete: „Angst? – Nein! Reisefieber!"

Ich machte einen abendlichen Rundgang durch Portomarin: Arkaden rechts und links an der ansteigenden Straße, geschmückte Häuser wegen des Festes, eine Hüpfburg, viele Bars, vor denen leider alle Tische besetzt waren, am höchsten Punkt des Ortes thronte mitten auf der Straße die Kirche, die aussah, wie ein großer Kubus, gar nicht wie ein Gotteshaus. Bei der Anlage des Stausees und vor Überflutung der alten Ortschaft vor vielen Jahren hatte man sie Stein für Stein ab- und oben wieder aufgebaut, das war Bedingung für die Einwilligung der Bewohner umzusiedeln. Den Innenraum fand ich im Gegensatz zu den vielen anderen, die ich gesehen hatte, wenig pompös, fast schmucklos, nur die Abendsonne zauberte durch die Kirchenfenster ein buntes Farbenspiel auf die Seitenwände. Damit hatte es sich auch schon mit der Ortsbesichtigung; ich machte kehrt und zog mich in die Herberge zum Essen zurück, genoss den schönen Blick auf das Wasser im Tal, den Wein in der Karaffe und das Essen auf dem Tisch.

Als die Sonne spektakulär hinter den Bergen versank, schwatzte ich unten auf der kleinen Terrasse vor dem Eingang mit einem junger Mann, Johannes aus Gießen, einem Psychologiestudenten. Den Batchelor hatte er bereits in der Tasche, aber noch keinen Studienplatz für den Master in Sicht. Heute war sein erster Tag auf dem Weg und entsprechend geschafft wirkte er. Vielleicht wolle er gar nicht weiter studieren, meinte er, sondern nur den sogenannten ,Kleinen HP' (Heilpraktiker) für Psychotherpie machen. Ich ermutigte ihn auf jeden Fall zum zweiten Abschluss seines Studiums, und schon steckten wir mitten im Gespräch über die verborgenen psychischen Ursachen der Krankheiten, wie sie Thorwald Dethlefsen so schön erklären konnte. (Bücher: ,Krankheit als Weg', ,Schicksal als Chance') Ich bin zutiefst überzeugt, dass seelische Verletzungen, sowie Verkrampfungen und falsche Glaubenssätze, auch wenn nur sie als Schutzmechanismen daraus folgernd aufgebaut wurden, auf Dauer gesehen krank machen, und dementsprechend behandele ich auch. – Und endlich konnte ich wieder einmal Deutsch sprechen nach all dem Englischen und merkte, wie sehr ich doch meine Sprache liebte.

Portomarin – Palas de Rei, 7.9.2015

In der Frühe war ich wieder einmal einem kleinen, geldgierigen Automaten-Monster aufgesessen, der meinen Euro schluckte, aber keinen Kaffee ausspuckte. Also schob ich nur eine Banane unter die Nase und los ging's – wie immer erst ins Tal hinunter und nach einer weiteren Brücke über den Rio Mino auf der anderen Seite lange im Morgennebel bergauf, meistens an der Straße entlang – keine besonders attraktive Wegstrecke. Bei der ersten Rast saßen schon bekannte Gesichter in dem Partyzelt, das ein kioskähnlicher Laden nebenan aufgeschlagen hatte. John und Antonio waren gerade im Aufbruch begriffen. Später überholte ich die beiden finnischen Schwestern, die heute noch langsamer gehen mussten: Die Pfarrerin aus Stockholm, hatte sich auch eine Sehnenscheidenentzündung eingehandelt. Ich verarztete ihr Bein mit Salbe und Globuli und bemerkte erst jetzt so richtig und dankbar, dass meine Beschwerden am Schienbein ganz verschwunden waren. Die Landschaft blieb total verhangen, keinerlei Aussicht, es war fast mystisch so im Nebel zu wandern, aus dem einzelne Gestalten hinter mir auftauchten, mit kurze Gruß vorbeiliefen und schon wieder vom Dunst verschluckt wurden.

Auch die Laute schienen gedämpft von dieser weißen Watte. Oder war es nur, dass ich die Ohren um so mehr aufsperrte, je weniger ich sah? Und ich hörte wieder bewusst dieses hohe Klingeln in den Ohren, wie von winzigen Silberglöckchen. Es hatte nichts zu tun mit Tinnitus oder Ohrenrauschen – ich kannte diesen Ton schon seit meiner Jugend. Immer wenn ich nach einer Phase intensivster Konzentration auf ein Thema daraus wieder auftauchte, wie aus einem tiefen See, dann hörte ich den Ton. ‚Sphärenton', las ich einmal darüber, ein Klingen wie aus einer anderen Dimension. Seitdem ist er mir treu geblieben, nicht ständig, aber immer häufiger. Ob es etwas mit dem sogenannten ‚weißen Rauschen' zu tun hatte? Doch in meinen Ohren klingt das etwas anders, als auf der Aufnahme, die ich davon einmal bei Wikipedia gehört habe: höher, feiner und intensiver. Ich habe ihn meine ‚Empfangsfrequenz' getauft; ich höre sie z. B., wenn ich mich bei Patienten auf die Wahrnehmung von Gesundheitsproblemen ausrichte und im Geist Medikamente für sie auswähle. Zur Sicherheit und aus Misstrauen mir selbst gegenüber teste ich zwar anschließend die Mittel kinesiologisch nach, doch in aller Regel kann ich mich auf meine Wahrnehmung verlassen.

Die Beine bewegten sich bei diesen angenehmen Temperaturen heute wie von selbst, und die Gedanken liefen dabei ihre eigenen Wege.

Dialog Freiheit, 8.9.2015

E.: Du sagst ja gar nichts.

I.: Mir fällt nichts ein.

E.: Hattest du nicht heute Nacht, als du wach lagst, überlegt, über die Freiheit zu sprechen, die dir so wichtig ist?

I.: Hatte ich. Aber mir fällt nichts ein, ich fühle mich leer.

E.: Es wurde auch langsam Zeit!

I.: Wie bitte?

E.: Leer zu werden. Das ist es!

I.: Du machst Witze!

E.: Das ist deine Freiheit, die dir so wichtig ist. Nichts bindet dich mehr, keine Pflichten, keine Erwartungen, keine Vorstellungen …

I.: … aber das Stoffliche, der Körper, daran bin ich gebunden.

E.: Das kommt auch noch. Alles zu seiner Zeit.

I.: Und wenn am Ende gar nichts mehr ist, was ich festhalten möchte, das ist die wirkliche Freiheit?

E.: Du kennst die vielen Namen für das Nichts in den vielen Religionen und Denksystemen. Das Nirvana, das buddhistische Shunyata, Wu, wie die Chinesen sagen oder das Mu im Zen in Japan.

I.: Das ‚Nichts' als letztes Ziel?

E.: Um nach allen Erfahrungen auf der Erde dorthin zurückzukehren. Ja! Wenn dir der Name so nicht gefällt, dann versuche es doch einmal mit einer wissenschaftlichen Erklärung.

I.: Für das ‚Nichts'?

E.. Nenne es die ‚implizite Wahrheit', wie der Einstein-Schüler David Bohm sagt.

I.: Ich weiß: Das, was *möglich* sein könnte, im Gegensatz zur expliziten, das, was bereits Form und Wirklichkeit hat.

E.: Wirklichkeit – ein sperriges Wort. Was, meinst du, wirkt? Nur Ausgeformtes? Was du anfassen kannst?

I.: Was ich erfassen kann, irgendwie, das hat für mich auch Wirklichkeit.

E.: Drücke es nicht so geschwollen aus! Sag einfach: Das, was da ist. Du, dein Haus, deine Ideen und Vorstellungen, deine Zahnbürste, der Schnürlregen in Salzburg, die Tauben auf dem Marktplatz … und das, meinst du, *wirkt?* – Im Gegensatz zu dem, was nicht da ist und daher *nicht wirkt?*

I.: Wie sollte es auch!

E.: Aber eventuell wirkt es nur *noch nicht!* Wir sprachen schon davon hinter O'Cebreiro, du hast es selbst gefühlt: Es könnte durchaus kommen, wenn es jemand schon gedacht hätte.

I.: Und den Schnürlregen, die Tauben auf dem Marktplatz, die hat jemand gedacht?

E.: –

I.: Klar! Du! – Und was ist dann das Nichts? Geist?

E.: Daraus kommt alles. Aus dieser Perspektive kannst du dir eine Unendlichkeit von Erlebnissen vorstellen. Nichts schränkt den Geist ein, weder stoffliche Gegebenheiten, noch die Zeit. Er schafft dir neue Wirklichkeiten. Oder du genießt durch ihn deine Erinnerungen. Du greifst ins Regal wie in einer Bibliothek und holst dir eines deiner Bilderbücher mit deinen Erlebnissen heraus, ob sie dir begegnet sind oder du sie dir nur hättest vorstellen können, vielleicht auf einer anderen Ebene oder in anderer Dimension …

I.: … in der ich auch leben könnte oder gelebt habe?

E.: Natürlich. – Stell dir dein Leben einmal als einen Gegenstand hier in den drei Dimensionen dieser Welt vor. Du kannst das Ding von oben oder unten, rechts, links, hinten oder vorne betrachten, immer erhältst du ein anders Bild, obwohl es immer noch das gleiche Ding ist. Dein Leben, du! Und wie wäre es, wenn du dieses Ding in eine Sphäre transportieren könntest, in der es noch mehrere, zusätzliche Seiten gäbe? Wie sähe das Ding in einer fünften, sechsten, siebten Dimension aus? Wenn du Gedanken z. B. *sehen* könntest oder Gerüche *anfassen*, mit Tönen ein Haus bauen.

I.: Und das könnte ich erleben?

E.: Du hast vorhin bemerkt, dass deine Freiheit beschränkt ist wegen der Bindung an deinen Körper und deine Möglichkeiten der Wahrnehmung. Und ich sagte dir: Das wird sich ändern – zu gegebener Zeit. Erinnere dich an den Ausspruch der alten Frau, die keine Angst vor dem Tod hatte, sondern ‚Reisefieber'. Diese Reise beginnt in dem Moment, in dem die Gebundenheit an den Körper entfällt, deine letzte Unfreiheit. Manchen gelingt es sogar vorher, willentlich den Körper auf Zeit zu verlassen. Oder äußere Ereignisse zerreißen vorübergehend die Einheit von Körper und Geist/Seele. In den Kliniken kommt das sogar häufiger vor, oder bei Unfällen.

I.: Nahtod-Erlebnisse, Raimund Moody, das Buch kenne ich.

E.: Auf welcher Ebene spielen diese Erlebnisse?

I.: Auf einer unbekannten Ebene – oder mehreren? Im Nichts?

E.: Im Alles! Was letztlich dasselbe ist – wie schon so oft gesagt. Mach dir jetzt keine Gedanken darüber, das kommt alles noch. Jetzt bist du fast 700 km gelaufen und hast hier deinen Kopf leer bekommen für neues In-Put, das ist doch großartig. Oder?

I.: Der Camino für die geistige Müllabfuhr?

E.: Du und deine spitzfindigen Formulierungen! Allerdings kannst du davon ausgehen, dass das, was da aus den Köpfen entleert wird, oft viel ekliger ist als alles, was alle Müllmänner dieser Welt zusammen bei ihrer realen Arbeit fortschaffen.

I.: Ich möchte es gar nicht wissen.

E.: Pass nur auf, was du dir jetzt an Neuem hereinziehst. Bleibe wachsam – oder: achtsam – das Wort liebst du doch.

I.: Ich werde es versuchen. – Ich habe einmal gedacht, das einzige Ziel in unserem Lebens könnte sein, die Gedanken wirklich unter Kontrolle zu bekommen – für später. Und die Materie, die uns so plagt und so viele Mühen bereitet, ist ein Schutz, damit unsere Gedanken nicht unmittelbar Wirklichkeit werden. Wenn ich einmal in Wut bin und vielleicht denke, ,den oder die könnte ich an die Wand klatschen!', dann würde der oder die in einer geistigen Welt, wo es keine Materie gibt …

E.: … oder nicht so wie du sie dir vorstellst …

I.: ... dann würden die doch schon an der Wand kleben – allein vom Denken. Aber hier steht der Ausführung der Gedanken die Materie im Weg. Und weil wir mit unserem Körper daran gebunden sind, können oder *dürfen* wir vorher nochmals nachdenken. – Ist das so?

E.: So könnte es sein.

I.: Also nichts mit Freiheit?

E.: Jede Freiheit hat Grenzen, sonst wäre es Willkür. Aber innerhalb der Grenzen, die du kennst, hast du eine viel größere Freiheit, als du glaubst. Und bisher benutzt. Mach dich frei, stell deine Gitter und Barrieren, deine Verbotszonen und Angstreviere auf den Prüfstand, und du wirst staunen, welche Freiheiten dir noch alle zuwachsen.

Erst gegen Mittag klarte es auf und wurde heiß. In einem Waldstück ließ ich mich auf einem Steinmäuerchen nieder, vor mir eine Wegbiegung und ein lichtes Wäldchen, die ersten braunen Blätter lagen auch schon auf der Erde, die Kraft des Sommer zeigt erste Schwächen; und auf dem Weg zog ein Defilee unterschiedlichster Pilgergestalten an mir vorbei. Die meisten schienen es richtig eilig zu haben – oder wurde nur ich mit der Zeit immer langsamer? Eine Frau hielt kurz neben mir an, trank einen Schluck aus der Wasserflasche und war schon wieder unterwegs. Als sie hinter der nächsten Biegung verschwunden war, sah ich, dass sie ihre Wanderstöcke an dem Mäuerchen vergessen hatte. Doch im Moment war ich zu träge zum Nachlaufen, kaute weiter an meinem Brot, noch aus Sarria – und ärgerte mich nun doch ein bisschen wegen meiner Faulheit. Gerade noch mit Selbstvorwürfen beschäftigt, sah ich die Eilige von eben wieder zurückkommen, um die Stöcke zu schnappen, auf dem Absatz umzudrehen und erneut davon zu hasten. ‚Eile mit Weile' hatte der Weg sagen ihr wollen. Aber wer hört schon auf Ratschläge?

‚Hunger zu haben und ihn befriedigen zu können, wie schön', ging mir beim Picknick durch den Kopf. Auch so eine Allerweltsweisheit, aber wer macht sich darüber noch Gedanken? Der Weg sorgte nicht nur für Abrieb unter den Schuhsohlen, sondern auch bei den Verkrustungen über den Wahrnehmungen. Wir stecken immer so voller Unzufriedenheit. Natürlich beanspruchen die Dinge, die nicht in Ordnung sind, mehr Aufmerksamkeit – die schönen sind ja bereits in Ordnung. Doch im Gedächtnis haftet mehr das Hässliche, das Unglücklich-Machende, und genau so fühlt man sich dann.

Nicht immer denke ich daran, aber wenn, dann beginne ich den Tag möglichst mit einem ‚Danke' für so vieles, was ich bekommen habe. Und jeden Tag kam hier Neues hinzu. Da waren die gemeinsamen Abendessen in Cirauqui, Santo Domingo, El Burgo ranero und die herzliche Umarmung in der Herberge, die erstaunlichen Wolkenformationen – was für fantastische Himmelsbilder hatte ich schon gesehen. Das alles addiert sich am Ende zu dem Gemälde von Glück. Ich stellte an mir selbst fest, wie viel von den üblichen Ansprüchen, dem Gekränkt-Sein, Sich-Benachteiligt-Fühlen etc. gar nicht mehr vorhanden war. Ich hatte dazu gar keine Zeit. Das Gehen alleine beschäftigte zur Genüge und kostete auch Kraft. Trotzdem, so zufrieden und lebendig wie hier hatte ich mich lange nicht mehr gefühlt.

Es ging noch ein gutes Stück bergab, dann kam Palas de Rei in Sicht, wieder ein ehemals bedeutender Ort, der sich in der Sonne an einen ziemlich steilen Hang anlehnte.

Gleich am Anfang der Ortschaft begrüßten mich Marga, Tomec und John, die vor ihrer Herberge ausruhten. Ich ging noch weiter, wollte zur Munizipal, der städtischen ‚Albergue Xunta central‘, direkt gegenüber dem ‚Palas de Rei‘, Sitz des Westgotenkönigs, der vor 1 300 Jahren hier einmal residiert hatte. Aber – reingefallen! Das war nicht der ‚Palas de Rei‘, nur das Rathaus des Ortes, die Casa Concello; von der alten, hölzernen Residenz und ihrem Glanz von ehemals existierte auch hier nichts mehr.

Mir wurde eines der letzten Betten im Schlafsaal zugewiesen, direkt neben der Tür zu den Waschräumen, und ich machte mich im unteren Bett erst einmal für ein halbes Stündchen lang. Die Herbergen waren in den letzten Tagen schon deutlich voller, seit es so langsam dem Ziel entgegenging.

In der Bar gegenüber gönnte ich mir einen Kaffee und als Extra diesmal eine Mandel-Tarte, wie sie hier überall in der Gegend angeboten wurde, beobachtete zwei Pilger, die gerade an der Haltestelle vor dem Rathaus aus einem Bus krabbelten, ihre Rucksäcke aus dem Kofferraum klaubten und zielgerichtet ‚meiner‘ Herberge zustrebten – so ging pilgern auch. Jeder nach seinem Geschmack. Ich war insgeheim schon ein bisschen stolz, dass ich bis hierher noch jeden Meter auf den eigenen Füßen zurückgelegt hatte.

Ich schaute mich im Ort ein wenig um. Obwohl es schon eine größere Siedlung war mit mehreren Straßenzügen am Berghang, wirkte sie wenig anziehend. Ebenso wenig die zwei Restaurants, die ich entdeckte. Also beschloss ich für mein Abendessen selbst zu sorgen, kaufte in einem richtigen kleinen Supermarkt ein und freute mich auf das Picknick in der Herberge. Wie sich herausstellte, war diese Idee nicht so gut, denn zwei Koreanerinnen –

oder Japanerinnen oder kamen sie aus China? – ich kannte das Idiom nicht, jedenfalls schwatzten sie im Gemeinschaftsraum ununterbrochen und in einer aufreizend hohen Tonlage. Vielleicht tat ich ihnen ja auch Unrecht und war selbst nur durch das Allein-Wandern so empfindlich geworden? So ähnlich wie am Mittag die Hast der Wanderin auf mich gewirkt hatte. Irgend etwas schien seit den letzten Etappen verändert zu sein. Ich fühlte mich wie ein fremder, kritischer Beobachter meiner eigenen Schritte und Gedanken. Gegen die Lautstärke der Asiatinnen halfen schließlich zwei Dosen Bier, und als ich die intus hatte, gingen die Damen.

Gerne hätte ich mich zum Abschluss des Tages noch bei jemandem zu einem Glas Wein niedergelassen, streckte die Nase draußen um die Ecken, aber Frederic aus Gran Canaria saß vor einer Bar mit einer ganzen Gruppe von Spaniern im Gespräch vertieft und ich wollte nicht stören; beim Aufstieg zum Kirchplatz hinauf kam ich an Marga und Tomec vorbei, ebenfalls umringt von polnischen Landsleuten und angeregt erzählend; und in der stattlichen Kirche war die Messe soeben zu Ende; der Raum atmete noch warm die Gegenwart der Menschen, es roch anheimelnd nach Kerzenwachs, doch ich fühlte mich heute fremd und nicht dazugehörig, ganz anders als vor zwei Wochen in Carrion mit den Pilgern und Klosterschwestern beim Gesang im Vestibül und später beim gemeinsamen Pilgersegen. Oder im Chorgestühl der kleinen, abgewetzten Dorfkirche von Rabanal bei der gregorianischen Vesper. Es tat fast schon weh dran zu denken, denn das alles war bereits Vergangenheit, nicht wiederholbar. Vielleicht ist dies die Lehre vom Weg: Das Lernen, Abschied zu nehmen und ohne Bedauern loszulassen, um die Freiheit und Platz für eine Unendlichkeit neuer Möglichkeiten zu gewinnen. Die Gedanken über die Freiheit kreisten immer im Kopf. Jedes Erlebnis verwebt uns mehr in dieses endliche Leben. Wer einen guten und leichten Abschied haben möchte, sollte früh damit anfangen.

Jetzt, wo das Ziel langsam in greifbare Nähe rückte, setzte bei mir bereits so etwas wie ein Abschied auf Raten ein, drängten sich die Bilder auf, wie es nach der Rückkehr zu Hause und in der Praxis aussehen, wie es weitergehen würde. Ob ich so weitermachen möchte und könnte, wie vorher? Oder was, wenn nicht …?

Die Wand mit dem einzigen Tor

Palas de Rei, 7.9.15

Es steht eine Wand mit dem einzigen Tor,
daraus treten leiblose Schatten hervor;
Sie haben nicht Name, nicht Form und Gestalt,
doch von der fremden Seite Gewalt.

Nicht hoffen und bitten durchdringt ihre Nacht,
sie sind von ehernem Stoffe gemacht,
verhüllen mit ihrem Odem das Licht,
erdrosseln den Tag und die Zuversicht.

Vergebens zu leugnen und Burgen zu bauen,
sich wohlfeilen Predigern anzuvertrauen,
vergebens zu fliehen und Feuer zu zünden,
der Weg wird in ihrem Dunkel münden!

– So sei es denn, Schatten! Ich nehme euch an!
So ende ich willig, wo alles begann.
– Und bald wird das Dunkel sanft bergende Hülle;
es trägt mich behutsam ein einziger Wille.

Palas de Rei – Ribadiso, 8.9.2015

Gestern brüstete ich mich noch vor mir selbst, jeden Meter des Weges bisher auf den eigenen Füßen zurückgelegt zu haben, und heute kam der Sündenfall. So ist das, wenn man hochmütig wird. Aber alles der Reihe nach.

Das Bett im Schlafsaal an der Tür zu den Waschräumen erwies sich als böse Falle. Denn nachdem pünktlich um 22 Uhr das Licht gelöscht wurde, tappten wenigsten noch drei Spätheimkehrer im Viertelstunden-Abstand herein und mit Taschenlampe bewaffnet zu den Toiletten, ließen entweder die Tür gleich offen stehen, damit ich auch mitbekam, was sie dort anstellten, oder klatschen sie bei Hineingehen und zur Abwechslung auch wieder beim Herauskommen geräuschvoll in die Füllung. Und als es dann endlich ruhig wurde, war ich wach.

Dafür bekam ich erneut ein Konzert geboten, quasi der 2. Satz zur der Schnarch-Symphonie von neulich. Aber kein langsames ‚Adagio‘ eher ein ‚Furioso‘! Das Prusten und Schnauben war dabei noch nicht einmal das Ärgste. Irgendjemand aus dem Orchester produzierte einen Ton, der dem einer hochtourig, laufenden Kettensäge entsprach, langsam an- und rascher wieder abschwellend (es muss schon ein größeres Waldstück gewesen sein, das beim diesem Sägen dahinsank). Ich bemühte mich eine Zeit lang vergeblich um eine anatomische Erklärung, wie man so etwas hinbekommt: faszinierend – wenn ich nicht hätte schlafen wollen. Als ich dann zum Ausgleich am Morgen noch etwas länger an der Matratze zu horchen gedachte, weckte mich um Viertel vor Sechs das bekannte Im-Gepäck-Kruscheln und Türenklappen der frühen Wandervögel. Also stand ich auch auf und machte mich bereits um halb sieben auf den Weg.

Es war noch dunkel und ich hatte Mühe, die Coquille zu finden. Diesen Ausdruck hatte ich mir seit meiner Probe-wanderung mit Jens im Mai in Frankreich angewöhnt, auf Spanisch würde es ‚Concha de peregrino‘ oder ‚vieira‘ heißen, gefiel mir nicht. Meine Hände an den Wanderstöcken versteckte ich wieder so weit es ging in die Ärmel des Pullis; morgens war es jetzt immer ziem-lich frisch. Anhand der gelben Pfeile fand ich aus dem Ort hinaus und lief ein ganzes Stück neben der beleuch-teten Straße entlang, – über mir ein grandioser Sternen-himmel mit einem halben Mond-, bis der Weg in einen Wald abbog. Hier sah ich plötzlich fast gar nichts mehr, den Boden konnte ich nur noch erahnen. Ich tastete mich vorsichtig weiter bis zu einem Gehöft, an dessen Außen-mauer eine einsame Glühbirne brannte. Immerhin, konnte ich ausmachen, dass der Weg sich gabelte. Links hörte ich die Geräusche der Straße, die laut Pilgerführer fast ständig parallel zum Weg verlief; dort, wo man nach rechts abbiegen konnte, schien der Weg weniger began-gen zu sein, und ich wählte kurzer Hand die Route gera-deaus. Schon wurde es wieder Nacht zwischen den Bäu-men, die noch dichter standen, und an einer zweiten Ab-zweigung sah ich wirklich nicht mehr die Hand vor den Augen.

Behutsam suchten meine Füße nach der Fortsetzung des Pfades, stolperten aber im Dunkeln wenige Schritte wei-ter über Steine und Äste – dies konnte keine oft benutzte Strecke sein. Also wandte ich mich nach links in das ebenso Stockdunkle zur Richtung Landstraße hin. Plötz-lich geisterte hinter mir ein Irrlicht durch den Wald und schien langsam näher zu kommen, bis ich schließlich sah:

es war ein früher Pilger mit einer Stirnlampe. So eine hatte ich – unbenutzt – auch im Gepäck, wie ich mich jetzt erinnerte. Doch als ich sie endlich aus den Tiefen des Rucksacks gekramt hatte, funktionierte sie natürlich nicht.

Der Wanderer überholte mich, erwiderte kurz meinen Gruß, und ich folgte seinem Licht dankbar in einigem Abstand bis zur Chaussee. Zweimal überholten mich noch weitere Lampenträgern, dann war endlich der Morgen heraufgezogen.

Ich kam an einer Bar vorbei, wo ein junger Mann gerade Tische und Stühle nach draußen räumte. Das Haus fiel sofort ins Auge. Es wirkte schmuck: neue Fenster, sauber verfugte Natursteine, mit einem Vorgärtchen und Blumenkübeln zur Straße hin; in der Einfahrt seitlich ein grün gestrichener Boden und hinten schaute man in eine gemütliche Taverne. Als ich nach oben auf das Aushängeschild blickte, las ich: ‚Die beiden Deutschen‘. Deshalb erschien es so herausgeputzt. Man kann wohl nicht verleugnen, wo man herkommt. Einige Zeit danach das Gleiche noch einmal: ein sehr gepflegtes Anwesen mit einer Bar und einem adretten Schild ‚El Aleman‘. Auch ein paar hier Hängengebliebene. Jens hatte ebenfalls schon davon geträumt, wie er erzählte: ein kleines Gästehaus am Weg, wo er zu einem fairen Preis Pilger beherbergen und bekochen könnte, gerade so viel, dass es reicht, Stressfreiheit und Ruhe inbegriffen. Malerischer und idyllischer wirkten allerdings die in die Jahre gekommenen spanischen Bauernhäuser seitlich des Weges mit steinernen Platten als Bedachung und kleinen blühenden Pflänzchen, die sich in die in den Mauerfugen eingenistete hatten.

Ich durchquerte Melide, eine größere Ortschaft, die für ihre Spezialität ‚pulpo', den Tintenfisch, berühmt war, die ersten Anzeichen dafür, dass ich mich langsam der Atlantikküsten näherte. Zum Essen schien es mir noch zu früh, aber ich nahm mir vor, den ‚pulpo' später in Santiago zu probieren.

Der Weg zeigte sich nun deutlich dichter bevölkert; man brauchte eigentlich keine Wegzeichen mehr, sondern musste nur im lockeren Strom der Pilger mit schwimmen, der die Landstraße entlang plätscherte. So durchquerte ich eine weitere Ortschaft, die gelben Pfeile wiesen die Richtung; mit meinen Gedanken beschäftigt folgte ich ihnen, immer im Verlauf der Hauptstraße bis weit aus dem Ort hinaus und plötzlich stand ich an einer Weggabelung, aber weit und breit war kein vertrauter gelber Pfeil mehr zu entdecken. Meiner Karte nach konnte es eigentlich nicht rechts über die Brücke und die Autopiste gehen, also schlug ich die Richtung nach links ein. Ein angenehmer Feldweg, in sanftem Bogen durch Büsche und Bäume abwärts in ein Bachtal, auf der anderen Seite wieder hinauf und immer weiter nach links durch einen lichten Wald, so schön – und so ruhig(!), wie mir mit einem Mal auffiel. Nirgends mehr ein Wanderer und ebenso wenig Muscheln oder Pfeile – ich hatte mich verlaufen!

Aber ich verspürte wenig Lust, umzukehren, zumal mein innerer Wegweiser mir sagte, dass ich nur irgendwo nach rechts den Hang hinaufgehen müsste, um auf der anderen Seite den Bach zu erreichen, an dem laut Reiseführer die nächste Herberge liegen sollte. Ich trug den Um- oder Abweg also mit Fassung und hielt nach einer Abzweigung Ausschau, die aber lange nicht kommen wollte. Nur ein paar Baumfäller lärmten am Hang über mir und hörten meine Rufe nicht.

Der Wald nahm ein Ende, doch es zeigte sich noch immer kein Pfad zur richtigen Seite hin. Ich kam an einer Farm vorbei, die wie ausgestorben in der Mittagshitze lag, und niemand ließ sich blicken, den ich hätte fragen können; schließlich ein Dorf. Und dort endlich führte eine Straße nach rechts aus dem Ort hinaus, die ich nehmen konnte. Im Vorbeigehen sah ich einige Männer in einer Einfahrt werkeln und sie schauten mir mit Blicken hinterher, die laut hörbar dachten: „Wieder so ein armer Irrer, der den Weg nicht findet."

Die Sonne meinte es nun wirklich gut, das Hemd klebt am Rücken, die schattenlosen Landstraße stieg stetig bergan, zumindest stimmte aber die Richtung, da war ich mir sicher. Ich muss wohl früher einmal einen Kompass verschluckt haben, denn wie ich auch immer gehe oder mich wende, die Himmelsrichtung erfühle ich in mir wie von einer Magnetnadel angezeigt. Wenn mich Christel z. B. auf einem Spaziergang mitten im Wald fragt, wo denn nun unser Auto geparkt sei, dann weiß ich einfach: genau in dieser (bestimmten) Richtung. Und nun sagte es in mir: immer so weiter, dann kommst du zurück auf den richtigen Weg. Ein Golf stoppte neben mir und eine Frau fragt mich auf Spanisch, ob ich den Camino suche – so viel verstand ich inzwischen. Und als ich bejahte, war sie auch schon ausgestiegen, hatte den Kofferraum geöffnet, meinen Rucksack hineingepackt, und wir fuhren los. Nur etwas mehr als einen Kilometer weiter stießen wir auf eine Querstraße, auf der ich schon von weitem die vertrauten Pilger-Scharen mit der Jakobsmuscheln am Rucksack vorbei ziehen sah. Kaum dass ich mich bei meiner Wohltäterin noch bedanken konnte, da war sie auch schon weiter gefahren. – Soweit also mein Sündenfall. Doch da ich ja mehrere Kilometer Umweg gelaufen war, beschloss ich, mir die Autofahrt als lässliche Sünde wider den Geist des Jakobsweges zu vergeben.

Ich reihte mich in den Strom der Marschierer ein, und bald schon tauchte in der Talsenke Ribadiso auf, die gesuchte Herberge, malerisch an einem Flüsschen gelegen; früher war sie einmal ein Pilgerhospital.

Trennung

Mein Umweg zwischen Palas de Rei und Ribadiso, das Abkommen vom Weg und trotzdem Weitergehen in der Gewissheit, die richtige Richtung zu kennen und zurück zu finden, auch wenn ich momentan irregeleitet war, brachten mich auf eine ganz andere Geschichte. Eine Nachricht nämlich, die mich einige Zeit nach der Trennung von C. erreichte und ziemlich heftig durchfuhr. .Ich war jetzt 60 km vor Santiago, das entsprach in etwa der Zeit um 2009, die Zeit passte. Je länger ich darüber nachdachte, umso mehr drängte sich mir der Gedanke auf, dass dieses Ereignis, von dem ich auf Umwegen Kenntnis bekam, kein Zufall war, sondern mit dem Bruch unserer Gemeinschaft zusammenhing, den sie mutwillig herbeigeführt hatte.

Die ersten Jahre mit C. waren angefüllt mit dem vollen Gefühl inniger Zusammengehörigkeit und absolutem Vertrauen sowie dem Glück mit unserem Töchterchen. Und wenn einer von uns auch nur für einen Tag alleine verreisen wollte, bekam ich deswegen schon Bauchschmerzen. Als bei einer Neujahrsfeier mit Teilnehmern aus der Seminar-Gruppe von Amden, wo wir uns kennen gelernt hatten, unvermittelt der Verflossene von C. auftauchte und – wie mir zugetragen wurde – über sie zu einem Bekannten äußerte: „Wenn sie mir gegenüber *so* gewesen wäre, wie jetzt bei ihm, hätte ich sie sofort geheiratet.", hätte mir das schon damals zu denken geben sollen. Tat es aber nicht. Zu unvorstellbar erschien mir, dass sich an unserer Beziehung jemals etwas ändern könnte. Der Alltag nahm mich zwar ziemlich in Anspruch, die Bemühung um neue Therapiesystheme (ich entwickelte z. B. eine Behandlung mit Pyramiden, Licht- und Toneinblendungen, die jahreszeitlich variierten), die Überlegungen zum Neuanfang in der Praxis für sie, der Um- und Anbau des Hauses etc. etc – viel Zeit blieb nicht übrig. Erste Anzeichen von Desinteresse ihrerseits an mir führte ich auf diese Anspannung zurück.

Fünf Jahre später wurde unser zweiter Sohn geboren und ihre Reserviertheit wuchs noch spürbarer. Ich begründete es mir selbst gegenüber wiederum mit unserem erneut verstärkten Arbeitsaufwand, den Ansprüchen der Kinder an sie, der anlaufenden Praxistätigkeit und hoffte, dass es sich wieder geben würde. Aber es änderte ich nichts. Im Gegenteil, immer öfter kam Streit auf, meist wegen Nichtigkeiten, und wenn ich um des lieben Friedens willen einlenken oder besänftigen wollte, steigerte das nur noch ihre Aggressivität und Unzufriedenheit.

Natürlich beschäftigte mich jetzt, da ich Familie hatte, zusätzlich auch noch die Absicherung der Zukunft, falls ich einmal nicht mehr für die Meinen würde sorgen können. Das war bei dem Altersunterschied von mehr als 20 Jahren kein abwegiger Gedanke, und – ebenfalls natürlich – kam die Freizeit dabei zu kurz. Ich hatte ein Mehrfamilienhaus erworben und gedachte, es zusammen mit Rolf, einem befreundeten Handwerker, langsam auszubauen. Rolf bezog schon Rente, suchte aber Beschäftigung, ideenreich und tatkräftig wie er war. Er hätte sich dort richtig austoben können, so kalkulierte ich. Leider erlitt er kurz nach dem Kauf einen Schlaganfall, und ich stand plötzlich mit dem Vorhaben alleine da. Über Monate hinweg verbrachte ich fast die gesamte Freizeit in diesem Gemäuer – ein Schnellkurs in fast allen dort nötigen Gewerken.

Und diese Belastungen blieben mir über Jahre hinweg treu. C. konnte oder wollte offensichtlich nicht verstehen, wofür ich mich denn so sehr abplagte. Ihre Gleichgültigkeit und Entfremdung mir gegenüber wurde so groß, dass sie mir unverhohlen vorschlug, ich solle mir doch nebenbei jemand anderes *anlachen*, wenn ich mit ihrer Reserviertheit nicht zurechtkäme. Nur, an so etwas hätte ich im Traum nicht gedacht, (obwohl es an Gelegenheiten in der Praxis nicht mangelte). Meine Ehe war mir heilig nach den Erfahrungen mit meiner ersten Frau. Ich sah C. und die Kinder als Glücksfall in meinem Leben an. Genauso sagte ich es ihr auch immer wieder.

Im Sommer 2004 ging unsere Tochter schon in die vierte Klasse des Gymnasiums, unser Sohn war neuen Jahre alt und besuchte eine Montessorischule, und wir machten zusammen Familienurlaub auf Mallorca. Dort lernte Michael am Pool einen gleichaltrigen Spielkameraden kennen, ein Scheidungskind, das gerade mit dem Vater die Ferien verbrachte, sonst aber bei seiner Mutter lebte.

Dieser Vater stammte aus Bremen, ein Geschäftsmann, gesellig und wortgewandt, der offensichtlich Anschluss suchte; er fing am Pool sofort ein Gespräch mit mir an.

Da C. und ich am Ort sonst niemanden kannten, verbrachten wir im Verlauf des Urlaubs einige Abende gemeinsam beim Wein auf der Terrasse des Ferienquartiers. Zwar fiel mir bald auf, dass die Gespräche zunehmend an mir vorbeigingen und nur zwischen C. und ihm verliefen, wobei er geschickt seinen Besitz und seine gute finanzielle Situation in den Vordergrund stellte. Bei C. schien das die beabsichtigte Wirkung nicht zu verfehlen. Als er einige Tage später abreiste, wunderte ich mich zwar über den äußerst herzlichen Abschied zwischen beiden, aber ich dachte, jede Ausnahme-Situation wie ein Urlaub geht einmal vorbei, und das wäre es jetzt gewesen.

Kaum zu Hause angekommen, telefonierte C. plötzlich jeden Abend über Stunden hinweg mit ihm in Bremen. Bald darauf schwebte er mit seinem Privatflieger in Mönchengladbach ein, vorgeblich damit sich die ‚Buben' wiedersehen könnten. Doch der Sohn kam gar nicht mit. Er ließ sich im Kreis meiner Familie im Schlosspark in Wickrath zum Essen einladen, erzählte ununterbrochen über allerlei Vorhaben: wie er sein Hörgerätegeschäft ankurbeln und den Tinnitus besiegen würde, das Ganze gekoppelt mit einer Seminarorganisation, im großen Stil – bundesweit selbstredend – wenn schon, denn schon … und da müsste dann nur noch jemand die Organisation und die Ausbildungsseminare leiten … und C.'s Augen glänzten. Wieder fühlte ich mich außen vor, als wäre ich für sie beide gar nicht vorhanden. Später bei der Verab-schiedung auf dem Flugplatz bemühte sie sich auffällig, nur ja nicht zu nahe neben mir zu stehen, solange sie aus der startenden Maschine zu sehen war.

Zwei Wochen später bat mich C. nach dem Mittagessen zu einem Kaffee in die Praxis, sie hätte mit mir zu sprechen. Und sie machte es kurz. ‚Es sei etwas passiert, sie hätte sich verliebt, und diese Liebe wolle sie ausleben.' So ihre Worte. Punktum.

Ich fühlte mich wie vor den Kopf geschlagen und unfähig zu einem klaren Gedanken. Trotz aller Warnzeichen hätte ich mir nie vorstellen können, dass sie zu einem solchen Verrat an unserer Ehe fähig sein könnte (ebenso wenig wie es später alle Bekannten und Patienten konnten, bei denen sie sich stets mit einer Aura des Besonderen, moralisch Abgehobenen zu umgeben verstand).

Am nachfolgenden Wochenende und an vielen weiteren anschließenden verschwand sie für jeweils zwei bis vier Tage zum High-life nach Bremen, lies sich dort als seine neue Eroberung in der Verwandt- und Bekanntschaft herumreichen und bewundern und flog mit ihm in seinem Motorsegler zu Kurzurlauben auf die Nordseeinseln, während ich zu Hause Kinder und Wohnung versorgte, wusch, kochte, putzte, nach den Hausaufgaben sah sowie natürlich die Praxis weiterführte. Das wiederholte sich über Monate hinweg. Entsprechend fühlte ich mich.

Ich versuchte, mit ihr zu reden, sie an das zu erinnern, was uns anfangs verbunden hatte, an die Verantwortung für die Kinder – vergebens. Ich schrieb ihm Briefe, dass er die Finger von meiner Frau und Familie lassen solle, weil a l l e dadurch verlieren würden, insbesondere die Kinder. Er antwortete mir im Stile eines pubertierenden Jung-Egozentrikers: ‚... so etwas wie mit ihr, habe er noch nie erlebt, das würde er keinesfalls aufgeben, er könne ohne sie nicht leben, ein Verzicht käme für ihn absolut nicht infrage, und die Kinder müssten darunter ja gar nicht leiden ...' Es war grotesk: Ein geschiedener Mittfünfziger mit beginnendem Bechterew-Buckel, der den vorsorglichen Vater spielte, dessen Sohn aber unter der Trennung der Eltern so sehr gelitten hatte, dass er sich noch immer die Füße aufschnitt! Ein sich weltmännisch gebender Geschäftsmann, der verantwortungslos und albern wie ein Vierzehnjähriger in den ersten hormonellen Wallungen von Nicht-mehr-ohne-sie-leben-können tönte. Sein Egoismus kannte keine Grenzen.

Zu diesem Zeitpunkt wäre ich noch bereit gewesen, alles als Verirrung oder Verblendung ihrerseits abzutun, wenn sie einen entsprechenden Schritt getan hätte und wäre willens gewesen alles zu vergessen und neu anzufangen. Aber es blieb dabei. Meine Frau verließ Wohnung und Praxis, nahm kurzerhand und ohne Absprache die sofort greifbaren Ersparnisse unserer Familie mit, kaufte zusammen mit dem Neuen ein weiteres Haus, um sich dort neu einzurichten, und lockte mit großzügigen Geschenken wie Notebook, neuen Möbeln, französischem Bett und sturmfreier Bude im Dachgeschoss meine vierzehnjährige Tochter zu sich. Nur bei meinem Sohn Michael verfing das nicht, er blieb bei mir. Und ich versuchte angestrengt weiter, meinen Aufgaben als Vater und Behandler gerecht zu werden und mich im Lot zu halten.

Circa zwei bis drei Jahre später endete C.'s Affäre ebenso plötzlich wie sie begonnen hatte. Der Bremer Egoist und Schwätzer, wie ich ihn in meiner Verbitterung nannte, hatte sich schon bald das nächste Verhältnis zugelegt – als Nebenfrau zu seiner neuen Frau, meiner Exfrau. Und das kam nach einiger Zeit lediglich durch seine Dummheit – oder besser Dreistigkeit – heraus. Er hatte beide Frauen in Griechenland keine 100 m voneinander entfernt auf seinem Boot und in einer Pension untergebracht, wo sie sich dann zwangsweise über den Weg laufen mussten.

Das neue Haus wurde verkauft, die neue Praxis wieder aufgelöst, für eine Übergangszeit war ich als Wohnungsgeber wieder gut genug, vorgeblich ‚der Kinder zuliebe‘, als eine Art ‚Wohngemeinschaft‘ so hieß es ihrerseits. Das Reden und Umdeuten der Fakten, je nach dem, was sie damit bezwecken wollte, beherrschte sie dank der Nachhilfe des Schwätzers mittlerweile fabelhaft. Und ich war noch immer nicht fähig, mich gegen sie zu wehren. Allerdings dauerte dieses Intermezzo ebenfalls nicht lange, und sie verschwand endgültig weit weg von Haus und Kindern nach Süddeutschland.

Einige Zeit später bekam ich über Umwege die besagte Nachricht, die meine Gedanken so rotieren ließ: Die Ärzte hatten bei C. einen soliden Tumor festgestellt.

Es ist in der Medizin mittlerweile nicht mehr zu leugnen, dass schwerwiegende seelische Erlebnisse als Auslöser für Krebs wirksam sein können und ein solches Ereignis regelmäßig in der Anamnese der Betroffenen zu finden ist. Und es ist wahrscheinlich völlig irrelevant, ob Verletzungen von außen gekommen sind oder vielleicht das eigene Ego in Verblendung sie sich selbst zugefügt hat. Ich konnte mich des Gedankens nicht erwehren, dass der Tumor die prompte Quittung bedeutete für alles, was sie in unserer Familie und in sich selbst angerichtet hatte.

Die größte Schuld, die ein Mensch auf sich laden kann, so las ich einmal, bestünde darin, sich an der Liebe zu vergehen.

Ribadiso – O Pedrouzo, 9.9.2015

Die Herberge in Ribadiso war ehemals ein Pilgerhospital, wie so viele unterwegs. Man kann sich vorstellen wie schlecht der Gesundheitszustand der Pilger in früheren Zeiten gewesen sein muss: keine Hygieneeinrichtungen, unzureichende Ernährung, schlechte Kleidung, die Wege und Markierungen mangelhaft, noch dazu bedroht durch Wegelagerer auf den einsamen Stecken – dagegen pilgern wir heute fast im Luxus. Der ganze Weg schien sowieso irgendwie geschützt zu sein. Gefühle von Angst oder die Notwendigkeit zu übergroßer Vorsicht tauchten nie auf, vielleicht weil sie mir generell ziemlich fremd sind, vielleicht wegen des Bewusstseins, gemeinsam mit so vielen anderen unterwegs zu sein, eventuell auch wegen der Wegzeichen? Oder ist es etwas mehr, etwas nicht in Worte zu Fassendes? Es fühlte sich auf dem Camino einfach anders an. Das bemerkte ich auf meinem Umweg gestern: Der Autopilot war ausgeschaltet, ich lenkte meine Schritte selbst, bewusster, aufmerksamer, und stellte deutlich die Veränderung fest, als ich wieder auf der Route war, zurück im Gleis.

Unsere Unterkunft befand sich in einem dieser alten renovierten Bruchstein-Gebäude, aber mit einem völlig neuen Waschhaus dahinter. Im großen Schlafsaal standen auf zwei Ebenen verteilt wenigsten 30 Stockbetten, die am Abend auch alle belegt waren – gut, dass ich zeitig genug dort eingetroffen war. Direkt nebenan lag eine Bar – was will man mehr? Schon auf den letzten Metern vor der Ankunft in der Talsole sah und hörte ich das Gelächter vieler junge Leute, die am und im Wasser neben der Brücke platschen. Vom Fenster am Fußende meines Bettes machte ich Fotos von dem Treiben und verschickte sie per Wifi; Gisela antwortete noch am gleichen Abend aus Hamburg; die Freundschaft mit ihr, neununddreißig Jahre nach unserer Scheidung, ist schon etwas Besonderes. (Ich klopfte uns beiden in Gedanken auf die Schulter: Das haben wir ganz ordentlich hingekriegt.)

Ich genoss es unterwegs sehr, so problemlos Kontakt halten zu können. Die Verbundenheit mit den mir wichtigen Menschen schien im Quadrat der Entfernung zu wachsen und das Nebensächliche, Störende, fiel einfach ab. Was übrig blieb, war nur dieses starke Gefühl, das manchmal beinahe weh tat. Ich versuchte, diese Erfahrung in mein geistiges ‚backpack' zu stopfen um mich, wenn nötig, zu Hause an der Nase zu packen und zu fragen, ob meine eigene Meinung wirklich so wichtig war. Lohnte es sich, dafür anderen vor den Kopf zu stoßen? Mein alter Klassenlehrer auf der Penne sagte einmal: „Stell dir bei jedem Disput vor, du stündest auf dem Eiffelturm und betrachtest dich und deinen Kontrahenten von oben herab. Wie schwerwiegend müsste eine Auseinandersetzung wohl sein, um aus einer solchen Höhe überhaupt noch wahrgenommen zu werden?" Ich stelle mir bildlich vor, wie mich ein anderer aus Leibeskräften anzuschreien versuchte und ich vernähme kein Wort davon. Ich würde nur seine Anstrengung bemerken, wie er schnaubte und gestikulierte, rot würde und seine Halsschlagadern anschwellen. Und zu allem Überfluss sähe ich auch noch mich selbst in gleicher Weise agieren und herumhampeln – das alles erschiene plötzlich nur noch wahnsinnig komisch.

So ging es mir einmal bei der historischen Aufnahme einer Hitler-Rede, als ich mir den Ton wegdachte. Ich fragte mich, ob er sich wohl gleich den Kiefer ausrenkte? Oder wie es aussähe, wenn man ihm jetzt einen Pferdeapfel in den Rachen stopfte? (Wie in dem Witz über die zänkischen Marktweiber, die sich in ihrer Wut auch damit bewarfen – und ein Rossballen landete im aufgerissenen Rachen der andern. Und die Getroffene deutete in höchster Rage mit dem Finger auf ihren Mund und schrie: „... und der bleibt drin, bis d' Polizei kimmt!")

Auf der Terrasse der Bar nebenan erstand ich am Abend mein Menü samt einem großem Bier. Darauf hatte ich mich schon seit Mittag und dem Umweg über die heiße Landstraße gefreut. Und anschließend setzte ich mich zu Antonio und Frederic, die nebenan beim Wein mit einer Gruppe von Spaniern redeten. Liebenswürdiger Weise wechselten sie ab und zu auch ins Englische, damit ich etwas von der Unterhaltung mitbekam, bis sich schließlich die Bettschwere bei mir einstellte.

Am nächsten Morgen herrschte in der Bar schon reger Betrieb, als ich eintrat. Ich gestattete mir heute gleich in der Frühe den Kaffee con leche, allzu oft würde ich ja nicht mehr Gelegenheit dazu haben, nun ging es wirklich dem Ziel entgegen. Christel würde sich heute auch auf die Reise nach Santiago machen. Antonio setzte sich zu mir an den Tisch, gemeinsam schmeckte es besser, und ich schickte Christel ein Bild von uns beiden. Dann brachen wir auf. Antonio hatte seine Freundin nach Santiago nachkommen lassen wollen, um zum Ausklang ein paar Urlaubstage mit ihr zu verbringen, aber die Preise für die angebotenen Hotelzimmer bewegten sich in zu unverschämter Höhe, obwohl die Haupt-Reisezeit vorbei war. Christel hatte von Hause aus für ein Viertel des jetzt Verlangten gebucht. Deshalb würde nun Antonio von Santiago aus gleich nach Madrid zurückfahren.

Es nieselte ein bisschen, doch Anorak und Rucksack-überzug auszupacken lohnte nicht, das Wetter beruhigte sich schnell wieder. Mein Glück in Bezug auf die Witterung konnte ich eigentlich kaum fassen. Wenn ich an die diversen Fotos in den Bildbänden vom Camino denke oder an die Schilderungen – z. B. von Hape Kerkeling – von vermummten Pilgern in heftigen Regengüssen, von durchnässter Kleidung und aufgeweichter Habe im Backpack, wenn alles über Nacht nicht mehr richtig trocknen will und die ganz Pilgerei nur noch anödete ... Und ich hatte bisher ganze zehn Minuten Regen abbekommen.

Der Strom der Pilger riss jetzt nicht mehr ab. Unterwegs überholten wir eine zierliche, junge Koreanerin, die Antonio schon kannte. Shen hieß sie – so habe ich es jedenfalls verstanden, denn ihr Englisch hatte einmal wieder eine neue, unbekannte Einfärbung. (Obwohl ich in dieser Beziehung von meinen Reisen nach Indien schon einiges gewohnt war.) Sie zählte gerade zweiundzwanzig Jahre, studierte in Salamanca und kannte bereits Heidelberg und Machu Picchu, denn der Vater gehörte wohl nicht zu den Ärmsten. Eine beeindruckende kleine Person, wie sie so allein, so weit weg von Hause in einer so fremden Kultur ihr Ziel verfolgte. (Ich dachte an mein reiselustiges Töchterchen, das ja auch in diesem Alter in Arizona studiert und Kalifornien unsicher gemacht hatte.) Und zu dritt liefen wir weiter.

Bei der nächsten Rast trafen wir auf Mariebel und ihren Mann, die zur Gruppe von gestern Abend gehörten, und sie bot uns an, in O Pedrouzo Betten zu bestellen. Wir nahmen dankbar an, denn das Getümmel auf dem Wanderweg konnte nicht mehr übersehen werden und wer wüsste, wie es mit den Unterkünften am letzten Ort vor Santiago bestellt sein würde. Die Bar am Straßenrand glich eher einer Grotten-bahn als einem Restaurant: voll gehängt mit besonderen Biergläsern, Bildern, Landkarten, Schildern und anderen Relikten, offensichtlich von den zahllosen Pilgern zurückgelassen. Es herrschte eine Atmosphäre von latenter Unruhe oder Erwartung, wie schon draußen auf dem Weg. Santiago warf seine Schatten voraus, beziehungsweise auf uns – so, wie es auch einige kleinere Eukalyptushaine taten. Erstaunlich, sie hier vorzufinden. Nach vielen Abholzungen in früheren Jahrzehnten hatte man dieses Exotengewächs hier zur Aufforstung benutzt. Die Bäume gaben dem Weg einen ganz eigenen Reiz: Mit ihren hohen, zweiglosen, schlanken Stämmen erbauten sie einen erhabenen Dom mitten in der Natur.

Wir erreichten O Pedrouzo, die letzte Station vor Santiago und fanden am Ortseingang gleich unsere Herberge. Etwas war bei der Buchung falsch gelaufen, es gab nur noch ein Doppelzimmer, das ich mit Frederic bezog; Antonio nahm mit dem Gemeinschafts-Schlafsaal vorlieb.

Der Ort zog sich an der Hauptstraße entlang, wirkte grau und bestand aus einem Gemisch von gesichtslosen Neubauten und ziemlich heruntergekommenen alten Häusern dazwischen, wirklich nur eine Schlaf-Vorstadt von Santiago. Ich lief die Straße einmal hinauf und wieder herunter, es nässte ein bisschen vom Himmel, kein bekanntes Gesicht ließ sich blicken, auf Kirchen hatte ich auch keine Lust, und so blieb schließlich nur eine Pizzeria, in die ich einkehrte. Das einzig Bemerkenswerte an diesem Lokal war, dass man mir hier das schlechteste Menü auf der ganzen Strecke servierte. Aber es lohnte nicht sich darüber zu ärgern: es musste hinein – abends hatte ich immer richtig Hunger. Und dann sah ich doch noch vertraute Gestalten am Lokal vorbeigehen: Antonio, Frederic, Shen, die Koreanerin ... ich stopfte die letzten Fritten hinein und folgte ihnen. Offensichtlich hatten sie noch Hoffnung, etwas Interessantes im Ort zu entdecken. Wir bewunderten gemeinsam den einzigen Baum, der an der Hauptstraße stand, eine dicke Korkeiche, mehr gab es hier einfach nicht zu sehen, und landeten dann alle gemeinsam in einer Bar zum abschließenden Schlummertrunk; später stießen noch Mariebel und ihr Mann hinzu, die mit ihrer Natürlichkeit wirklich jeden sofort für sich einnehmen konnte.

Eine zufällig zusammengewürfelte Runde, aber vertraut und herzlich, obwohl wir uns wohl kaum je wiedersehen würden. Frederic war still wie immer, Antonio souverän und jovial, ein guter Zuhörer. Die zierliche, unternehmungslustige Shen erzählte vom fernen Peru und dem, wie es mir schien, noch ferneren Machu picchu, einem meiner Traumziele! Der ganz Abend glich einem Wach-Traum.

Ich erinnere mich an eine ähnliche Runde in Bregenz, als nach sieben Wochen die Festspielzeit und unsere gemeinsame Arbeit als Regieassistenten zu Ende gingen. Wir waren zum Abschied im einzigen französischen Restaurant in der Stadt zusammen gekommen – hieß es nicht ‚bei Camillo‘? Aus welchen Tiefen das Gedächtnis solche Namen hervorzaubert nach achtundfünfzig Jahren. Oben im Haus gab es auch Fremdenzimmer, von denen ich eines sechs Wochen lang bewohnt hatte, und das ganz Haus, sowie mit der Zeit auch meine ganze Kleidung rochen immer nach Knoblauch. Am runden Tisch in der Gaststube saßen wir zusammen: Marbot aus Wien, schon etwas älter und aus reichem Hause – er würde in der Hauptstadt bestimmt Karriere machen, Lester, der

Schöne, – später las er im österreichischen TV die Nachrichten, Anatol, ein türkischer Kollege, vom dem ich wusste, dass er in Ankara Opernregie machen würde, ein zweiter Kollege, welcher einmal in Linz Oberspielleiter sein würde, meine Freundin Isolde, meine erste, große Liebe, und ich. Und auch damals war mir plötzlich die Einmaligkeit des Augenblicks bewusst geworden, so würden wir nie mehr zusammen kommen.

Träume habe schon merkwürdige Eigenschaften: Sie sind so greifbar und real, das Unmögliche wirkt so selbstverständlich, und gleichzeitig weiß man manchmal doch, dass es nur Träume ist, vergänglich oder unerreichbar. _ – Bis man seine Träume eines Tages wahr macht. Santiago hatte auch einen solchen magischen Zauber ausgeübt, war lange ebenso unwirklich. Und morgen würde ich es erreichen: Ankunft und Abschluss dieses Traumes.

Als wir gegen zehn Uhr auseinander gingen, lag etwas wie Beklommenheit in der Luft: vorbei der letzte Abend in solcher Gemeinschaft und bald ebenso der ganzen Aus-Zeit, oder sollte ich sagen: Ausnahmezeit mit dieser besonders wachen Fähigkeit zur Wahrnehmung? Das Ende bereits in greifbare Nähe gerückt. Ich würde zwar das Ziel Santiago erreichen, Freude und Erregung der Ankunft erleben, die Genugtuung, es wirklich geschafft zu haben; würde durch die uralte Pilgerstadt streifen, die Kathedrale sehen und den geschichten-umwobenen Fumeiro, aber gleichzeitig würde ich auch etwas verlieren: den Antrieb, der mich über Wochen hinweg begleitet hatte. Die nächste Herausforderung, die Neugier auf den Weg, auf neue Menschen, Städte und Landschaften – immerhin dreißig Tage lang seit St. Jean hatte mich dieser Stachel morgens auf die Beine gestellte.

Ich ahnte auf dem Weg zur Herberge wieder etwas von der Leere danach, der gleichen, wie früher am Theater: Wenn nach anstrengenden Proben endlich die Premiere gekommen war, wenn die Lampen geglüht, die Erlebnisse der gespielten Rolle mich manches Mal mehr mitgenommen hatten, als das Alltagsleben, wenn der Applaus vorbei und die Premierenfeier gelaufen war: Dann, fiel man oft wie in ein tiefes Loch. So ähnlich wie ich es auch beim ‚Chef' im Millowitsch-Theater empfand, als sich im April 1980 der letzte Vorhang für mich geschlossen hatte. Neunzehn Jahre angestrengter Konzentration auf diesen Beruf: alle Höhen und (viele!) Tiefen, der ganze Kampf – mit einem Mal vorbei. Ich meinte zwar noch immer in dieser Tretmühle strampeln zu müssen – nur strampelte ich plötzlich im Leerlauf.

Heute bei der letzten Etappe des Camino hatte ich zumindest das schönste Zimmer auf der ganzen Wanderung: mit tollem Bad, weichem Bett und einem Schrank für die schon etwas mitgenommene Kleidung. Und kein enger Schlafsack, sondern eine weiche Decke mit frischer Bettwäsche, in die ich mich einrollte. Ich genoss den Luxus. Auch das fettige Essen im Bauch aus der Pizzeria konnten mich nicht lange vom Schlaf abhalten.

O Pedrouzo – Santiago, 10.9.2015

Den letzten Tag vor Santiago begannen wir früh, obwohl diesmal keine Frühaufsteher weckten. Etwas von Erwartung und Spannung lag schon in der Luft.

Antonio, der wie unser Wachhund vor der Tür im Herbergsabteil genächtigt hatte, Frederic und ich marschierten erst einmal bis zur Bar von gestern Abend, und Antonio lud uns zur Feier des Abschlusstages zum Frühstück ein.

So gewappnet machten wir uns auf die letzte Etappe, folgten dem breiten Pilgerpfad aus dem Ort hinaus, durchquerten wieder einige der hohen Eukalyptushaine und hatten dabei nur wenige Steigungen zu bewältigen. Niedrige Hügel voraus versperrten zwar eine weitere Aussicht, doch das uns machte nichts, es war bedeckt und mäßig warm, ein angenehmes Laufwetter. Beim nächsten Gasthaus blieben wir schon wieder hängen zum zweiten Frühstück – fast wie bei einem Wellness-Urlaub. Einmal noch holte ich mir in der kleinen Kirche nebenan einen Stempelabdruck in das Credential – denn vor der Gasthaus drängten sich zu viele beflissene Pilger ums Stempelkissen, wollten auf ihrer wahrscheinlich kurzen Wanderschaft so viele Trophäen wie irgend möglich ergattern.

Einige ganz anders geartete Trophäen hatte ich vorher schon auf einer Gartenmauer bestaunen können, die vom Durst der Pilger zeugten. Aber nicht dem nach Erkenntnis und Wahrheit, sondern dem profanen, durch die Hitze hervorgerufenen. Dutzende Bierflaschen der Sorte ‚Peregrina' mit einer Pilgerfigur im braunen Umhang samt Stab auf dem Etikett standen akkurat aufgereiht auf der Umrandung eines Biergartens als Fotomotiv. Ein Stück weiter das nächste: ein Schriftzug auf grauer Hauswand, dem man sich nicht entziehen konnte. „Se siempre tu mismo!", ermahnte er alle Vorbeikommenden. So in etwa fühlte ich mich heute auch: zwar noch nicht ganz in Santiago, aber irgendwie bei mir selbst angekommen.

Dialog Mystik, 10.9.2015

I.: Mein letzter Tag!

E.: Ach, wirklich?

I.: Ich meine hier, auf dem Weg.

E.: Ach, nur hier auf dem Weg – wirklich?

I.: Wie? ... Soll das heißen, dass das heute eventuell ...?

E.: Und wenn?

I.: Wenn? ... Dann ... wäre es auch in Ordnung.

E.: Meinst du das wirklich, oder denkst du nur, dass du dich damit vor der Zukunft drücken könntest?

I.: Dass ich Angst vor dem Leben hätte, willst du sagen, nicht vor dem Tod?

E.: Vor dem Alter, dem Alleinsein, Inhaltslosigkeit, wenn du nicht mehr praktizieren kannst, vielleicht Demenz und Kontrollverlust ...

I.: Du weißt natürlich, wo du mich packen kannst. Kontrollverlust, das wäre wirklich schlimm für mich.

E.: ... sagte das Ego ...

I.: Natürlich: Ego! Ich bin doch eine mir selbst bewusste Person. Und ich kann auch nicht alles laufen lassen, wie es gerade läuft. Ich habe Verantwortung für die Patienten, für mich, für die Kinder – ...

E.: ..., die ohne dich nicht zurechtkämen?

I.: Du willst mich provozieren – natürlich denke ich nicht so, aber ich sorge mich selbstverständlich immer noch um sie, möchte ihnen beistehen und helfen.

E.: Der Therapeutenkomplex!

I.: Das tun doch alle Elten. Nenne es von mir aus Anteilnahme. Oder tätige Nächstenliebe. Das müsste doch in deinem Sinne sein.

E.: Und damit verbunden Kontrolle beziehungsweise eben der Kontrollverlust.

I.: Kontrolle nur über mich selbst, niemand anderen. Natürlich sehe ich auch, was sonst noch alles in dieser Welt geschieht, was ich nicht kontrollieren oder ändern könnte, und es könnte einem dabei schon angst und bange werden.

E.:Wo bleibt deine Hoffnung?

I.: Die Hoffnung? Die zuletzt stirbt. Na ja, schließlich hat es unsere Spezies bisher immer noch geschafft, aus Katastrophen wieder aufzustehen.

E.: Bisher!

I.: Aber das muss nicht so bleiben, meinst du? Keine sehr aufmunternde Bemerkung!

E.: Doch, im Gegenteil! Es wird nichts so bleiben, wie es ist. Niemals! So trostlos, wie die Zustände in manchen Teilen der Welt sind – oder so komfortabel und saturiert wie in anderen.

I.: Und wodurch sollte sich das ändern? Durch diejenigen, die heute die Macht und das Geld haben?

E.: Vielleicht durch diejenigen, die nichts davon haben. Und das sind viele, zu viele

I.: Und entweder wir teilen, oder sie kommen es sich holen, haben die Soziologen schon prophezeit.

E.: Das erlebt ihr doch gerade jetzt mit der Flüchtlingswelle.

I.: Und dabei geht es uns in keiner Weise schlechter, obwohl so viele hereindrängen, trotz der Kosten für die Gesellschaft.

E.: Gibst du denn was ab?

I.: Nein. Zu wenig.

E.: Und dann sprichst du von deinem letzten Tag, so als wäre das gut? Glaubst du nicht, dass für dich noch sehr viel zu tun übrig bleibt?

I.: Ich dachte eben nur an die letzten Tage hier, auf dem Weg.

E.: Und ich an deinen allerletzten. – Und deine Bilanz.

I.: Ich wollte lediglich über die vergangenen Tag und Wochen nachdenken.

E.: Das sollte man ruhig öfters machen, am besten jeden Tag.

I.: Das versuche ich ja gerade.

E.: Gut! Und wie fällt deine Bilanz aus?

I.: Ich weiß es noch nicht.

E.: Was wolltest du erreichen mit der Pilgerei? Erleuchtung? Mystische Verklärung? In warmen, andächtigen Kirchenschif-
fen Weihrauch schnüffeln, der so schön benebelt? Die psychedelische Wirkung von Boswelia – wie sie seit dem Altertum benutzt wurde und wird, um die Schäfchen bei der Stange zu halten – war es das, was dir vorschwebte? Und dann noch ausgerechnet dir, als Protestanten?

I.: Natürlich nicht, das muss ich dir doch nicht sagen.

E.: Also?

I.: Ich habe gehofft, vielleicht ein bisschen mehr als bisher wahrzunehmen, Zusammenhänge besser zu verstehen, was die Welt wirklich bewegt, einen Ausblick, eine Schau, die aus einer anderen Quellen gespeist wird als nur dem Verstand.

E.: Also doch Mystik!

I.: Ja, aber eine, die zu einer realen Kraft im Leben wird, die Mut macht, Anstöße vermittelt, welche Ziel wirklich lohnen. Ich wollte besser arbeiten können.

E.: Und was hast du bekommen?

I.: Ich bin mir nicht sicher …

E.: Gut!

I.: Dass ich nicht weiß, was ich von hier mitnehmen werde?

E.: Dass du nicht so sicher bist, wie diejenigen, die es sich auf den landläufigen Wertungen oder Vorurteilen bequem gemacht haben. Sie werden dabei nur hart und verknöchert. – Und du weißt ja, das Harte bricht.

I.: Ein bisschen mehr Sicherheit hätte ich mir schon gewünscht.

E.: Wie viel hast du davon nicht schon bekommen? Denk z. B. an die Anfänge in deiner Praxis, wenn du ein Medikament für einen Patienten gesucht hast ...

I.: … und mir, ich weiß nicht wie, ein Mittel in den Sinn kam, mit dem ich nichts anfangen konnte? Stimmt! Dann habe ich die Beschreibung gelesen, und es passte.

E.: Und wie ist es heute? Wie viel entscheidest du mit deinem Verstand, deinem Wissen, nach Untersuchungsergebnissen, Laborwerten etc.?

I.: ... du meinst, den nachweisbaren Fakten ...

E.: ... was du als Faktum betrachtest, ja? Doch wonach entscheidest du wirklich? Wie beschreibst du das bei deinen Patienten?

I.: ... als meine Art etwas wahrzunehmen.

E.: Und was ist das für eine Art? Was nimmst du wahr?

I.: Es ist ein Gefühl, ich spüre es, wenn ich mir eine konkrete Frage zu dem Problem eines Patienten stelle ... ich kann das nicht erklären. Aber es sagt mir, ob ein Medikament oder eine Diagnose passt oder nicht.

E.: Und du bist dir dabei sicher?

I.: Schon. Ich versuche, den Patienten das zu vermitteln; ich teste es immer noch einmal kinesiologisch, damit sie es fühlen.

E.: Was fühlen?

I.: ... dass in diesem Organ eine Störung vorliegt, und dass die Tropfen oder sonst etwas, das sie in der Hand halten, tatsächlich wirken, weil sie damit stark testen.

E.: Und vorher, ohne das Medikament in der Hand, war der Muskel schwach?

I.: Genau.

E.: Meinst du, die klassische Wissenschaft würde das als Faktum anerkennen?

I.: Ich denke trotzdem, dass es so ist.

E.: Na also! Da hast du doch deine Sicherheit.

I.: Ich dachte noch an etwas anderes: Etwas, das ich tun oder bedenken müsste um z. B. nur mit meinen Gedanken oder dem Auflegen der Hände etwas zu erreichen, eine Besserung oder vielleicht sogar Heilung.

E.: Bist du davon wirklich noch nicht überzeugt?

I.: Ich weiß nicht ...

E.: Du weißt! Verstecke dich nicht hinter Zweifeln! Komm raus und trau dich! Tue das, wovon du überzeugt bist! Jeder sollte das! Denk an deine Frau Orth!

I.: Frau Orth – ja. Ich denke öfters an sie. Es tut mir leid, dass sie nicht mehr da ist. Sie war eine wundervolle Frau. So positiv und voller Kraft, obwohl sie so viel Schlimmes im Krieg erlebt hat: den Tod der Angehörigen, die Zerstörung der Fabrik durch die Bomben, die Verfolgung des Onkels, der Sekretär bei Graf von Galen war, dem Bischof von Münster, und den die Nazis umgebracht hatten weil sie sich an den ‚Löwen von Münster' nicht herantrauten. –

E.: Das musst du mir nicht erzählen. Wie war das mit Frau Orth?

I.: Meinst du, als ich ihr einmal ganz spontan die Hände auf den Rücken und die Herzgegend gelegt hatte, wegen der Beschwerden in der Brust, mit denen sie zu mir kam?

E.: Wo warst du in dem Moment mit deinem Geist und Gefühl?

I.: Bei ihr, denke ich.

E.: Und dann, du erinnerst dich ...?

I.: Danach ging es ihr besser.

E.: Reicht dir das nicht als Antwort?

I.: Mit Empathie und Konzentration bei dem Patienten sein? Ja? Meinst du das? Kann ich mich darauf verlassen? Immer?

E.: Das sollst du gar nicht. Diese Sicherheit gibt es nicht. Aber weiter wach bleiben und dich bemühen, unterwegs sein, das kannst du. Dann wirst du sehen, was noch alles passiert.

I.: Jakobsweg forever?

E.: So ist es!

Endspurt

Die Triebwerksgeräusche niedrig fliegender Flugzeuge kündigten den Flughafen von Santiago an. Man musste rechts abbiegen und längere Zeit parallel zu der zu erahnenden Landebahn hinter einem Waldstreifen laufen, ehe man am Ende des Geländes wieder links auf den Fußweg seitlich der Landstraße abbog. Und da stand schon das erste Zeugnis des nahenden Ziels: eine steinerne Stele mit großer Muschel und eingemeißeltem Schriftzug ‚Santiago'. Wer allerdings glaubte bereits da zu sein, hatte den Pilgerführer nicht studiert, denn der sagte, dass bis zur Kathedrale noch mehr als 10 km fehlten.

Zwei Senken und zwei Berge galt es dazwischen zu überwinden. Vom letzten Berg, dem ‚Monte del Gozo' sollten schon die Turmspitzen der Kathedrale zu sehen sein, ein Panorama, das die Pilger – angeblich in Entzückensschreie ausbrechen ließe – wenn man denn die Bäume nicht hätte zu hoch wachsen lassen. So aber sah man: Nichts. Nur hinter uns auf der kahlen Spitze der Erhebung eine abgeschnittene Beton-Pyramide mit einem modernen und vor sich hin rostenden Denkmal, irgendetwas wie ein breiter, hochkant stehender Reifen und mit einem Kreuz darüber, der Erdkreis und die Kirche? Es erinnerte an den Besuch Papst Johannes Paul II hier; der lag aber auch schon einige Jahre zurück. Die große Freizeitanlage unterhalb des Hügels mit den vielen eigens für diese Visite gebauten Pilger-Unterkünften träumte heute verlassen und langsam verrottend vor sich hin. Eine Nachnutzung war wohl nicht bedacht worden.

Das tat unserer Stimmung aber keinen Abbruch. Entlang der Zufahrtsstraße zum ‚Gozo' liefen wir den Berg hinab, die Bebauung wurde immer dichter, ebenso die Menge der Wanderer, und dann empfing uns an einem großen Verkehrskreisel das offizielle Begrüßungsschild der Stadt für die Pilger aus dieser Richtung. Die Vorstadt begann dahinter mit einem neuen Einkaufszentrum und zog sich. Ladenzeilen, Restaurants, typisch spanischen Reklametafeln und Verkehrsgetümmel auf der Straße, je näher ich dem Ziel kam, um so mehr schien sich der Weg und die restliche Zeit bis dahin zu dehnen. – ‚*Die Zeit, die ist ein sonderbar Ding'*, so singt die Marschallin im ‚Rosenkavalier' von Richard Strauss (zu der Hugo v. Hoffmansthal das Libretto schrieb). Sie klagte, dass die Zeit, je mehr sie darauf achtete, um so rascher dahinginge. Einstein fand ja heraus, dass die Zeit langsamer vergeht, je schneller wir uns bewegen – keine Rakete würde eine Raumstation treffen, wenn Techniker das nicht einrechnen würden. H i e r schien es aber noch anders zu sein. Das einzige, was jetzt schneller wurde, als die Füße mitkamen, waren die Gedanken und Erwartungen, die Minuten wurden lange. Wenn man mit größerer Achtsamkeit das Leben lebt, zieht sie wohl ganz individuell das Zeiterlebnis in die Länge.

Vielleicht müsste man eine neue Physik des Lebens und Erlebens schreiben. Zeitangaben sollten darin nach Intensitätsgrad des Erlebten berechnet werden oder nach seinem Gegenteil: dreißig Langweile-Minuten gleich drei Zeit-Stunden. Wie ich es auch schon erlebt habe: Die Vorstellung begann um 20 Uhr; das Stück war sehr gelobt worden. Als ich nach zirka zwei Stunden auf die Uhr schaute, war es gerade Viertel nach acht. Oder es passiert das genaue Gegenteil. Ich erinnere mich an eine Fahrt mit dem Postdampfer der Hurtigroute vor Norwegen. Wir, d. h. meine Familie, Meera, die liebe alte Freundin und Aushilfsgroßmutter meiner Kinder und ich hatten uns im Schein der Mitternachtssonne in Tromsoe eingeschifft. Das war schon etwas Besonderes, und ich freute mich sehr auf diese Reise. Aber unterwegs zog sich der Himmel zu, es wurde grau und kühl und blieb auch dauerhaft verhangen.

Obwohl im Sommer fröstelten wir und verbrachten die Zeit meistens unter Deck. Die norwegischen Berge ragten dunstverhüllt wie dunkel drohende Riesen über den schmalen Küstenstreifen; das große Denkmal im Meer für die Überquerung des Polarkreises, die Inselgruppe der Lofoten, das kurze Anlanden in den kleinen und größeren Häfen wie Trondheim mit seiner Kathedrale, alles erschien düster und wurde immer wieder begossen vom Nieselregen. Dann, auf der letzten Etappe vor Bergen fuhren wir etwas länger auf offener See und der Himmel klarte endlich auf, es wurde strahlend schön und angenehm warm, sodass wir alle auf dem Oberdeck saßen oder standen und das Küstenpanorama bestaunten. In der klaren nordischen Luft schienen die bunten Häuschen ab und zu am Ufer zum Greifen nahe, dahinter ragten die Berge jetzt hell und majestätisch in den Himmel, und mit einem Mal blitzten vor uns abertausende von Diamanten von den Wellenkämmen, wo die Sonne vor uns schräg in Wasser tauchte, ein Meer funkelnden Lichts. Das Schiff pflügte durch diese fantastische Pracht, ich fühlte mich Dagobert Duck in seinem Geldspeicher. Vielleicht eine Viertelstunde lang dauerte das Schauspiel, bis das Schiff leicht den Kurs änderte oder die Sonne höher gestiegen war, aber noch heute erscheinen mir diese fünfzehn Minuten wie eine kleine Ewigkeit.

Ich genoss meine leichte innere Aufregung auf diesen letzten Kilometern, fühlte mich wie ein Kind vor Weihnachten, soweit ich es fertig brachte, mich zwischendurch selbst zu beobachten.

An einer Straßenkreuzung, wo die Häuser mittlerweile nicht mehr so neu waren – wir näherten uns also der Altstadt – trafen wir Mariebel und die Gruppe von O Petrouzo wieder, die lebhaft mit einer alten Dame sprach. Offensichtlich erzählte diese von den Erlebnissen auf ihrem ihrem eigenen Pilgerweg, wo immer es auch gewesen sein mag – und blühte dabei sichtbar auf. Mariebel, ihr ruhiger Mann und zwei anderen Spanier hatten an der Ecke extra auf uns gewartet: sie wollten gemeinsam mit uns vor der Kathedrale ankommen. Mariebel war eine ganz besondere Begegnung auf dem Weg. Nicht dass sie besonders hübsch oder extravant gewesen wäre, aber ihre ganze Erscheinung, ihr bloßes Dasein strahlte so viel Wärme und Liebenswürdigkeit aus und trotzdem eine gewisse Distanz, eine Aura, wie sie alte Maler in ihren Gemälden mit den aufgehellten Farbtönen um die Figuren herum darzustellen versuchen. Eine Lichtgestalt – wenn das nicht zu verschroben klingt. Schön dass es solche

Menschen gibt. Vielleicht könnten wir auf den letzten Metern des Camino ebenfalls noch dazu mutieren? (Ein bisschen Träumen ist ja wohl gestattet.)

Ein paar Straßenzüge querten noch die Route, es ging leicht aufwärts, so wie sich auf dem Weg erfahrungsgemäß die Nähe eines Gotteshauses ankündigte, dann passierten wir eine letzte, belebte Ringstraße und tappten nun in einer langen Prozession von Rucksack-Trägern durch die verkehrsbefreiten Altstadtgassen dem Ziel entgegen. Noch ein Arkaden-bestandener Platz, auf dem gerade ein Antikmarkt stattfand – doch dafür hatte ich jetzt keine Augen-, dann senkte sich die schmale Straße überraschend ab, weitete sich zu einem Platz mit den Fassaden mittelalterlicher Prunkbauten zur rechten und zur linken einem großes Kirchenportal, schließlich noch durch einen Torbogen hinab, und wir waren da.

Vor mir öffnete sich nach links ein weiter Platz, mit großen Granitplatten belegt, gegenüber dehnte sich das lange Palais der Regierung von Galizien; noch zwei Dutzend Schritte weiter, eine Wendung im Bogen nach links, und ich stand wirklich vor der altehrwürdigen Kathedrale von Santiago de Compostela.

So überwältigend, wie viele das Gefühl dort beschrieben haben, war mir in diesem Augenblick allerdings gar nicht zumute. Ich fühlte mich eher ein bisschen betäubt, hatte noch nicht realisiert, dass das Ziel jetzt zu Stein geworden ganz prosaisch vor mir stand: die weite Westfront des Gotteshauses. Sie maß wenigstens einhundert Meter, in der Mitte erhoben sich die Doppeltürme der Kathedrale – der rechte davon zur Renovierung eingerüstet und mit Planen verhängt – und sie reckten sich wenig triumphierend in einen bedeckten Himmel, aus dem einzelne Tröpfchen fielen. Um mich herum lauter Pilger, einzeln oder in Gruppen, zu Fuß oder mit Fahrrädern, zum Fotografieren aufgestellt, auf dem Boden hockend, lachend, durcheinander redend, Umarmungen, und mitten darunter unsere Gruppe, ebenfalls beschäftigt mit Reden, Strahlen und Sich-Umhalsen. Erst allmählich drang auch bei mir die Freude und Genugtuung durch, wirklich erreicht zu haben, was fünfzehn Jahre lang durch meinen Sinn gegaukelt war.

Wir machten die obligatorischen Fotos, folgten anschließend der Herde anderer Ankömmlingen in eine Seitengasse rechts neben der Kathedrale, um uns am Ende in eine lange Schlange Wartender einzureihen. Hier sollte es die ‚Compostela' geben, die begehrte Urkunde.

Die Häuserfronten der Gassen standen einander dicht gegenüber, und an den dunklen Steinen konnte man ihr beträchtliches Alter ablesen. Unter Arkaden drängten sich Souvenier-Shops und Cafés und jede Menge Menschen: Einheimische, Tages-Touristen sowie – unverkennbar – die Wanderer. Unterwegs hatte ich davon geträumt, dass man es den Pilgern eigentlich ansehen müsste, wenn sie von dem langen Treck in Santiago ankämen: irgendwie verändert, gesammelter oder vielleicht sogar geläuterter. Nun stellte ich überrascht fest, dass ich sie tatsächlich in der Menschenmenge erkennen konnte – nicht nur der Kleidung wegen. Ich meinte, sie gingen anders, aufrechter, kräftiger, schauten offener um sich, strahlten mehr Ruhe aus und hatten fast immer ein kleines Lächeln in den Augenwinkeln.

Vielleicht war es auch nur mein Gefühl – ich jedenfalls spürte vom Weg her noch einen Mantel von Ruhe um mich herum, eine wohltuende Distanz zu dem wuseligen Treiben in der Stadt. Die Stunde Wartens in der Reihe verging recht zügig mit dem Nachhängen der eigenen

Gedanken, während ich mich allmählich durch einen Toreingang und drinnen im Hof unter Weinlaub hindurch bis zu dem Abfertigungsgebäude schob. Schließlich war ich an der Reihe und trat an eine lange Theke. Dahinter empfing mich einer von mehreren freundlichen Freiwilligen. Nach einem Blick auf mein Credential mit der stattlichen Reihe von Stempel darin malte er meinen Namen – gegen eine mäßige Spende – langsam und in Schönschrift in die lateinische verfasste Urkunde um sie mir schließlich in einer Papprolle geborgen feierlich und mit Glückwunsch zu überreichen. Jetzt erst war der Camino beendet.

Ich weiß, die ganz Genauen und Eifrigen gehen noch vier Tage weiter bis zum Atlantik, dem „Finis terrae, dem Ende der Welt (von dem es allerdings noch ein paar weitere auf dem Kontinent gibt :wie das Finistère in Frankreich oder an der Algarve in Portugal). Aber ich hatte beschlossen, dass ich das nicht mehr zu Fuß machen müsste. Schließlich fuhren auch Busse dorthin. Heute war sowieso schon Donnerstag und am Montag ging der Flieger.

Ich verabschiedete mich noch von den anderen; Adressen waren längst ausgetauscht, Antonio wollte noch am Abend zurück nach Madrid, alle drifteten auseinander, die individuellen Lebensläufe griffen sich ihre Besitzer wieder, und ich bekam meine Gefährten in den drei Tagen in Santiago auch nicht mehr zu Gesicht.

Zuvor während der Wanderung hatte ich ja einige unterschiedliche Etappen meines Lebens Revue passieren lassen, und die Erinnerungen waren nicht immer rosig. Aber hier mit Abschluss des Pilgerweges fühlte es sich an, als ob auch vieles Unerledigte, noch nicht richtig verdaut zu seinem Ende gekommen wäre. Ich hatte den Eindruck angekommen zu sein. Die alte Aufforderung ‚Carpe diem' – nutze den Tag. – klingelt in meinem Ohren, genau so wie es mir der Weg jeden Tag aufs Neue – einunddreißig Etappen lang – beigebrachte hatte.

Und die Gegenwart wartete jetzt ganz handfest in Gestalt von Christel irgendwo in der Stadt auf mich. Das von ihr angegebene Hotel fand ich rasch, an einem kleinen Plätzchen gelegen, einen Steinwurf vom Kathedral-Platz entfernt, nur dass zu meiner Enttäuschung niemand dort war, der mich erwartet hätte. Ich tröstete mich damit, dass ich es von ihr kaum erwarten könnte nach fünf Wochen Abwesenheit. Christel ging es allerdings auch nicht besser: sie traf mich ebenfalls nicht an dem Platz, wo sie stundenlang ausgeharrt hatte, nämlich direkt am Eingang der Pilgerroute in die Stadt – denn sie stand an der falschen, der aus dem Süden, aus Madrid kommenden – und ich kam vom Osten her, den Camino frances.

Santiago, 10.–11.9.2015

Die Tage in Santiago vergingen rasch. Die alte Stadt, ihr besonderer Charme des nachts mit den angestrahlten Fassaden und den Türmen der Kathedrale, die große Stiege am Seitenportal gegenüber der Gasse, in der ich die Urkunde abgeholt hatte, auch die langen Einkaufsgassen mit den überfüllten Lokalen zur Abendzeit, die Durchgänge, man fühlte sich zurückversetzt in eine längst vergangene Zeit. Am ersten Tag ließen wir uns treiben, suchten in den vielen Souvenierläden nach passenden Mitbringseln, erkundeten erstmals die Kathedrale und wann der ,Fumeiro' rauchen würde – der große Weihrauchkessel. Das sollte immer freitags um 19 Uhr sein, es sei denn, irgendeine Touristengruppe wollte ihn (gegen entsprechendes Entgelt) unbedingt zu einem anderen Zeitpunkt sehen.

Langsam meldete sich der abendliche Appetit, und wir fanden in der Abtei der Benediktinerinnen – jenem großen Gebäude, das mir schon gestern kurz vor dem Kathedralplatz rechter Hand aufgefallen war – einen wunderschönen alten Speisesaal und ein ebensolches Menü: Vorspeise mit Meeresfrüchten, gebackenen Fisch oder Rindfleisch, mit Beilagen appetitlich auf den Platten angerichtet, Creme-Süßspeise und Obst, dazu die obligatorische Flasche Wein und das alles stilvoll und gekonnt von einem älteren Kellner unter dem hohen Tonnengewölbe serviert.

Am nächsten Morgen genossen wir ebenfalls bei den Benediktinerinnen das Frühstücksbuffet. Wir hatten es auch als Ausgleich dafür verdient, dass die Nachtruhe diesen Namen leider nicht wert gewesen war. Unser Zimmer ging auf die Haupt-Zugangsstraße zur Kathedrale hinaus und bis drei Uhr in der Frühe schwatzten, grölten, trabten unter unserem Fenster die Leute vorbei, die gestern sicherlich keine 25 km zu Fuß gegangen waren.

Am Mittag luden die Betreuer aus einer deutschen Diözese – ich glaube, es war Rottweil – zu einem Meeting ins oberen Stockwerk des weitläufigen Stifts der Benediktinerinnen ein. Christel hatte uns angemeldet. Wir trafen einige interessante Menschen, die über ihre Erfahrungen und ihre Motivation zum Camino redeten: zwei Männer mittleren Alters, die wegen eines Burnout sich aus ihrem Alltag ausgeklinkt und unterwegs mehr oder weniger Abstand gewonnen hatten, einer davon wirkte allerdings noch lange nicht gefestigt, war sogar der Ruhe wegen lieber auf die weniger begangene, portugiesische Route ausgewichen. Ein anderer – Josef, ein früherer Bahn-Manager – erzählte von seinem kompletten Zusammenbruch, klinischem Tod, Reanimierung und zwölf Monate dauerndem Kampf zurück ins Leben, der ihn schließlich zu einem gläubigen Menschen gewandelt hatte. „Wenn ich schon aus dem Jenseits zurückgeholt worden bin", meinte er, „dann wirst *du* ..." – und er blickte dabei kurz nach oben – „... wohl noch etwas mit mir vorhaben." Woraufhin er sich vor drei Monaten in Kärnten aufs Fahrrad gesetzt und bis heute fast 6 000 km einschließlich der Umwege bis nach Santiago geradelt war. Und jetzt machte er den Eindruck eines drahtigen, wach im Leben stehenden Mannes, von dem man nie gedacht hätte, dass eine solche Vergangenheit hinter ihm läge.

Für den nächsten Tag buchten wir die Bustour nach Finis terrae – Finisterre, wie es heute heißt, und Muxia an der Küste nördlich. Die geplante Begehung des Kathedralendaches schenkten wir uns für heute, denn es war regnerisch und um die Türme zogen Nebelschwaden. Früher mussten alle Pilger nach ihrer Ankunft dort hinaufsteigen, wo sie sich aller Kleider zu entledigen hatten und ihre dreckigen und verlausten Gewänder hoch oben über der Stadt verbrannt wurden – aus Angst vor Ansteckung. Wie das von unten wohl ausgesehen haben mag: nackte Gestalten, die im Dunst und flackerndem Schein der Feuers über das Kathedralendach irrten.

Wir gönnten uns in einer Bar am Ende der Fußgänger-straße einen Kaffee und ‚Churros‘ – etwas in Fett Geba-ckenes, ähnlich Donuts – ruhten anschließend ein biss-chen aus im Hotel, während dessen ich allen meinen Whats-Appern die Ankunft in Santiago vermeldete, bis wir gegen sieben in die Kathedrale liefen, um die Messe und den ‚Fumeiro‘ zu erleben.

Zwischen barocker West-Fassade, der romanischen Süd-seite und der klassizistischen im Norden dehnte sich fast 100 m lang das romanische Kirchenschiff. Die Renais-sace-Ausschmückungen im Inneren, diverse Seitenkapel-len und der barocke Hochaltar ergänzten die Ausstattung. Man vermeinte hier fast greifbar etwas von den tausend Jahren Frömmigkeit und Verehrung durch die Gläubigen zu fühlen, aber auch von der Macht, welche die Kirche über Jahrhunderte hinweg ausgeübt hatte – und nicht im-mer zum Guten. Das Kirchenschiff war schon überfüllt, als wir eintrafen; daher standen wir uns im Seitenschiff die Füße in den Bauch, bis der Gottesdienst endlich be-gann. Und dauerte …(!) … – zwar schön begleitet mit Gesang von einer der Benediktinerinnen, aber nur auf Spanisch mit einem kurzen italienischen Einschub, was ich wegen des vielen Englischen, das im Kirchenschiff durch die Luft schwirrte, nicht so passend fand. Gänzlich unpassend war es aber meinem Gefühl nach, dass bei der Aufforderung des Priesters, das Messopfer entgegenzu-nehmen, ausdrücklich betonte wurde, dass es ‚nur für Ka-tholiken‘ gespendet würde. Was für eine vertane Chance für die Einheit der Christen. Vom Geist einer Ökumene war hier noch nichts angekommen – nicht nur das Ge-mäuer stammte noch aus dem Mittelalter.

Ganz anders, wenn ich an das Kloster vor Burgos dachte, in San Juan de Ortega, an die schlichte Klosterkirche mit ihren hellen romanischen Bögen und den Meditationskissen im Seitenschiff, das unbefangene Gespräch mit dem freundlichen Priester, der mir die Kreuzchen schenkte, den geschnitzten Seitenaltar erklärte und die rote Bemalung des Kreuzrippengewölbes vor dem Ausgang: den Bann gegen das Böse. (Vielleicht würde sie auch gegen die Ignoranz helfen.) Hier in Santiago blieb auf dem Gebiet der interkonfessionellen Verständigung leider noch viel zu tun. Christel hätte es gerne gesehen, wenn ich sie zum Kommunion begleitet hätte, aber das konnte ich nach der Bemerkung dieses Priesters nicht, denn ich fand, dass ich es nicht nötig hätte, mir ein Abendmahl zu erschleichen, um mit demjenigen in Verbindung zu treten, mit dem ich mich (so zumindest mein Vorstellung) auf dem Weg bis hier oft genug unterhalten hatte.

Schließlich waren nach der Kommunion alle wieder auf ihren Plätzen, der Kessel wurde heruntergelassen, angezündet und setzte sich mächtig dampfend in schwingende Bewegung, wozu sechs Männer an einem dicken Seil ziehen mussten. Er war schon eindrücklich, der berühmte Fumeiro. Vom Ursprung und praktischen Sinn des Ausräucherns erfuhren wir später: Im Mittelalter waren das Kirchenschiff und besonders die Umgänge in der zweiten Ebene darüber von zahllosen Pilgern bevölkert, die dort nächtigten, Essen bereiteten und wohl auch mit der Hygiene etwas auf Kriegsfuß standen, so man sich genötigt sah, für die Nasen der Kirchenbesucher zu den Gottesdiensten ganz handfest etwas zu tun.

Eindrücklich auch wieder einmal der große goldene Hochaltar mit der silbernen Gestalt des Apostels Jakobus in der Mitte. Man konnte durch einen kleinen seitlichen Zugang von hinten an ihn herantreten. – Dort sollte man die Hände auf seine Schultern und die Muschel auf dem silbernen Gewand legen und sein Anliegen vorbringen. Nur, der Andrang und die Schlange davor war mir heute zu groß. So beschlossen wir den Abend sofort mit dem gemütlichen Mahl im Tonnengewölbe bei den Benediktinerinnen zu beenden.

Hinter St. Jakobs Hochaltar

Santiago, 13./14.9.15

Deine Schultern sollten golden sein
bei so vielen frommen Wünschen!
Oder schwarz, der abgelegten Sorgen wegen!
Oder bist du längst gegangen – warst du je hier?
Und nur ER sagt mir, ER sein auch hier, trotzdem.

Füße haben Rinnen in die Stufen eingegraben,
harte Pilgerhände das Metall der Gitterstäbe blank
gewetzt
– warum fühle ich dich nicht?
Schaut nur silbern deine leere Hülle
im Barockgepränge des Altars gen Westen?
Und die Bogengänge in der Runde halten nutzlos Wacht?

Wenn auch nicht hier, so eint doch immer noch:
der Weg, wirkt die Magie.
Wind und Sonne buken eine neue Rasse,
– sie erkennen sich am Blick,
auch ohne deine Muschel,
fallen sich im Wogen bunter Leiber
Santiagos um den Hals,
so als gälte es, dort nicht zu ertrinken!

Ich werde deine Schulter, Jakob,
bei den dicken Eichen Galiziens suchen,
oder zwischen den Eukalyptus-Säulen;
alle Wellen finis terraes werden die Orgel spielen,
und dort oben auf den Höhen O'Cebreiros,
IHM näher als in jedem Dom,
sollen weiße Nebenmeere zwischen den Gipfeln
mein festlicher Fumero sein.

Santiago – Muxia – Finisterre, 12.9.2015

Das wirkliche Ende des Camino liegt bekanntlich in Finisterre, obwohl Muxia als Endpunkt sinnvoller wäre, weil der eigentliche Anfang der Jakobslegende dort zu suchen ist.

Dort nämlich soll der Apostel Jakobus missioniert haben, und als er dabei fast verzagte, sei die Jungfrau Maria auf einem steinernen Schiff erschienen um ihm Mut zuzusprechen. Die Kirche der Virxa de Barca – der Jungfrau vom Schiff – erhebt sich auf einem Plateau unmittelbar über dem felsigen Strand hinter Muxia. Dort liegt ein riesiger Stein, der in der Mitte unten eine Lücke frei lässt: dies soll das Segel des Schiffes sein, mit dem die Jungfrau anlandete, und wenn man durch die Lücke am Boden krieche – was zahlreiche Menschen natürlich auch taten, sogar ziemlich alte – sollten alle Rückenschmerzen vergehen (soweit man sich nicht durch die Verrenkung neue zulegt).

Muxia – auf Galizisch ‚Muschia' ausgesprochen, wie schon gesagt (und darauf legen die Einwohner Wert), war auch das erst Ziel auf unserer Bustour heute. Zuvor aber warteten wir erst einmal an der Plaza Galicia am unteren Ende der Fußgängerstraße vom Kathedralplatz kommend. Dort traf ich die beiden Finninnen von unterwegs wieder, die auch mitfahren wollten, ebenso ein Ehepaar aus Delaware in USA, das ich zwar häufiger unterwegs gesehen, an Gaststätten überholt und gegrüßt, aber noch nie gesprochen hatte.

Die Reiseleiterin erschien und zählte die Köpfe ihrer Lieben, dann begann die Fahrt und ebenso ihr nicht enden wollender Redeschwall, von dem ich leider nichts verstand bis auf die wenigen eingestreuten, englischen Erklärungen. Obwohl sie die verschiedenen Nationalitäten von ihrer Liste her kannte, hielt sie das nicht ab, nur auf Spanisch lebhaft und ausdauernd auf uns einzureden. Insgeheim schien sie wohl überzeugt zu sein, dass ihre Worte durch die eindringliche Mimik und ausladende Gestik oder sonst irgendwie doch in unser Verständnis vordringen müssten, wie sich ja schließlich auch der heilige Geist in allen Sprachen verständlich gemacht hatte. (Und damit schlösse sich der Bogen zurück zum ursprünglich frommen Inhalt des Pilgerns wieder.)

Ich hörte weg und genoss unterwegs die hügelige galizische Landschaft und den Anblick einer weiteren romanische Brücke mit einer alten Mühle daneben, die sich im aufgestauten Wasser vor dem Flussübergang spiegelten. An steinernen Horreos vorbei mit ihren Kreuzen und keltischen, Pfeilspitzen ähnliche Zeichen am Giebel schaukelte uns der Bus zur Costa da Morte, wo der Atlantik stürmisch an Europas Pforte klopfte. Schließlich landeten wir in Muxia an, inmitten von Buden und Zelten, die zum Stadtfest die Hafenpromenade säumten. Verkleidet mit großen Pappköpfen tanzten zur Dudelsackmusik Gruppen von Kostümierten an uns vorbei, setzten dann aber rasch ihre Schwellköpfe ab und benutzten sie geschickt zum Auffangen von Kleingeld, das aus den oberen Etagen heruntergeworfen wurde. Das kannte ich noch von Los Arcos her.

Nach einem Fußweg von einer knappen Viertelstunde standen wir vor der einfachen Kirche der Virxa, die drei Jahre zuvor einmal völlig abgebrannt war. Aber die Hauptsache, die Statue der Virxa wurde gerettet, weil sie sich damals gerade nicht in der Kirche befand. Heute stand sie wieder an ihrem Platz in dem rekonstruierten Gotteshaus, das die ursprüngliche, auf alten Fotos sichtbare Pracht allerdings nur ansatzweise erahnen ließ. Als wir eintraten, war es schon gut mit Kirchgängern gefüllt und eine Prozession von Besuchern drängte rechts am Altar vorbei in einen dahinterliegenden Raum. Ich versprach mir von diesem Ort eine besondere Sehenswürdigkeit, doch der Herdentrieb führte mich nur in die karg ausgestattete Sakristei, in der mehr oder weniger geschmackvolle Souvenirs verkauft wurden.

Die bizarren Steine am Ufer hinter der Wallfahrtskirche, neben dem Tor-Stein gab es auch noch eine Felsplatte, die den versteinerten Bug des Jungfrauenschiffes darstellen sollte, der Anblick der aufgewühlten See, der graue Himmel darüber, das alles hielt uns dort nicht allzu lange fest. Am eindrücklichsten waren noch die Gerüche um uns herum: weniger nach Tang oder Meer als nach Zuckerwaren und den Ausdünstungen der ‚Churros'-Buden mit ihrem Fettgebackenen.

Anschließend steuerten wir unser eigentliches Ziel an: Finisterre, ein kleiner Fischerort mit schmalen Straßen und einem Sport- und Fischerhafen. Zum Cap fuhr der Bus oberhalb des Meeres noch wenige Kilometer weiter die Bucht entlang, wo er uns auf einem Parkplatz entließ. Ein Souvenirtempel, von beachtlicher Größe, vollgestopft mit Jakobsmuscheln, Pilgerfiguren und lauter kleinen Kap-Finisterre-Nachbildungen lauerte dort schon auf Touristen. Wir verkniffen uns jedes Interesse und gingen die letzten 500 m per pedes weiter – zu Fuß, wie es sich für Pilger gehörte. Wir passierten den Kilometerstein „0" mit der Jakobsmuschel und erreichten das eigentlichen Cap Finis terrae, die letzte Erhebung vor dem Meer. Statt eines Leuchtturmes erwartete uns dort ein breites

‚Leucht-Haus' mit zwei treppenförmig aufgesetzten Stockwerken und einer Scheinwerferkuppel oben darauf.

Hier also endete der Camino wirklich und der Himmel lachte dazu. Alle Wolken waren verflogen, genau so wie alle Strapazen von unterwegs, die Felsen und Klippen hinter dem Leuchthaus reichten bis zur Brandung hinunter und waren mit Pilgern übersät, dazwischen in der Eisenkonstruktion eines alten Mastes klemmten abgelatschte Schuhe und flatterten löchrige T-shirts; einige kalte Feuerstellen zeigten auf, wo die Ankömmlinge ihre herunter-gekommene Kleidung verbrannt – oder vielleicht aber auch nur gepicknickt hatten, und ein kleines Denkmal auf einem prominenten Felsvorsprung galt dem Wandern selbst: Dort thronte mit den Spitzen zum Meer ein Paar bronzener Wanderstiefel, so als ob sie bedauerten, dass es hier tatsächlich nicht mehr weiter ging.

Ich hatte plötzlich wegen einer Kleinigkeit Streit mit Christel – ihre übergroße Fürsorge betreffend – so dachte ich im Augenblick. In Wirklichkeit aber war ich wohl nur gereizt, ungerecht, überempfindlich und hatte keine rechte Erklärung dafür. Vielleicht deshalb, weil dieser Abschnitt nun hinter mir lag? Weil die Wunder ausgeblieben waren, die ich mir eventuell erhofft hatte? Oder klopften die Gedanken an den Alltag und zu Hause an? Vielleicht auch, weil ich mir in Erinnerung an einen Spielfilm über den Camino und das Gedenkkreuz aus weißem Marmor letzte Woche am Wegrand insgeheim ausgemalt hatte, wie es wäre, wenn mit dem Pilgerweg auch mein Lebensweg zu Ende ginge? Ein guter Abschluss, sicher! Etwas theatralisch, aber eingedenk meiner Theater-Vergangenheit irgendwie passend.

Nichts von alle dem war eingetreten. Ich war einfach nur leer. Oder traurig. Oder enttäuscht. Da war es also wieder: mein Thema! Loslassen, Abschied nehmen!

Von der Ehrlichkeit

E.: So schweigsam? Sind dir am Ende die Themen ausgegangen?

I.: Aktuell – beschäftigt mich keines besonderes. Zumindest nicht im Augenblick.

E.: Ich wüsste noch einige.

I.: Zum Beispiel?

E.: Die Ehrlichkeit.

I.: Hat das jetzt einen besonderen Bezug zu mir?

E.: Einen Bezug schon. Du weißt, wie häufig laut Statistik jeder täglich lügt?

I.: Zweihundert Mal, glaube ich, sagt ein gewisser Herr Fraser (oder so.) Aber wozu brauchst du Statistik?

E.: Deinetwegen. Um dir noch einmal ins Bewusstsein zu rufen, wie ihr miteinander umgeht. – *Ich* brauche sie nicht, ich *weiß*.

I.: Du hast es einfach, du musst dich nicht gegen andere behaupten ,verteidigen oder mit jemanden messen. Oder ihn schonen.

E.: Was meinst du, wie oft ich das tu? Und denkst du wirklich, es ist einfach zu sehen, wie gelogen, betrogen und die Wahrheit mit Füßen getreten wird?

I.: Wie gehst du damit um?

E.: Mit Nachsicht.

I.: Was manchmal für Betroffene sehr schwer zu verstehen ist.

E. Bist du ehrlich?

I.: Das kommt darauf an.

E.: Worauf?

I.: Auf sie Situation, die Menschen …

E.: Und dann lügst du?

I.: Also jemanden direkt belügen – das versuche ich schon zu vermeiden.

E.: Ob direkt oder indirekt – wir brauchen uns nicht über die Art des Lügens auszubreiten. Über verschweigen, beschönigen, ausschmücken, Betonungen verschieben oder über besondere Gesten und Körperhaltungen … und was alles zu dem Zweck benutzt wird. Es ist einfach nicht ehrlich.

I.: „Deine Rede sei: Ja, ja, nein, nein" – ich weiß.

E.: Warum tust du es trotzdem?

I.: Weil es manchmal nicht anders geht. Weil ich mit der Wahrheit vielleicht sogar jemanden verletzen oder vor den Kopf stoßen würde.

E.: Oder weil du dir Vorteile verschaffen willst? Besser dastehen möchtest?

I.:Auch. Das gebe ich zu. Aber manche Menschen möchten regelrecht belogen werden. Wie viele Komplimente sind nichts anderes als krasse Lügen? Doch der Belogene fühlt sich dadurch besser, und ich gönne es ihm, schone ihn damit.

E.: Wie häufig ist das bei dir der Fall?

I.: Ich denke, ich mache das schon ab und zu. Ich finde es manchmal sogar unmöglich, wenn den Patienten, die ja sowieso schon sensibilisiert sind durch ihre Krankheit, gelegentlich die Wahrheit über ihren Zustand wie ein nasser Lappen um die Ohren gehauen wird. Alles nach dem Motto: „Wir wollen ja ehrlich sein miteinander." – Dabei wäre eine kleine Lüge oder Beschönigung viel hilfreicher gewesen, hätte den Menschen geschont und ihm gutgetan.

E.: Du reklamierst also ‚Barmherzigkeit' für dich beim Lügen?

I.: Du bist zynisch! Aber es gibt Situationen, in denen es wirklich viel einfacher wäre, *ehrlich* zu sein, statt sich mit an den Haaren herbeigezogenen Erklärungen abzumühen, bloß um die Wahrheit nicht aussprechen zu müssen, um meinem Gegenüber nicht den Mut zu nehmen oder ihn zu schützen, eventuell sogar vor sich selbst.

E.: Schön. Und wie hältst du es, wenn keine solche Situation vorliegt?

I.: Manchmal lüge ich schon, gebe vielleicht etwas vor, um ein gewisses Bild aufrecht zu erhalten.

E.: Oder zu erzeugen?

I.: Auch das. Aber wenn die Absicht dahinter in Ordnung ist?

E.: Machiavelli: ‚Der Zweck heilig die Mittel!'

I.: Wenn z. B. das Vertrauen in die Wirksamkeit eines Medikamentes die Hoffnung und die positiven Gedanken bei einem Kranken stärkt, dann hilft die Kraft der Gedanken alleine schon etwas weiter, das ist mittlerweile bewiesen. Selbst wenn ich mir dabei nicht so sicher wäre, ich würde es ihm nicht zeigen.

E.: Du windest dich sichtbar beim Thema Unaufrichtigkeit.

I.: Du weißt, dass ich es mir nicht so einfach mache.

E.: Gut. Aber wie steht es bei dir mit der Ehrlichkeit im Alltag? Ohne diese schönen Motivationen?

I.: Vielleicht bin ich manchmal zu feige, zu dem zu stehen, was Sache ist.

E.: So. Da wären wir also beim Thema: Ehrlichkeit, und zwar vor allem dir selbst gegenüber.

I.: Natürlich hat man auch Angst, etwas nicht zu bekommen
oder zu verlieren.

E.: Nicht *man. Du* hast Angst.

I.: Ja.

E.: Dann sag es auch. Und sei einfach ehrlich. Ich wiederhole: Besonders dir selbst gegenüber!

I.: Gut. Und gegenüber anderen?

E.: Auch.

I.: Und? Was passiert dann? Kann ich den anderen trauen, wenn ich ehrlich bin? Bin ich nicht sofort eine leichte Beute für alle, die selbst auch nicht besser sind?

E.: Du urteilst und richtest über andere, du glaubst zu wissen wie sie sind. Steht dir das zu?

I.: Aber wie ist das denn hier in unserer Gesellschaft?

E.: Schwierig. Das gestehe ich dir gerne ein.

I.: Und trotzdem meinst du, ich solle mich bloßstellen, ausliefern?

E.: Dafür gab es große Beispiele.

I.: Ja. Mit katastrophalem Ausgang! Wenn du den Mann aus Nazareth meinst.

E.: Meine ich. Aber das verlangt ja keiner von dir. Ich möchte dich zur Aufrichtigkeit in dir selbst ermuntern. Oder nenne es Achtsamkeit im Umgang mit deinen Beobachtungen, deinen Gedanken, Äußerungen und Handlungen.

I.: Auch wenn ich mich selbst noch so sehr kontrolliere, verschwinden meine Befürchtungen trotzdem nicht.

E.: Ebenso wenig deine Selbstsucht.

I.: Heute hast du mich aber ganz schön am Wickel!

E.:Das Einzige, was ich für dich möchte, ist, dass du noch wacher wirst und weiterkommst, mehr erkennst, so wie du es dir vom Camino selbst gewünscht hast.

I.: Und wird sich davon die Welt ändern?

E.: Nein. Aber du und dein Handeln.

I.: Wie soll ich denn sein? Vorsichtiger? Ängstlicher? Weniger spontan? Ist das ein Gewinn?

E.: Vielleicht demütiger – ich weiß, du hast Probleme mit dem Wort.

I.: Ja. Auch wenn du gesagt hast, dass bei der Demut genau das Gegenteil von Angst, nämlich Mut erforderlich sei.

E.: Richtig. Feiglinge lügen – Ehrlichkeit erfordert Mut. Und sie beinhaltet noch etwas anderes. Größeres!

I.: Das wäre?

E.: Fühlst du das nicht?

I.: – Hoffnung? – Vertrauen? – Dass alles gut wird?

E.: Aber natürlich.

I.: Wodurch?

E.: Hast du mir nicht gerade erzählt, dass Gedanken nachprüfbar auf Materie einwirken?

I.: Ja …

E.: Und …?

I.: Also du willst sagen, dass ich mit meinen Gedanken negative Reaktionen oder Angriffe von anderen abwehren kann?

E.:Transformieren! Du bewirkst Transformationen, erschaffst daraus eine andere Wirklichkeit – und nun kommt ein noch größeres Wort dazu: durch Liebe.

I.: Das ist doch alles nur Theorie und hier bei uns nicht lebbar.

E.: Mache den Versuch! Liebe ist wie eine Amöbe.

I.: Eine – was?

E.: Amöbe – du kennst diese vielgestaltigen Einzeller – oder die Monozyten, die Fresszellen in deinem Körper, die um einen Fremdkörper einfach rundherum fließen und ihn einschließen, verdauen. Weg ist er! Wenn du so ein Verhalten mit deiner Ehrlichkeit kombinierst – was soll dir noch passieren?

I.: Das ist eine verblüffende Definition von Liebe!

E.: So ist Liebe immer. Darauf kannst du dich verlassen.

I.: Das – macht jetzt wirklich Mut.

E.: Das war der Sinn.

Ich besorgte mir noch einen allerletzten Stempelabdruck aus dem ‚Leucht-Haus‘. Auch der wurde hier ‚verkauft‘. Zu verlockend war wohl der Ansturm der Touristen. Dann drehten wir dem Cap und dem Camino endgültig den Rücken, liefen auf dem Fußweg über der Bucht am Kilometerstein „0“ und einem weiteren, bronzenen Pilgerdenkmal vorbei die letzten Kilometer zur Ortschaft und dem Busparkplatz zurück.

Epilog

Am letzten Tag in Santiago, einem Sonntag, wollte ich einmal ‚Pulpo' essen, was ich mir ja von Melide her aufgespart hatte, und wir suchten statt unserer Benediktinerinnen im Stift ein großes, altes Speiselokal auf, das zu dieser Zeit schon gut besetzt war und anständiges Essen verhieß.

Wir nahmen mitten in dem holzgetäfelten Raum an einem kleinen Marmortisch Platz und betrachteten lange die bunten Wandbemalungen und gerahmten Bilder und Urkunden, ehe wir unsere besonders spanische Bestellung – Pulpo und Paella – aufgeben konnten. Unsere Erwartungen stiegen mit der Länge der Zeit, die wir warten mussten, immer mehr und mehr an. Doch Pilger schienen hier anders als bei den Nonnen nicht besonders gewürdigt, sondern eher – schon wegen der Kleidung – als Touristen zweiter Klasse betrachtet zu werden, und von denen gab es ja genügend.

Als dann die Paella und der Pulpo endlich serviert wurden – ziemlich nackt und ohne irgendwelche Beilagen, selbst das Brot dazu war weder frisch noch ausreichend und auf der Paella mussten die wenigen Zutaten außer Reis darum bangen, überhaupt wahrgenommen zu werden – als also der Pulpo dann vor mir stand, stellte ich nach dem ersten Bissen fest, dass er definitiv n i c h t zu meinem Lieblingsgericht avancieren würde. (Und ich dachte etwas wehmütig an die Benediktinerinnen.) Ein Blick zu Christel genügte, um in ihrem Gesicht die gleichen Gedanken zu entdecken.

Den letzten Abend in Santiago hatten wir uns anders vorgestellt. Wir blieben nicht mehr lange sitzen, zahlten

(genügend) und hielten beim Hinausgehen schon die Tür-
klinke in der Hand – als plötzlich ein lauter Ruf quer
durch das Lokal schallte: „Waaalteeerr!" Und durch den
Gastraum stürmten Luigi und seine Frau Belle, meine italienischen Übernachtungspartner aus Villafranca auf uns
zu, begrüßten und umarmten mich und ebenso Christel
heftig und lange, und wieder verstand ich kein Wort Italienisch und sie keinen Satz Deutsch, aber das hemmte
ihren Redeschwall und die Freude und die Herzlichkeit
in keiner Weise. Und dies war das schönste Abschiedsge-
schenk zum Ende des Camino.

Vielleicht, dass ich wieder wandern muss!

23.9.2015

Werde ich sein, wenn das Jahr
einmal mehr den Zyklus rundet?
Wenn die Wald-Anemonen
von neuem die Sternaugen öffnen
oder die Wildgänse langen Halses
die Rheinauen fliehen?
Da sein, ein neues, ein nächstes,
wie viele Male?
Blasser sind die Gestirne hier
als in der Sierra,
und emsiger kriechen die Finger
der Zeit über das Zifferblatt.
Ich spüre ihr Keuchen im Nacken.

Denn ich war einmal bereits
herausgelaufen aus meinem Set,
schaute vom Rang hoch oben
auf meinen Spielplatz herab;
fremdele merklich jetzt
in der alten Nisthöhle.
Wegweiser sind mir vertrauter.

Vielleicht hat die Schwerkraft hier
inzwischen an Kraft verloren,
riecht der Morgen woanders frischer;
buckle ich mir zu fremde Bündel auf?
Vielleicht hält die Ferne lediglich
dem alten Zirkusgaul
Mohrrüben vor seine Nase,
dass er unruhige Hufen bekommt,
auch wenn das Kauen und Schlucken
überall wohl das gleiche bleibt...

Vielleicht ist es nur,
dass ich wieder wandern muss!

Vom Mut

(Wieder zu Hause. Morgens, müde, allein. Anne war zu
Besuch, ist zurück nach Düsseldorf.)

I.: Das ist einfach nichts für mich, alleine zu sein.

E.: Bist du?

I.: Ja. – Auch wenn *du* jetzt da bist.

E.: Bin ich immer.

I.: Na ja – für die, die daran glauben.

E.: Für die anderen auch.

I.: Auch für die, welche dich leugnen?

E.: Gerade für die. Sie haben es besonders nötig.

I.: Wieso? Sie sind doch mutig, vertrauen alleine auf sich
selbst.

E.: Wie definierst du Mut?

I.: Mut bedeutet, die Gefahr zu erkennen und sich ihr
trotzdem zu stellen.

E.: Und wenn man diese Gefahr nicht wahrnimmt – wie
würdest du das bezeichnen?

I.:Als Dummheit.

E.: Eben. Mit Mut hat das nichts zu tun. Und wenn man Gefahr leugnet oder sogar bewusst negiert, aus welchen Grund macht man das wohl?

I.: Es nicht sehen wollen? – Aus Angst?

E.: So ist es! Wann brauchst du besonders viel Mut?

I.: Wenn ich vor irgendetwas besonders viel Angst habe?

E.: Genau. Und die *Mutigen* – wie du sagst, haben noch nicht einmal so viel Mut, sich ihre eigenen Ängste einzugestehen: dass z. B. das Ende unausweichlich kommen wird. Und was dann?

I.: Dann wären die Ängstlichen schon weiter, meinst du?

E.: Näher an der Wahrheit auf jeden Fall. Aufrichtiger, ja.

I.: Aber was ist falsch daran, seine Ängste zu bekämpfen?

E.: Was willst du bekämpfen, wenn du nicht einmal sehen kannst, wo das Angst Machende denn lauert, wenn du die Augen davor schließt und es verdrängst?

I: Aber wenn ich es mir eingestehe, was nützt mir das? Ich habe immer noch Angst.

E.: Wovor?

I.: In dem Fall, also wenn ich dich verleugne, vor der Leere, der Ungewissheit, der Auflösung, einem riesigen schwarzen Loch …

E.:Und was machst du dann?

I.: … Verzweifeln…? Oder wieder verdrängen, um weiterleben zu können …

E.: Eben. Und immer so weiter. Aber genau jetzt wäre Mut angebracht.

I.: Wozu? Um die Leere zu bekämpfen oder so etwas?

E.: Das kannst du nicht: Sie bleibt, vergrößert sich immer mehr für den, der so denkt.

I.: Was dann?

E.: Ich sagte es schon: Mut. Um sich der Angst zu stellen. Und dann mutig einen Schritt weitergehen.

I.: Welchen? Wohin?

E.: In die – vermeintliche – Leere. In das Dunkel hinein.

I.: Und das soll mir die Angst nehmen? Das steigert sie nur.

E.: Du kennst es doch gar nicht, dieses Dunkel! Nur weil du es nicht sehen oder ergründen kannst, nimmst du an, dass es etwas Schreckliches ist: die Auflösung, die Vernichtung, das absolute Ende.

I: Ist es nicht?

E: Stell dich nicht dumm! Du hast doch gelesen, was all diejenigen berichten, die diesen Schritt gewagt haben oder in die Situation hineingestolpert sind, die Nah-Tod-Erlebnisse!

I: Die sagten, dass sie sich plötzlich wohl und geborgen fühlten, ich weiß. Aber kann ich das glauben? Jeder hat doch seine eigene Wahrnehmunfähigkeit. Oder seine Illusionen?

E: Die unterschiedlichen Wahrnehmungen ändern nichts an der Tatsache. Das Dilemma heißt: Vertrauen – nicht in die Aufrichtigkeit der Berichte anderer, da kann man zweifeln, sondern darauf, dass diese Wahrheit wirklich existiert. Du glaubst doch daran, dass es real ist, sich mit mir zu unterhalten?

I: Ja.

E.: Aber hast du einen Beweis dafür?

I.: Sprichst du jetzt von Gottesbeweisen beziehungsweise diesen vielen Versuchen dazu im Laufe der Geschichte?

E.: Und jeder hatte seinen Haken.

I.: Trotzdem glaube ich, dass sie letztlich stimmen.

E.: So wie mit dem halben Mond?

I.: Von dem man weiß, dass die andere Hälfte da ist?

E: Genau so. Und wie fühlst du dich bei dem Gedanken an das Unsichtbare?

I: Normal, gut.

E: Siehst du, und du hattest vorher noch nicht einmal Angst. Wie meinst du wohl, fühlt es sich an, aus abgrundtiefer Angst heraus diesen Schritt in die vermeintliche Leere zu tun und sich plötzlich so *normal*, gut aufgehoben und behütet zu fühlenß

I: Überwältigend!

E: Und dieses Gefühl ist doch eine Tatsache für dich. Real vorhanden?

I.: Das schon.

E.: Warum?

I.: Weil ich meinem Gefühl glaube.

E.: Genau deswegen! Weil du glaubst!

I.: Das wäre also ein Tatbestand, den man ganz anders erklären müsste: nicht durch die Ratio, sondern durch Erfahrung, eine *subjektiv gefühlte Tatsache*.

E.: Und trotzdem eine Gewissheit.

I.: Nur eben *bewiesen* durch eine Emotion. Oder belegt oder – wie soll ich sagen?

E.: *Erlangt*. Du hast sie. So ist es; und so geschah das schon immer. Oder meinst du, das ist neu?

I.: Nein. Aber ich denke, dass es trotzdem für jeden, der sich in dieser Situation fallen lassen kann, aufs Höchste erstaunlich ist.

E.: Dann mach es mal wieder.

I: Was? Mich fallen lassen? Gut. Danke.

E: Wofür?

I: Der Morgen wäre gerettet!

E: Gern geschehen!

Der Autor:

Walter Buchenau, Jahrgang 1941, zweimal verheiratet, drei erwachsene Kinder, absolvierte nach dem Abitur, die Musikakademie in Wien, arbeitete als Schauspieler und Regisseur, Taxifahrer, Redakteur, Kellner, Nachrichtensprecher und blickte schon auf Jahrzehnte in seinem jetzigen Beruf als Heilpraktiker zurück, als er sich einen alten Traum erfüllte und 2015 den Jakobsweg lief. Er arbeitet heute noch immer in seiner Praxis in Mönchengladbach-Rheydt.

MIX

Papier | Fördert
gute Waldnutzung

FSC® C083411

Zeitfracht Medien GmbH
Ferdinand-Jühlke-Straße 7
99095 Erfurt, Deutschland
produktsicherheit@kolibri360.de